Newtons letzter Freund

G.M. TRIPP

NEWTON'S LETZTER FREUND

EINE AUFZEICHNUNG

BOOKS ON DEMAND

Bibliografische Information der Deutschen Nationalbibliothek
Die Deutsche Nationalbibliothek verzeichnet diese Publikation
in der Deutschen Nationalbibliografie; detaillierte bibliografische
Daten sind im Internet über http://dnb.d-nb.de abrufbar.

Umschlagdesign, Satz, Herstellung und Verlag:
BoD - Books on Demand, Norderstedt
ISBN 978-3-7543-7025-4

I

An einem warmen Sommerabend fuhr Thomas Kenterbury in seinem Auto, einem älteren, ausrangierten Behördenwagen, von der Arbeit nach Hause. Er hatte das ausgelaufene Modell als Unfallwagen günstig erstanden. Seine Zeit im Magazin ging nunmehr zu Ende. Kaum hatte sie richtig begonnen, lief sie bereits ab. Er würde die Teekanne, die beiden Trinkschalen aus blauem Ton und die kleine Holzdose, die noch halb gefüllt mit Assam-Blättern war, aus der Hutablage des gelben Aktenschrankes nehmen, in dessen unterem Teil die Leiterin einer höheren Abteilung ihre gefütterten Winterstiefel verwahrte. Er konnte alles in eine größere Tüte aus Plastik legen, freundliche Worte des Abschieds finden, im siebten Stock den Lastenaufzug nehmen und alsdann ins Freie treten. Mit dem Passieren des Schlagbaums würde auch die Parkerlaubnis erloschen sein. Seine Aufgabe war erfüllt. Was auf ihn wartete, wusste er nicht.

Es war wohl die Hand, die keinem gehört, der er die vorübergehende Anstellung im Magazin der weltberühmten technischen Lehranstalt verdankte. Lange schon hatte sich für seine bisherige Tätigkeit kein Ort mehr gefunden. Wahrscheinlich wich seine Auffassung vom Wesen des menschlichen Geistes zu sehr von der allgemeinen Vorstellung ab. Er selbst war darüber am meisten erstaunt. Bislang hatte es nicht den geringsten Hinweis gegeben. Vielleicht hatte er zu sehr darin aufgehen wollen. Am Ende ging das wahrscheinlich zu weit.

Bis dahin hatte die Hand sich ihm nur auf einem Gemälde El Grecos gezeigt. Es war in der Kirche Santo Tomé zu Toledo gewesen. Lange hatte er vor der Grablegung des Grafen Orgaz verweilt. Sie schien gleichzeitig verschiedenen Granden zu dienen, die auf den Toten im dunklen Harnisch verwiesen. Er war für die gute Seite gefallen. Ob es die richtige war, wer wusste das schon? Viel Zeit ging über einer solchen Frage dahin. In seinem Fall schien es nicht anders. Mit dem Unterschied, er lebte ja noch. Manchmal war er darüber erstaunt.

In der Hitze des Abends spürte sein Cogito wieder stärker jene ältere Verbindung zum Körper. Im Munde spürte er den Geschmack von Blut. Zur Beunruhigung bestand weiter kein Anlass. Eine klinische Untersuchung hatte physische Anhaltspunkte erkennen können. Ein medizinisches Problem war es nicht, eher ein Rätsel. So saß er als rein metaphysischer Bluter hinter dem Steuer und gab sich seinen Betrachtungen hin.

War der Mensch immer noch das Ereignis, von dem sein Doktorvater Caesar Hornmilch so häufig gesprochen hatte? Bisweilen zeigte er allenfalls Züge, die in Erstaunen versetzten. Die Wirklichkeit schien vor ihm nicht immer im gewünschten Maße geschützt. Es hatte gedauert, bis er jene Erkenntnis gewann.

Während er im Automobil dem Ende des Tages entgegenfuhr, konnte er an die ersten Anfänge denken. Die Erwartung bei ihm war hoch, wenn nicht die allerhöchste gewesen. Jederzeit war er um eine Entdeckung bemüht, die Zweifelhaftes beseitigen konnte, wenn es ging, möglichst sofort. Mit Vorläufigem hätte er sich nicht aufhalten wollen. Das Endgültige allein schien ihm würdig als Ziel.

Kenterbury lächelte. Lange schon fühlte er sich von einem Zwiespalt beherrscht. Körper und Geist, hingen sie wirklich aufs engste zusammen? Die Annahme, so verbreitet sie war, hatte ihn nicht überzeugt. Eigene Beobachtungen hatten zur Vorsicht gemahnt. Litt die Seele, zeigte der Leib sich kaum interessiert. Schmerzte ihn auch nur das Geringste, war sie auf der Stelle besorgt. Ja, wie war sie bekümmert! Eine Antwort darauf, hatte er vorerst keine erhalten.

Der Zeitpunkt kam. Rechtzeitig entdeckte er eine andere Welt. Geschriebenes hatte seinen Geist stets beflügelt und zunehmend dann auch gedrängt, das Gelesene am eigenen Leibe erfahren zu wollen. Eines Tages ging er nach Einbruch der Dunkelheit unerkannt in einem nördlichen Hafen an Bord. Unbemerkt, so schaute ein blinder Passagier ins Unbekannte hinein, wo er auf der Stelle entdeckte: unabhängig vom Lauf der Welt fuhr ein Schiff. Es herrschten nur die Gezeiten, während alles Weitere sich in den Weiten von Himmel und Wellen verlor.

Kenterbury, er hätte sich dem Leben auf den Ozeanen unbegrenzt hingeben können. Allerdings hätte es dazu eines anderen Körpers bedurft. Der seine folgte nicht unbedingt dem Verlangen des Willens. Ja, das Gegenteil war eher der Fall. Die Bootsleute Mau und Rasch, welche länger schon ein verdächtiges Reißen in den Gliedern verspürten, hatten die unbekannte Gestalt denn bald auch entdeckt. Lang, bleich und mager beugte sie sich dort hinten die Bordwand hinunter. Einem vergifteten Albatros gleich, so war sie anschließend über die Planken gewankt, stets eine Hand die Reling entlang. Ein letzter Halt musste sein.

Allmählich war Kenterbury wieder zu sich gekommen und er hatte die Matrosen, einen nach dem anderen, kennengelernt. Wie im Handumdrehen hatten sie ihn das Geheimnis schwieriger Knoten zu lösen gelehrt. Jederzeit hätte er sich zu letzter Sicherheit in schwindelnder Masthöhe festbinden können. Beim ersten Gelingen hatte er geradezu unbändig hinuntergelacht. Nur das Akkordeon, es hatte ihm an allen Ecken und Enden gefehlt. Er war erstaunt, ja ein wenig enttäuscht, dass es nirgendwo auftauchen wollte.

Dennoch hätten die Seeleute ihn ohne weiteres in ihrer Mitte behalten. Und er selbst, wie gerne wäre er aus freien Stücken geblieben. Doch vom Standpunkt des Leibes wäre die Entscheidung keineswegs von Dauer gewesen. So hatte ihn letztendlich nicht die Sehnsucht, sondern sein Organismus zu der Entscheidung gedrängt, die Wirklichkeit auf andere Wege kennen zu lernen. Nicht, wo Wind und Wellen unumschränkt herrschten, sondern der Geist. Er hatte dem nicht ausweichen können, und am Ende schien es, als hätte er den Eintritt in die Alma Mater unbedingt auch selber gewollt.

Am Anfang war nicht das Wort, am Anfang war die Musik. Lorbeerkübel hatten den Weg gewiesen. Das Wappen an der Stirnwand des Saals, es war angestrahlt. Die Mitglieder des Orchesters nahmen nacheinander auf dem Podium Platz. Die Instrumente wurden zur letzten Einstimmung geblasen, angeschlagen und gezupft. Durch das Spalier der Couleurbuben zogen die Talarträger ein. Das Barett auf dem Kopf, getragen von Geist, voll Würde der Schritt. Das Hohe schien auf. Über allem lag Glanz. Dann hatte sich das Corpus gesetzt. Er war aufs Höchste gefasst.

Das Haupt hatte das Wort genommen. Die Musikanten hatten nach jeder Rede mit neuer Inbrunst gespielt. Es schien an alles gedacht. Es wurde von vielem gesprochen. Wurde auch alles gesagt? Kenterbury hörte aufmerksam zu. Vielleicht war ihm dennoch manches entgangen Das Wichtigste, war es tatsächlich zur Sprache gekommen? Ein Jahr ging dahin. Dann waren es zwei. Bevor es drei wurden, entschied er sich zu einem Wechsel des Ortes.

Dort war es zur Begegnung mit Caesar Hornmilch gekommen. Ein Ruf ging ihm voraus. Mehr noch, es war Berufung gewesen. Dem »homo sapiens« galt sein Bemühen. Nicht dem ziellosen, natürlichen Wesen, vielmehr jenem, wie es vom Schicksal gesandt ist, auserkoren, unermüdlich auf der Suche zu sein. Zweimal zwei Stunden wurden wöchentlich unabweisbaren Fragen gewidmet. Pünktlich war Hornmilch jedes Mal von seiner Verlobten begleitet erschienen. Unbewegt hatte sie jedes Mal aufrecht in der ersten Reihe gesessen. Von dort schaute sie ihn unverwandt an, von dort holte sie ihn nach dem letzten Wort wieder ab. Ohne Verzug.

Dass der Mensch von Grund auf verwaist ist, von diesem Satz ging er aus. Von verschiedenen Seiten beleuchtet, auseinandergenommen und wieder zusammengesetzt, darüber verging das Sommersemester. Es trug die römische I. Ihm folgte die römische II. Kenterbury war auf den Ausgang gespannt. Schließlich war immer wieder von der uneingeschränkten Fraglichkeit des Menschen die Rede gewesen. Ringsum, wohin er auch blickte, Hornmilch, er sah nur Verfall. Lediglich wenigen war es gelungen, den Weltgeist in sich zur unmittelbaren Gewissheit zu bringen. Auch deshalb schwanden die Hörer so zahlreich dahin. Schließlich ging es in der Nummerierung der Vorlesungsfolge immer weiter die natürlichen Zahlen hinauf. Am Ende wies der Saal nurmehr wenige auf. Da fasste sich Kenterbury ein Herz.

Sie hatten sich gegenübergesessen, Caesar Hornmilch und er. Schließlich hatte er den Blick auf sich gefühlt, der alles entschied. Es dauerte, dann stand er allein auf dem Gang. Wie war die Unterredung verlaufen? Unentwegt hatte er sich um neue Worte bemüht. Hornmilch hatte kaum eine Regung gezeigt. Hätte er sich doch wenigstens zu diesem oder jenem Einwand entschlossen. So wurde er, Kenterbury, zu einem immer neuen Anlauf gedrängt, ihm sein Vorhaben irgendwie näher zu bringen. Schließlich war er erschöpft. Worauf Hornmilch sich wortlos erhob. Er schritt zur Tür. Die herunterhängende Hand gab ihm das Zeichen, seinen Fuß nunmehr über die Schwelle zu setzen. Schnappte hinter ihm jetzt das Schloss? Bevor es soweit war, hörte er wie hingehaucht noch den Satz. Die Untersuchung, die seine, Hornmilch ließ sie im letzten Moment zu. Die Formeln des Abschieds waren da schon getauscht.

Sie hatten sich wiedergesehen, nach einer angemessenen Frist. Der Ort war derselbe gewesen. Hornmilchs unauffällig möblierter Raum. Er hatte in einem Sessel hinter seinem Schreibtisch gesessen. Kenterbury auf einem einfachen Stuhl davor. Schweigen hatte geherrscht. Zwischen ihnen hatte die eingereichte Arbeit gelegen. Ihrer beider Blicke hatten darauf geruht. Hornmilchs Auge untersuchte bald einen kaum wahrnehmbaren Punkt im Raum. Jedes Wort wurde sodann mit dem folgenden zu einer reißfesten Kette verknüpft. Sie umschnürte Kenterburys Beine, Arme und Brust. Sie fesselte ihn an seinen Sitz. Zum Schluss rührte sich kaum mehr ein Fuß. Unter solchen Umständen hatte sich die Unruhe in seinen Händen alsbald gelegt. Kälte überzog seine Haut. Mit Mühe hielt er sich aufrecht. Warum hatte er über all die Zeit hinweg Hornmilch nicht einmal wenigstens konsultiert? Kenterbury senkte den Kopf. In solchen Augenblicken zeigte die Zukunft ihr wahres Gesicht. Sie wandte sich ab.

Unversehens begann sich die Kette ein wenig zu lockern. Erst eines der Beine, dann kam auch das andere frei. Auch der Druck auf Brust und Arme ließ nach. Kenterbury atmete schnell einmal durch, ehe der Ring sich bald wieder schloss. Nichts dergleichen geschah. Ließ Hornmilch sich vielleicht etwas Zeit, um den Druck mit einem Mal zu erhöhen? Kenterbury war auf alles gefaßt. Nicht auf die Wärme, die plötzlich seinen Körper zu durchfluten begann. Helligkeit erfüllte den Raum. Hatte sich in Hornmilchs Miene tatsächlich ein Anflug von Bewegung gezeigt? Wo kam sie her, wo führte sie hin?

Hornmilch hatte jetzt eine Hand auf die Arbeit gelegt. Sie war dem Verhältnis des Menschen zu den Dingen gewidmet. Der Daumen glitt wiederholt die Kante entlang. Kenterbury stellte es mit einer gewissen Erleichterung fest. Das Spielerische, warum war es nicht selten mit einem Hauch von Hoffnung verknüpft? Gleichwohl, er wusste nicht, wie es stand. Hornmilch schaute ihn an, blickte durch ihn hindurch, direkt bis zur Wand. Und wieder zurück. Überraschend begann sich sein Auge zu senken. Er wog den Kopf, ganz leicht. Er nickte. Sehr knapp. Durchdringend ernst. Unvermittelt, so stand er im Raum. Die Arbeit war angenommen. Mehr nicht.

Als Kenterbury den mattgebohnerten Flur entlangwanderte, wusste er nicht, war ihm ein Stein vom Herzen gefallen oder herrschte eher das Gefühl vor, noch einmal davongekommen zu sein? Er hatte nicht die nötige Ehrfurcht vor dem Schicksal gezeigt. Warnend hatte Hornmilch seine Stimme erhoben, die Türklinke schon in der Hand. Manches hatte wie eine Prophezeiung geklungen. Etwas, das sich schneller als vermutet bewahrheiten konnte. Nur einen Schritt noch, so hatte Hornmilch bemerkt, und es wäre glatter Rufmord geworden, Rufmord am Menschen. Er hatte ihn angesehen, von Entsetzen gezeichnet. Wie jemanden, der schon unterwegs war zum Verhängnis selbst.

Noch auf dem braunen Linoleumkorridor, bevor er den Treppenabsatz mit dem eisernen Geländer erreichte, hatte Kenterbury sich gefragt, warum er in Hornmilchs Gemüt einen solchen Unmut hervorrufen musste. Er war mehrfach stehen geblieben, um seine Gedanken zu ordnen. Er hatte ein Urteil über seine Arbeit erwartet, stattdessen war Hornmilch nur schmerzlich berührt.

Er hatte sich völlig vergessen, als er laut noch einmal die Schlussfolgerung las. Voller Unverständnis hatte er den Satz wiederholt. Geradezu fassungslos war er über die Formulierung gewesen, dass der Mensch sich im Umgang mit den Dingen am Ende selber verlor. Unauffindbar! Schwarz auf weiß stand es da. Mehrfach hatte Hornmilchs Zeigefinger unter Kopfschütteln auf die Stelle getippt. Bisher war der Mensch immer noch das Ereignis. Was auch immer geschehen würde, er war zu sich unterwegs. Er selbst hätte sich sonst völlig verfehlt. Hornmilch war außer sich. Einzig die Prüfungsordnung hatte Kenterbury am Ende gerettet. Stiller Dank der Alma Mater gegenüber hatte ihn seither bewegt.

Während der Zeit im Magazin hatte er öfter daran denken müssen. Jetzt, im abendlichen Stau, während der Notwagen sich mit durchdringenden Sirenenklängen einen Weg bahnte, war es vor allem die Erinnerung an seinen Freund, den Physiker Wladimir Roshinsky, welche ihn mit einem stillen Schmerz überkam. Es gab wohl niemanden sonst, der seit Newton den Dingen so sehr auf den Grund ging, nicht zuletzt jenen, die wie selbstverständlich erschienen. Er war spurlos verschwunden, bis ihn eines Tages dann eine Nachricht erreichte.

Kenterbury hatte Wladimir Roshinsky in der Cafeteria der Mensa kennengelernt. Es war bereits ein recht herbstlicher Tag gewesen. Die Sommerferien gingen dem Ende entgegen. Hin und wieder wurde es gegen Abend schon kühl. Roshinsky saß da, ganz allein. Er schrieb. Außer der Bedienung hinter der Bar war niemand zu sehen. Das letzte Paar verließ gerade den Raum. Kenterbury hätte jeden Tisch wählen können. Irgendwie jedoch fühlte er sich zu jener Gestalt hingezogen. Noch zögerte er. Dann war er nähergetreten. Roshinsky blickte kurz auf, schon wurde ein freundliches Nicken getauscht. Es war der Beginn einer unvergesslichen Freundschaft gewesen. Kenterbury hatte sich ihm direkt gegenüber niedergelassen. Für die Bedienung hingegen bildeten beide nur ein seltsames Paar.

Kenterburys dunkles Habit stach deutlich ab von Roshinskys ungebleichtem Wams, das sich jeder weiteren Formbestimmung entzog. Seine Füße steckten in schweren, dunkelgrünen englischen Gummistiefeln, die er quer durch die Jahreszeiten und Laboreinrichtungen trug. Ihrer Länge, Breite und Tiefe korrespondierte die Geometrie seiner Shorts, die ihn als unerschrockenen Wanderer zwischen den Welten auswies. In ihnen hatte er schon manchem getrotzt. Eine Tüte aus Kunststoff isolierte ihn sicher von dem, was er trug. Jetzt lag sie unten an ein Tischbein gelehnt.

Während Kenterbury einem Kranich glich, der häufiger auf Rastbedacht ist, war Roshinsky eher von Kugelgestalt. An ihm musste jeder Zustand der Ruhe als Ausnahmefall der Bewegung erscheinen. Seiner fernen Herkunft verdankte er die Ausstattung mit Gesichtszügen, in denen sich leicht die Tiefe der Ebene verlor. Er verfügte über ein auf die Weite des Raumes eingestelltes Auge, das sich gut mit den Auffassungen Euklids vertrug. Im Moment saß er aus begründetem Anlass still. Seinen Notizblock hatte er zur Seite geschoben, um aus zerknittertem grauem Pergamentpapier ein großes Stück Marmorkuchen zu wickeln. Er blickte kurz auf, dann biss er herzhaft hinein.

Kenterbury schaute ihm zu. Sein Blick zeigte jene melancholische Art von Verständnis, welche über das Ausmaß an

Genuss in der Welt hin und wieder eine gewisse Unruhe spürt. Es dauerte nicht lange und er wusste Bescheid. Er saß einem Physiker gegenüber. Neben Raum und Zeit hatte deren Interesse stets unerklärlichen Phänomenen gegolten. So schien es auch hier. Ansonsten war es die Erfahrung der Hand, durch die Roshinsky ein Gefühl für die Schwere der Dinge zuteil ward.

Während des Gesprächs fiel ihrer beider Blick wiederholt auf den Campus. Um diese Zeit war er verwaist. Das Grün erholte sich wohl kaum mehr von der unerwarteten Hitze des Sommers. Die meisten Sträucher waren bereits herbstlich gefärbt. Hin und wieder wechselte eine Gestalt mit oder ohne Buch von einem Gebäude zum andern. Mit zunehmender Stille und abnehmendem Tag zeigte sich dann und wann ein Tier. Es wohnte mit seinesgleichen unter den Büschen. Mitten vom Weg aus unterzog es die Welt einer gewissen Betrachtung. In wirkliches Staunen schien keines versetzt. Vielleicht beschäftigte es nurmehr die Frage, wann der Mensch sich änderte oder wieder verschwand. Endgültig dann, wie es schien.

Hinter der Bar wurden nun der Reihe nach die Gläser geputzt. Wenn die letzten Minuten vor der Schließung heranrückten, erstrahlte alles in frischem Glanz. Dort hinten, die beiden Besucher, fielen nicht ins Gewicht. Ihre Unterhaltung verlief in ruhigen Bahnen. Nur hin und wieder beschrieb einer von ihnen eine nur schwer bestimmbare Bewegung im Raum oder legte nachdenklich sein Kinn in die Hand. Zu den bestehenden Fragen kamen offensichtlich neue hinzu. Die Lösungen hielten damit weniger Schritt. Die Bedienung erkannte recht bald, solche Individuen verließen zur vorlesungsfreien Zeit nur selten den Ort. Oft vergingen Jahre darüber. Sie waren mit unaufschiebbaren

Dingen beschäftigt. Genaueres hätte sie schon gerne in Erfahrung gebracht.

Roshinsky war in jüngster Zeit auf etwas gestoßen, das in keinem seiner Lehrbücher stand. Es waren Kräfte, die schwer berechenbar schienen, vielleicht sich gar jeder Kontrolle entzogen. Gewöhnlich verlangte die Natur ein wenig Geduld. Hier schien zusätzlich eine gewisse Vorsicht geboten. Bislang lag er nach der Hitze des Tages im Sommer abends noch gerne im Gras. Der erste Direktor, ein Niederländer, hatte die weitläufige Obstwiese anlegen lassen. Warum war er eines Tages im Dunkeln plötzlich verschwunden?

Wie Roshinsky entdeckte, hatte es mit dem Turm aus roten Ziegeln zu tun. Nicht weit vom Institut stand er zwischen all den verschiedenen Bauten, als ob er natürlicher Bestandteil der landwirtschaftlichen Versuchsanstalt wäre, die unmittelbar an ihr Terrain grenzte. Immer häufiger wanderte sein Blick dort hinüber, wo der Wetterhahn sich spielerisch drehte. Wer hätte die Täuschung auf Anhieb bemerkt? Bisher interessierten ihn eher die Früchte im Gras. Ursprünglich hatte seine Liebe den Mirabellen gegolten, doch lag im Apfel der tiefere Sinn. Er hatte den Hinweis erhalten. Dank Newton, der sich auf das Geheimnis verstand.

Roshinsky hatte in Cambridge mehrere Wochen mit Experimenten verbracht. Nicht in Trinity College. Cavendish Laboratory war für Gäste der natürliche Ort. Statt mit > Buy, Fly, See <ging es zunächst per Schiff, dann mit British Rail und dem Bus. Schließlich betraten seine Gummistiefel die Grounds. Allein Auserwählte hatten darauf ihren Fuß setzen dürfen. Gehörte er nunmehr dazu? Die Tage, sie flogen dahin. Ein Ausflug nach Norden, in die Richtung von Grantham, hatte ihn bald auf schmalen Straßen und Wegen zwischen Feldern und uralten Hecken hindurch

zu einem winzigen Flecken geführt. Woolthorpe, hier war Newton geboren. Nicht weit vom Haus graste ein Pferd. Es schaute ihn an. Nach eingehendem Beschnuppern hob es den Huf. Er durfte passieren. Es selbst, es spürte es seine Hand noch lang auf dem Fell.

Der Herbsttag ging dem Ende entgegen. Roshinsky fand die Tür zu Newtons Haus noch geöffnet. Der Lady vom »National Fund« ihr war, als hätte sie einen solchen Gast sich ersehnt. In roten Hosen aus Cordsamt führte sie ihn die Stiege hinauf direkt vor ein Bett. Dort war Newton geboren. »What a child!«. Der Vater verstarb wenig später. Die Witwe fiel dem Nachbarn ins Auge. Der Reverend Barnabas Smith, er wusste, ohne Kind gedieh ein Verhältnis am besten. Für ein Stück Land stellte auch sie Bedenken zurück. Newton machte das Beste daraus. Roshinsky und die Lady vom »National Fund« stimmten wie von selbst überein.

Er wurde dann in ein anderes Zimmer gleitet. Vor dem durchhängenden Balken hatte ihre hohe, schlanke Gestalt sich gebeugt. Er gelangte ohne Mühe hindurch, durch alle Räume. Bald waren die Geräte optischer Versuche zu sehen. Nach kurzer Betrachtung wurden sie von Roshinsky erklärt. Die Lady war nun nicht nur von Newton, sondern auch Roshinsky entzückt. Gemeinsam hatten sie aus dem Fenster gesehen, nach draußen, wo der Apfelbaum stand. Jüngst erst wurde die Wurzel gerettet. Schon brachte sie neues Leben hervor. Der Wind hatte die Früchte ohne erkennbare Ordnung verstreut. Newton hatte daraus die Regeln der Flugbahn erschlossen. »A tasteless cooking apple« hatte die Lady einräumen müssen. »Unfortunately«, nämlich »from Kent. Er hatte der Welt zu einer Erkenntnis verholfen. Deshalb die Warnung »low doorways«, direkt vor dem Haus. Nur davon blieb Roshinsky in diesem Fall unberührt.

Gern dachte er an die Begegnung zurück. In der Physik hatten sich inzwischen die Dinge verändert. Nicht mehr weit ins Universum hinaus, vielmehr tief ins Elementare hinein ging es nun. Dorthin, wo sich alles, dem Auge entzog. Der rote Ziegelturm hatte damit zu tun. Der Anblick weinumrankten Gemäuers, er täuschte. Nichts führt zur Spitze in ihm hinauf, vielmehr alles in seine Tiefe hinunter. So wie der junge Newton das Licht, würde er, Roshinsky, als spätes Semester das Dunkle zerteilen. Eines Tages stieg er hinab in den Bau. Zuerst allein. Bald hatte er Kenterbury als Begleiter gewählt.

Unten angelangt, entriegelten sie schwere Schottentore aus Stahl. Den kurzen Schleusengang hatten sie da schon passiert. Die Wände bestanden aus meterdickem Beton. Im Raum selbst herrschten Dunkelheit und Kälte. Einem verlassenen Dom ähnlich, in dem sich die Seele verlor, wie der Strahl ihrer Lampe? Auch das Gleichgewicht, schnell schwand es dahin. Gott sei Dank kannte Roshinsky sich aus. Er fand den Schalter. Selbst bei Licht ließ sich die Größe der Anlage kaum erahnen. Die niedrige Temperatur bedrückte die Stille. Mit jedem Atemzug drang sie ins Herz. Unwillkürlich hatten beide etwas gerufen. Das Echo, es hallte wie in einem Verlies. In welch finsteres Pantheon waren sie hier nur geraten!

Roshinsky war überrascht, bei seinen Nachforschungen über den Verbleib des niederländischen Direktors auf einen Artikel zu stoßen, der eine ausführliche Beschreibung des Turmes enthielt. Von Beginn an war er für unbekannte Versuche bestimmt. Spannungen in nie gekannter Höhe. Seine Kenntnis verdankte er einer Zeitschrift, die den Namen »Naturwissenschaften« führt. Seit längerem pflegte er jenes Organ aus der Bibliothek des Instituts zu entleihen. Wie von selbst war er der Ordnung der Jahrgänge gefolgt.

Der leitenden Bibliothekarin war seine Gewohnheit derart vertraut, dass sie ohne sein Zutun die benötigten Bände bereitlegen ließ Auch für den Fall ihrer Abwesenheit war stets Sorge getragen.

Ohne eine Instanz, wie Elfriede Barthelmess sie verkörpert, mangelt es jeder Institution an jener Substanz, die weit über das Bestehende hinauszuweisen versteht. Ja, es schien, als ob ein solches Wesen niemals aus einer noch so bedeutenden Einrichtung selbst hervorgehen könnte. Frau Elfriede Barthelmess war eine Person, die auch in einem Alter, das gewöhnlich als fortgeschritten bezeichnet wird, über eine Aura verfügte, die mehr als nur der Gewissheit einer gelungenen Erscheinung entspringt. Sie nahm untrüglich wahr, bevor sich von selbst etwas zeigte. Sie wusste, was Bestand haben konnte und was nicht. Verließ etwas seine Bahn, trat sie unauffällig zur Seite. Es gab eine Art von Berührung, die hätte empfindlich gestört.

Dem Institut war sie seit jeher verbunden gewesen. Die Zeit reichte bis in die Tage seiner Gründung zurück. Hoffnungsvoll, so war der Anfang gewesen. Was folgte, war allenfalls als Zwang zur Pflicht zu erdulden. Es sei denn, der Augenblick kam, wo etwas der Achtung für sich selbst weichen musste. Sie konnte als unvergleichlich erscheinen. Der Ruf der Bibliothek war ihr Werk. Eine wie sie wusste Rat, ohne dass sie ihn gab. Mancher suchte mit ihr das Gespräch, weil der Klang ihrer Stimme noch lange trug.

Frau Elfriede Barthelmess hatte sich seit ihrer ersten Begegnung an Roshinsky erfreut. Er selbst merkte es spät. Ihr Blick war da nachhaltig auf ihn gerichtet geblieben. Auch hatte sie ihm ab und an die ein oder andere Frage gestellt. Enttäuschen mögen hätte er jene Dame um keinen Preis in der Welt. Es gab etwas, bei dem man nach Gründen nicht fragt, weil sonst manches zerfällt. So kam es, dass Roshinsky auch an jenen Tagen die bereitgelegten Bände entlieh, wenn ihm weniger der Sinn danach stand. Gern nämlich überließ er seine Gedanken einfach sich selbst.

Es war nicht zuletzt die Anhänglichkeit, die er der Bibliothekarin des Instituts mit dem Mittelscheitel und den beiden seitlich ins graue Haar gesteckten Kämmen aus hellem Horn gegenüber empfand, die ihn bei seiner Lektüre so weit vorstoßen ließ. Dem niederländischen Direktor waren seit seiner Berufung nur wenige Sommer im Anblick der schönen Wiese vergönnt. Etwas hatte ihn, sie zu verlassen gedrängt. Es war der Besuch zweier Herren gewesen. Die Zugehörigkeit zu einem anderen Land, von ihm sich zu trennen, mehr wurde im Moment doch gar nicht verlangt, um sich weiterhin der Stellung als Leiter des hochberühmten Instituts zu erfreuen. Die Bedenkzeit hatte er nur mehr zum Packen genutzt.

Als Roshinsky und Kenterbury sich im Turm umsahen, hatte es draußen zu regnen und stürmen begonnen. Das Verdorrte und Welke wurde von Sträuchern und Bäumen gerissen. Der Wind wirbelte alles Lose herum. Manches wurde entwurzelt und dies und das überschwemmt. Sie standen im Eingang und schauten hinaus. Ein Wetter, um unbemerkt allem den Rücken zu kehren? Der niederländische Direktor hatte das Schiff in Antwerpen ohne größere Mühe erreicht.

Roshinsky und Kenterbury, sie betrachteten die Photographien der Zeit, meist vergilbt schon, die Ränder unregelmäßig gezackt. Ehrenwerte Herren fortgeschrittenen Alters waren darauf an Deck transatlantischer Dampfer zu sehen, häufig unauffällig in Nähe der Reling postiert, einen Arm wieschützend um den Rettungsring gelegt. Ihre Kleidung stets aufs Höchste korrekt, schwerer Paletot, steifer Kragen und Homburg. Warum solche mit letzten Dingen befasste

Herren noch so beschwerliche Seereisen machten, lag nicht sogleich auf der Hand. Erweiterung des Horizonts allein schied jedenfalls aus.

Das Interesse an elementaren Dingen war bei solchen Fahrten schnell wieder belebt. Der Geruch von Farbe, Teer, Tauwerk, Segeltuch, Eisen wie Holz. Auch Rost, dem nichts beikam. Schlepper, vorne und achtern, zogen das Schiff von der Pier. Langsam glitt es in die Mitte des Stroms, wo die Kraft der eigenen Maschine einsetzen konnte. Scharen von Möwen stürzten schreiend herbei. Die« Koninlijk Nederlands Stoomvaart Maatschappij« war am schwarzen Schornstein mit dem weißen Rand zu erkennen. Am Ufer zog die flache Landschaft vorüber. Ein Werk der Geometrie, deren Hand keiner sah, deren Geist jeder kennt. Die Ordnung der Deiche, Wiesen und Felder, wie ein Stich von »Blaeuw«, sanft koloriert und ein für alle Mal ins Gedächtnis graviert.

Vorerst lag das Dampfschiff ruhig im Wasser. Der Ausklang des Tages lockte für letzte Schritte an Deck. Die Reling wurde allmählich salzig und feucht, die Luft frisch. Unaufhaltsam strebte der stählerne Leib hin zur See. Der Revierlotse kehrte auf seinem Kutter zurück. Noch ging es mit gedrosselter Kraft zwischen den letzten, seichten Stellen der Schelde hindurch. Und während der Sonne versank, roch jeder das Meer.

Die Helligkeit war schließlich verschwunden. Die niederländischen Meister, sie hatten den Raum mit ihr erfüllt. Sonst hatte damals kaum einer gewusst, was es war, das Licht. Außer Huygens und Newton. Oder geahnt, wie Descartes. Überall war das Leuchten von Lampen zu sehen. In der Nacht wurde bald die Stelle passiert, Fastnet Rock, wo der Atlantik beginnt und der Wind mit einer steifen Begrüßung empfängt. Der Mond schimmert wie ein perlmuttener Knopf. Eine Wolke schiebt ihren Ärmel darüber. Für weitere Betrachtung wird es allmählich zu kühl. Doch die Route stand fest. Auf der Brücke wurden die Tage bis zur Ankunft in der Mündung des Hudson mit allen Eventualitäten berechnet.

Bei Tag war die See häufig grün, bald grau, dann wiederum blau. In ständigem Wechsel lief die Farbe geradezu aus. Was blieb, war ein bleierner Ton. Der schluckte selbst noch die Gischt. Die Physik kannte den Grund, die Metaphysik nicht, sie war mit Denken beschäftigt. Der Sinn wurde unterwegs ja gerne im Universum gesucht. Die Sterne, sie vertrieb nicht zuletzt auch die Zeit. Für einen, die angenehme Gesellschaft unverhofft die Fahrzeit verkürzte, liefen sie früher ein als erwünscht. Am Ende lag das Schiff wohlvertäut an der Pier.

Die Anspannung im Gemüt, schon bei geringster Veränderung in Wasser und Luft, sie begann nun allmählich zu weichen. Auch die Unruhe, welche Schiffsmusik allenfalls zu dämpfen verstand. Nicht jeder hatte derzeit den ersehnten Hafen erreicht. So verspürten alle den Drang, beim Fallreep unter den Ersten zu sein. Der Tide wegen war es im Moment noch recht steil. Wie die Stufen im Turm, die unversehens in ein Unternehmen hineinführen konnten, das die Welt in höllische Bewegung versetzte.

Mehr als Vermutung? Nach dem Bericht des niederländischen Direktors, den jeder in der »New York Times« nachlesen konnte, schwanden die Zweifel. Knut Arwed von Kurfalke hatte inzwischen seinen Platz eingenommen. Auch die privaten Räume bezogen. Vierhändig hatten sie auf dem Steinway gespielt. Bei Kurfalke, welches Gefühl für Musik, und welcher Wille, aufs Ganze zu gehen!

***

II

Zum ersten Mal hatte Roshinsky die Stimme Kurfalkes abends über den Äther vernommen. Regelmäßig erklärte er dort die Welt. Wie kaum einem stand ihm das Wort zu Gebot. Die Sätze formierten sich gleichsam von selbst. Staunend war Roshinsky ihm in die fernsten und kühlsten Regionen des Universums gefolgt. Wie leicht führte er dort umher. Roshinsky fühlte sich dagegen ganz schwer.

Auch in der Sonne kannte er sich aus. Er zeigte, was sie im tiefsten bewegte. Roshinsky wunderte sich. Kurfalke kam allem wie von selbst auf den Grund. Überhaupt, er schien seiner Zeit weit voraus. Der Punkt, von dem aus seinen Betrachtungen kamen, lag so weit von allem Irdischen ab, dass seherische Kräfte ihn lenkten. Jede andere Erklärung hätte Roshinsky erstaunt. Ihm wurde ganz heiß.

Er lauschte. Mitunter ging der geschmeidige Ton etwas verloren. Tat sich vielleicht irgendwo ein Hindernis auf? Eine kleine Störung. Untrügliches Zeichen der frühen Radionächte. Schon bald trug sein Organ sich wieder mühelos selbst. In der Natur hingen die Dinge auf unausweichliche Weise zusammen. Den Unterschieden, ihnen ließ sich im Laufe der Zeiten eine Geschichte entnehmen. Beim Menschen hingegen lagen die Dinge verschieden. Keine Zeit schien mit einer anderen je zu vergleichen. Jede war einzig und stand ganz für sich. Epochen, in Kurfalkes Augen, waren sie nichts als Zeitsolitäre. Sie zu verstehen, verlangte das unmittelbare Erleben. Wem es fehlte, stand dem ein Urteil noch zu? Richten ließ sich nur die eigene

Zeit. Hier, so schien es, wusste einer wirklich Bescheid. Er stiftete Sinn. Immer nur einzig geartet.

Seinetwegen hatte er den Ort verlassen. Seinetwegen dem bisherigen Dasein entsagt, einem Leben in einer kleinen, vergessenen Stadt, im Schatten des Doms. Dort hatte er an festlichen Tagen feierliche Gesänge gehört und frommen Stimmen sanft durch sein Gemüt gleiten spüren. Manchmal hatten sie ihn ein wenig betört. An gewöhnlichen Tagen, da ging er dem Handwerk des Uhrmachers nach. Das Fachwerkhaus, direkt neben der Werkstatt, ge war höchst bescheiden. Dort nahmen sie das Flüchtlingskind auf. Die Religion stimmte. Von alldem hatte er Abschied genommen, um sich ein für alle Mal dem Studium der Physik hinzugeben. Er verließ die geschlossene Welt und betrat den unendlichen Raum. Wurde er dabei gleichzeitig von einem Hauch des Mondänen gestreift?

Wenn Kurfalke im Auditorium maximum sprach, strömte alles zu ihm hin. Plätze wurden so zeitig reserviert, so daß pünktlich Eintreffende sich wie störend Zuspätkommende fühlten. Eine wirkliche Gemeinde versammelt sich früh. Stille und laute Prominenz fand sich mit oder ohne Gefolge zunehmend ein. Bei der allwöchentlichen Begrüßung schien es, als hätte man einander über Jahre schon nicht mehr gesehen.

Roshinsky beobachtete, wie jedes Mal ein dienstbarer Geist frühzeitig zum Rednerpult eilte. Energisch, wie auf dem Sprung. Gleichsam aus dem Nichts tauchte er auf. Prüfend hielt er das leere Glas gegen das Licht. Dann wurde es aus der Karaffe vorsichtig mit Wasser gefüllt und anschließend das Mikrophon sachte mit dem Finger beklopft. Zur Probe hauchte er mehrfach hinein. Schließlich folgte ein Stakkato von Tönen. Dann trat er zufrieden ein wenig zurück.

Sein Auge prüfte nun die versammelte Menge. Der Saal war restlos gefüllt. Was stand da nicht störend in den Gängen herum oder saß auf den Stufen allzu eng aneinandergedrängt. Es schien kein Durchkommen mehr. Bisweilen entdeckte sein Blick noch den ein oder anderen freigehaltenen Platz. Dem wurde auf der Stelle ein Ende gemacht. Die fällige Aufforderung, sie kam schnell und scharf, so dass jedermann sie auf der Stelle befolgte. Auf die Ellbogen gestützt, den rechten Zeigefinger ausgestreckt, gab er mit fester Stimme die Anweisung durch. Aus Gründen der Sicherheit war unbedingtes Freihalten der Zugänge erfordert. Anfangs hatten einige Unmut geäußert. Er sorgte dafür, dass das unterblieb. Otto Sitzlack, der Hausmeister, hatte die Sache im Griff.

Mit dem Vorrücken des Uhrzeigers an der Stirnwand des Saals wurde es zunehmend still. Der Augenblick, der erwartete, kam. Von unsichtbarer Hand gelenkt strebten die Flügel der Tür auseinander. Die Spannung stieg, denn der Erwartete, er erschien nicht sogleich. Als er dann auftrat, ging ein Raunen und Aufatmen bis in den letzten Winkel hinein. Erleichterung hatte alle erfasst und schnell aufs höchste gestimmt. Undenkbar, hätte eine solche Veranstaltung ausfallen müssen.

Jeder erkannte sofort, Kurfalke, eine Gestalt von Geblüt. Höher als mittelgroß. Leicht heller als mittelgrau. Kaum weniger als mittelschwer. In den Proportionen vollendet. Den Blick ein wenig entrückt. Ein Gelehrter der Natur, vollendet im Umgang mit der Welt. Schließlich hatte er das Katheder erreicht. Es wurde atemlos still. Wo er auftrat, hatte er noch alles und jedes zum Schweigen gebracht. War Hingabe und Ehrfurcht mit Händen zu greifen, hob er wie ein Partitur sicherer Dirigent den Blick. Er kam vom Unendlichen her, gerichtet auf das Profane in der Zeit.

Die Dinge hatten sich inzwischen gewandelt. Das vertraute Weltbild entschwand. Es war mit dem Namen Newton's verknüpft. Durchgängig war nun der Verlust aller Anschaulichkeit, er wurde allenthalben beklagt. Was sich vollzog, war etwas, das keiner sich auch nur im Geringsten mehr vorstellen konnte, geschweige verstehen. Die Welt war aus unsichtbaren Teilen zusammengesetzt, nach einem kaum durchschaubaren Plan. Vielleicht nur ein Spiel? Wer sich darauf verstand, dem hörte man zu. Ihm wurde gefolgt. So einem stellte man keine Bedingung. Im Gegenteil. Kurfalke hatte die Augen geschlossen. Für einen Moment. Er schwieg, weil er bald von etwas Unausweichlichem sprach. Der Pflicht dessen, der weiß. Ihm allein hat sich etwas offenbart, das unbedingt getan werden musste. Koste es, was es wolle. Er hätte sonst seine Bestimmung verfehlt. Wer hätte solche Verantwortung nicht deutlich gespürt? In erster Linie natürlich gegenüber sich selbst.

Vorher war es im Saale nur still. Nun waren alle Sinne gebannt. Die Welt hatte sich ja gerade in einem katastrophalen Zustand befunden. Von tödlichem Misstrauen aufgewühlt und bedroht, jederzeit mit einem Schlage unterzugehen. Dem unausweichlichen Mittel, das endgültige Vernichtung erlaubte, würde niemand entkommen. So war es gedacht. Zunächst. Dann getan. Kurfalke hatte immer nur von der fernen Erprobung gesprochen. War dergleichen unbedingt nötig gewesen? Jedenfalls fehlten dazu theoretische Gründe. Solche, die sich immer nur auf Ideen bezogen. Keineswegs auf den technischen, zu schweigen praktischen Teil. Der lautete, Vernichtung, der keiner entging.

Wie kam es dazu? Kurfalke hatte die Frage leise gestellt. In aller gebotenen Nachdenklichkeit. Mit der Sonne waren von alters her außerordentlichen Träumen der Menschheit verbunden. Vor nicht langer Zeit, da wurde überraschend ihr Wesen erkannt. Die Kenntnis gewaltiger, verborgener Kräfte, sie war mit einem Mal da. Sie zu nutzen, in jeder Form, der Wille hatte alle beherrscht. Auch ihn. Es hatte in der Natur der Sache gelegen. Bestimmte Maßnahmen ließen von einem bestimmten Zeitpunkt an leicht gewisse Ziele erkennen. Die Absichten waren nun einmal in gute und weniger gute geteilt. Rein aus der Ferne betrachtet, blieben in solchen Fällen Missverständnisse keinesfalls aus. Er, Kurfalke hatte jenes Risiko zum Wohle des großen Ganzen auf sich genommen. Als hätte er nicht das Beste gewollt?

Es wurde anders gesehen. Als steckte ein böser Wille dahinter. Das Entsetzliche, so war es passiert. Einzig, um ihm zuvorkommen! Dem lag ein Irrtum zugrunde. War er verzeihlich? Wären sie damals nur miteinander in Verbindung getreten! Leider waren die Zeiten nicht so. Angesichts der Gefahr nun, was blieb? Allein seine warnende Stimme. Keiner verstand ihr solchen Klang zu verleihen. Je länger Kurfalke sprach, umso bereitwilliger hörte jeder ihm zu. Er nahm an die Hand. Wer spürte es nicht? Er wurde persönlich geleitet. Wozu all die Angst? Unversehens war das Auditorium vom Vertrauen getragen, irgendwie standhalten zu können. Bis ins Letzte hinein.

Das Böse, steckte es nicht zutiefst in jedem einzelnen drin? Wäre es sonst überhaupt da! Eines Tages wollte es vollends heraus. Ungefragt. Unbedingt. Das Innerste hatte sich damit nur nach außen gekehrt. Der Mensch erblickte sich urplötzlich selbst. War er deshalb aufs tiefste erschreckt? Kurfalke wies darauf hin. Was geschehen sollte, geschah. Damals wie jetzt. Behände huschte manche Hand übers Papier. Das Auge sah kurz beim Umblättern auf. Wie tief gebeugt war der Kopf. Es galt, kein Wort zu versäumen. Zu Hause erschloss sich dann bald wohl der Sinn.

Kurfalke hätte Tag und Nacht über Land reisen können. Sendestationen reservierten ihm jeden Termin. Sein Wort, es war wie ein Ruf. Noch Jahre später nickten Unbekannte einander zu. Hatte man sich nicht bei Kurfalke gesehen? Etwas, das haften blieb und band. Nach kurzem Austausch wurde gern nähere Bekanntschaft geschlossen. Bisweilen ging lebenslange Freundschaft daraus hervor. Warum dies so war? Man hatte Unvergleichliches erlebt, im Bewusstsein, der Gefahr gemeinsam begegnet zu sein. Durchdrungen von einer Version, die alles umspannte.

Roshinsky hatte sich die Frage gestellt, an welcher Stelle Kurfalke sich bei der Abreise des niederländischen Direktors befand. Es war leicht zu sehen. Hoch oben, unerreichbar in der Luft. Gänzlich bewegungslos. Ein echter Kurfalke. Die Flügel ausgebreitet zu voller Spanne. Nur hin und wieder wurde mit den Spitzen unmerklich eine gewisse Abdrift korrigiert. Die Luft dort oben, sie war so dünn, wie sich unten es kaum einer vorstellen konnte. Leicht hätte es jeden um die Besinnung gebracht. Kurfalke indes schaute aufmerksam und gespannt auf den Gang der Dinge hinab. Hin und wieder schraubte er sich etwas höher hinauf, um jeder Zeit unwiderstehlich hinunterzustoßen.

Die Denkschrift hatte er frühzeitig abgefasst und rechtzeitig abgeschickt. Von eigener Hand. Nur nichts dem Zufall anheimfallen lassen. Ihr Inhalt war gänzlich auf die Belange der Zeit abgestimmt. Binnen kurzem konnte er das erwünschte Zeichen zum Bau jenes Mittels erhalten, dem nichts widerstand. Alles Weitere ging dann wie von selbst. Der niederländische Direktor befand sich wie gewünscht bereits schon auf See. Er selbst hatte die Dinge in die Wege geleitet, beschleunigt und für den ungestörten Ablauf gesorgt. Keine Grenzschwierigkeiten. Er konnte die verlassenen Räume beziehen. Alles war unberührt. Nur der Steinway schien ein wenig verstimmt.

Bei der Errichtung der Anlage unten im Turm war es zunächst um die Erforschung höchster Spannung gegangen. Die Zeichnung, die er in einer Ausgabe der weltberühmten Zeitschrift entdeckte, hatte Roshinsky gründlich studiert. Bisweilen war ihm, als hätte sein Finger noch das Wasserzeichen ertastet. Je farbloser Aufriss und Beschreibung, umso intensiver stellten die Prozesse sich dar, die tief unter der Erde ablaufen sollten. Temperaturen von unbekannter Höhe und Tiefe, sie wurden, wie vorgesehen, dann auch bald erreicht. Schließlich war es nicht bei dem Artikel geblieben. Bald wurde mit Nachdruck gebaut. Weltweit schien das Interesse zu sein, denn eine hochmögende atlantische Stiftung war trotz der unvorhergesehenen Ankunft des niederländischen Direktors vorerst nicht zur Einstellung ihrer stillen Unterstützung bereit. Sein Bericht hatte gleichwohl stark irritiert und kaum wirklich erfreut. Als das ungläubige Staunen sich legte, schien es manchem fast schon zu spät.

Spätabends, wenn er zu Hause an seinem Küchentisch saß, zog nach und nach das damalige Geschehen an Roshinsky vorüber. Kurfalke wartete ab. Er allein verstand, sich die jüngste Entdeckung zunutze zu machen. Mit dem Turm war er in der Lagel, die Dinge angemessen zu lenken. Am Ende, wer konnte ihm dann noch widerstehen? Er würde seinem Willen Ausdruck verleihen. Die Welt, sie schaute uneingeschränkt auf ihn.

Roshinsky fühlte sich zunehmend müde. Vor dem Schlaf war noch eine leichte Stärkung vonnöten. Er holte die Teewurst aus der Kunststofftüte, roch an der Haut, nahm das Messer und stach sachte hinein. Das Glas mit Gurken stand schon bereit. Bevor er zulangte, schnitt er vom Zwiebelbrot in aller Ruhe ein paar größere Scheiben auf Vorrat ab. Was fehlte, wurde aus dem älteren Kühlschrank genommen. Er hatte das ausrangierte Modell nach dem Brand einer Wohnung erstanden. Neben dem restlichen Mobiliar hatte es wie verloren auf dem Trottoir abseitsgestanden. Auf seinen sanft sehnsüchtigen Blick hatte die Besitzerin sich gegen ein geringes Entgelt davon getrennt. Eigentlich war es für seine kleine Küche zu groß, doch bot es für zusätzliche Vorräte jederzeit Platz. Die waren bei ihm immer erwünscht.

Der Tee hatte inzwischen die richtige Farbe bekommen. Er nahm die Blätter heraus und goss sich vorsichtig in eine nachtblaue Tonschale ein. So hatten es die Chinesen gewollt. Sie waren weit weg. Er hätte sie gerne besucht. Später vielleicht. Jetzt lag der braune Kandiszucker ihm näher. Auch die Milch war zur Hand. Der erste Schluck belebte den Geist. Der zweite brachte ihn vollends zurück. Ein bewährtes Mittel, wenn Müdigkeit aufkam. Nicht zuletzt im Labor. In letzter Zeit hatte sie ihn wieder öfter befallen.

Das warme Gefäß in der Hand, schaute er zu den Fischen hinüber. Das Aquarium stand ihm direkt gegenüber. Er speiste gern in Gesellschaft. Die Tiere verfolgten das, was er tat, sehr genau. Ob sie ihn wiedererkannten? Manchmal war der Eindruck doch stark. Hin und wieder klopfte er leicht gegen die gläserne Wand. Sie stoben sofort auseinander und kamen nach einer Weile zurück. Er pochte erneut. Dasselbe Spiel. Jeder zeigt, was gefällt. Wie es ist, wenn ein Fisch sich freut? Roshinsky hätte es gerne gewusst.

Er war inzwischen auf einen Namen gestoßen: Theo Fastenrath. Ohne ihn hätte Kurfalke sein Vorhaben kaum in die Tat umsetzen können. Fastenrath hatte sich bis dahin gänzlich abseits gehalten. In letzter Zeit hatte ihn kaum jemand irgendwo auch nur als Schatten wahrnehmen können. Von Gestalt unauffällig und im Wesen so scheu, dass manchen eine Begegnung mit ihm ein wenig verwirrte. Alles Laute, das mied er. In letzter Zeit empfand er es derart stark, dass er ihm kaum noch weiter auszuweichen zu wissen schien. Hager und leicht gebeugt, hatte seine ursprüngliche Körpergröße sich allmählich verringert. Sich jedem Zugriff entziehen, jede Berührung vermeiden, auf keinen Fall sich vom Gang der Dinge mitreißen lassen. Keine Hand reichen. Um jeden Preis nahezu. Das Unterste schien gegenwärtig unablässig nach oben geschwemmt.

So ließ niemand für ihn Verwendung erkennen. Bisweilen schien er gänzlich vergessen. Im Institut ward er kaum noch gesehen und dann selten erkannt. Sich selbst überlassen, hatte eine Hand ihm hin und wieder den ein oder anderen Auftrag vermittelt. Er blieb auf dem Laufenden. Er wusste Bescheid. In aller Stille hatte er den Gang der Dinge verfolgt. Er würde einspringen können. Jedenfalls für eine Hand, die seine Dienste verdiente und plötzlich aufs Höchste gefährdet schien.

Roshinsky aß mit Bedacht. Er rührte gedankenverloren im Tee. Auf der Photographie sah er Fastenrath seine Appetitlosigkeit an. Auch die Schlaflosigkeit. Bisweilen wurde tief in der Nacht einem Suchenden noch eine Bleibe gewährt. Wen seltene Schritte unten und über ihm aufhorchen ließen, den schreckten elementare Übungen ab. Jüngst erst hatte er mit dem Violinspiel begonnen. Ober trotz des starken Tees inzwischen eingenickt war? Roshinsky war, er hätte geträumt. Die Stille der Nacht machte sich deutlich bemerkbar. Auch die Müdigkeit. Etwas hielt ihn noch wach. Fastenrath hatte, als der Moment kam, nur kurz überlegt. Er sprang ein, um seinen Dank zu erweisen. Die Zeiten waren der zarten Hand mit einem Mal keineswegs mehr günstig, sondern höchstgefährlich gewesen. In aller Dunkelheit hatte sie sich still über die Grenzen entfernt, vom niederländischen Direktor geleitet.

Fastenrath hatte schnell ihre Beobachtung während der Nacht übernommen. Abwarten in Dunkelheit und Stille. Es kam ihm zupass. In welchem Moment waren die richtigen Schlüsse zu ziehen? Häufiger schon hatte sich manches anders als vermutet verhalten. Nichts war aus dem Auge zu lassen. Die Einzelheiten bedenken. Veränderungen treten selten ohne Vorzeichen auf. Über Länder verstreut war eine ähnliche Untersuchung in Gang. Wer erreichte als Erster den kritischen Punkt? Für Kurfalke stand fest: nur einer der ihren würde es sein. Die Natur, sie wollte es so.

Die Versuche liefen ununterbrochen. Die Dame, die in nächtlicher Stille abgereist war, hatte noch für den geregelten Ablauf gesorgt. Die Fragen waren eine nach der andern gestellt. Wie fielen die Antworten aus? Fastenrath saß Stunde um Stunde im Dunkeln. Sich selbst spürte er kaum. Anzeichen waren da und blieben dann über einen längeren Zeitraum ganz aus. Endgültig? Er saß vor einem kleinen, hölzernen Tisch. Nur wenige Apparate standen darauf. Batterien waren seitlich befestigt. Wenn sich alles anders verhielt, war das Experiment dann gescheitert oder das Gegenteil der Fall? Etwas auf der Stelle erkennen, hieß in das vertrauen, was der Geist unmittelbar eingab.

Es war geschehen. Fastenrath hatte es bemerkt. Zur Sicherheit hatte er den Versuch wiederholt. War es das? Der Prozess einer Trennung, der nie gesehene Kräfte freisetzen konnte. Kurfalke stand hoch in der Luft. Es dauerte nicht lange, bis er alles erfuhr. Fastenrath war ihm nur flüchtig begegnet. Sie lebten am selben Ort jeder in einer anderen Welt. Fastenrath wurde nicht länger gesehen. Wer hätte für ihn weiter Verwendung gehabt? Sie waren die Ersten gewesen. Das Ergebnis ging hinaus in die Welt. Sein Name wurde genannt. Wer sich hinter dem Pseudonym wohl verbarg?

Spätabends, beim Geigenspiel lächelte er in sich hinein. Unbekannt sein und bleiben. Zeigen, was Dank ist. Die Dame, die an der fremden Küste an einem kalten Dezembertag von der Entdeckung erfuhr, hatte ihm einen Gruß zukommen lassen. Wem wurde die Auszeichnung jetzt wohl zuteil? Das Geheimnis, nun jenseits der Grenze, es stimmte froh. Kurfalke kaum. Leicht war ein Vorhaben unversehens durchkreuzt. Die Natur versah den Menschen mit List. Die Vernunft bediente sich ihrer. Zur Not?

Roshinsky ließen die Dinge nicht los. Die Nacht war fortgeschritten. Auch die Fische verhielten sich still. In ihrem Leben hatten sie noch kein Auge zutun müssen. Gab es Wesen, ganz ohne Schlaf, immerzu wach? Kurfalke hielt ihn stärker beschäftigt. Zum geeigneten Zeitpunkt stieß er hinab. Es hatte keiner weiteren Überlegung bedurft. Den Turm war nun völlig seiner Kontrolle unterstellt. Der Erlass kam heraus. Sein Gesetz! Was er benötigte, wurde ihm zur Verfügung gestellt. Unvorstellbare Kräfte würden jetzt frei. In Gedanken trieben sie ihn weit über die Stratosphäre hinaus.

Otto Sitzlack gehörte seit der ersten Stunde dazu. Er hatte draußen für Ordnung gesorgt. Das lag ihm im Blut. Bald schreckte ein Schild: Schwarz auf Gelb, in feuerfestes Blech eingestanzt. Wer mehrfach ins Blickfeld geriet, den merkte er sich. Nichts, das ihm entging. Die Gestalt der Pallas Athene über dem Eingang, schaute sie draußen auf alles hinab, was kam, was ging, was vorbeizog. Und bisweilen spurlos verschwand. Der Gefährte von Elfriede Barthelmess befand sich darunter. Den Helm hochgeschoben, den Blick auf einen unerreichbaren Punkt gerichtet. Ganz aus Stein, unerquicklich. Götter mussten so sein. Er hatte sich daran ein Beispiel genommen. Aus Otto Sitzlack bekam keiner ein Sterbenswörtchen heraus.

War der Gang der Dinge durch unerklärliche Kräfte bestimmt, wurde er nur nicht immer verstanden? Kurfalke hatte dem Auditorium eine Erklärung geboten. War damit auch alles gesagt? Im Augenblick war es für eine weitere Betrachtung zu spät. Müdigkeit setzte Roshinsky jetzt endgültig zu. Dennoch fand er nicht sofort ins Bett. Gedanken stellten sich mitunter unabhängig von körperlichen Zuständen ein. Er musste dem Rechnung tragen. In der Ferne war nurmehr der Nachtbus zu hören. Die Leere der Stadt war nun nahe. Eine Melodie aus feinen, ganz hellen Tönen tauchte in seinem Kopf wieder auf. Schon beim ersten Mal hatte er aufmerksam hingehört. Schließlich hatte er den kleinen, schmalen Mann mit dem dunklen, flachen, goldgrünen Käppchen aus Brokat wahrgenommen. Es war in einem Waggon der Untergrundbahn gewesen. Ganz in sich gekehrt hatte er dort im Gang zwischen den Passagieren Trompete geblasen. Die Fahrgäste waren einer nach dem andern verstummt. Es war dieser reine, feine, helle Klang gewesen. Niemand konnte sich ihm entziehen. Eine Botschaft, von ganz weit her. Sie schien um ein unbekanntes Ereignis zu kreisen. Dennoch hatte es jeder aufmerken müssen. Vergangenes, war nicht mehr da, doch etwas blieb. Die Melodie, sie sprach davon, bis die Haltestelle das Spiel unterbrach.

Roshinsky war eines Tages dem kleinen Trompeter in der Untergrundbahn wieder begegnet. Zunächst hatte er seine Anwesenheit nicht bemerkt, versunken in ein Buch wie er war. Er hatte ihn an der Art zu spielen erkannt. Gemeinsam hatten sie den Zug dann verlassen. Sie hatten sich angesehen. Sie hatten gelächelt. Beide kamen sie von weit her. Der Trompeter aus Sewastopol, der Stadt mit den vielen Hügeln am Meer. Bei ihm, Roshinsky, war es der Fluss weiter östlich gewesen, der Don. Sie hatten früh alles verlassen. Und sich hier beizeiten entdeckt.

Roshinsky ging in die Küche hinüber, um sich am Ausguss die Zähne zu putzen. Von mechanischer Bewegung blieb der Geist unberührt. Aus dem kleinen Schrank unter dem Fenster holte er eine weiße Emaille-Schüssel hervor. Vor dem Schlafengehen wurden regelmäßig die Füße gewaschen. Nicht nur aus einer angenehmen Gewohnheit heraus. Sie trugen ihn immerhin tagaus, tagein. Etwas, das er so leicht nicht vergaß. Anschließend hängte er das feuchte Handtuch über die Stange am Herd. Barfuß ging er aus der Küche in sein Zimmer hinüber. Dort stand das eiserne, klappbare Bett. Ansonsten wies der Raum außer Stuhl, Tisch und Schrank weiter nichts auf. Nur eine ungeordnete Menge von Skripten und Büchern. Darin fand er sich bestens zurecht.

Für die Nacht zog er ein altes Sommerhemd an, Khaki mit kurzem Arm. Während er schlief, hatte ihn jüngst bisweilen eine unerklärliche, dunkle Hitze befallen. Sie bedrückte sein Herz. Ebenfalls machten ihm ältere Träume zu schaffen. Manche wiederholten sich Nacht für Nacht. Ob sie etwas ankündigen wollten? Er setzte sich langsam aufs Bett. Die Ellbogen auf die Knie gestützt, konnte er noch ein wenig verharren. Er war zu müde, um einen klaren Gedanken zu fassen. Etwas klang aus. Er wusste nicht, was. E wartete genau auf den Punkt, wo der Tag endet und die Nacht beginnt. Wie oft hatte er ihn nicht gerade im letzten Moment noch versäumt. Dann war es für alles zu spät, und er hatte in Ruhe einschlafen können.

***

III

Etliche Jahre bevor Fastenrath die umwälzende Entdeckung gelang, war Laszlo Schillert an gleicher Stelle mit derselben Frage beschäftigt gewesen. Überstürzt hatte er eines Tages abreisen müssen.

Der Tag ging in London zur Neige. Der Ponton schwankte. Laszlo Schillert wippte mit Genuss auf den Zehen. Der Kassenschalter war noch geöffnet. Die Station hieß Embankment. Die Schiffslinie verkehrte bis weit in die Dunkelheit hinein. Nach der Fahrt flussabwärts bis Greenwich hinunter und einem Spaziergang die Hügel entlang, würde er vor dem Einsetzen der Nacht mit dem Boot Belieben zurückkehren können. In letzter Zeit hatte der Ausflug ihm öfter zu einem angenehmen abendlichen Ausklang verholfen. Es fiel ihm schwer, nicht in Bewegung zu sein. Selbst wenn sein Körper an Bord sich in Ruhe befand, blieb er immerhin durch die Elemente in Fluss.

Laszlo Schillert saß alleine an Deck. Er mied Kabinen, deren Luft das Atmen erschwerte. Sein Geist rief aus dem Stand starke Böen hervor, die Arglose herumwirbeln konnten. Auf Symposien zeigte sich mancher entsetzt, als wäre das Tischtuch mit all den köstlichen Gaben urplötzlich vor seinen Augen heruntergerissen. Die Hände in die Taschen seines hellen, leichten Mantels geschoben, die Beine in den Bug des Schiffes gestreckt, schweifte sein Blick die Ufer der Themse hinunter. Der kurze, rundliche Körper verharrte. Er war im Moment von einer gewissen Trägheit erfasst.

Für einen englischen Sommer hatte er einen heißen Tag

hinter sich. Der Fahrtwind strich kühlend vorüber. Die Fähre lag ruhig im Wasser. Die Wellen schienen gegenwärtig von keinem besonderen Interesse bewegt. Bisweilen hielt er die Augen geschlossen. Verschiedenes glitt in einander, Anfang und Ende lösten sich auf. Reines Empfinden verfolgte kein Ziel. Mitunter schien er von so viel Sanftmut berückt.

Unkundige hatten sich vorsehen sollen. Manch einer wich vor ihm schon von weitem zurück. Dass jemand sich nach öffentlicher Befragung durch ihn sich aufgeknüpft hatte, war inzwischen verbürgt. Er hob die Brauen, verzog den Mund. Es war nicht seine Art, sich um den eigenen Kragen zu bringen. Selbst sein Mentor. ein führender Geist, zuckte zusammen, als er ihm vor aller Augen ein wenig auf dem Kopf herumzutanzen wollte. Geradezu beflissen hatte er ihm Seitdem hatte er kein Ansinnen mehr abschlagen wollen.

Stromabwärts kam der Sitz der Marine in Sicht. Von Christopher Wren harmonisch eingefügt zwischen Landschaft und Fluss. Wer zu sehen verstand, den berührte das Bild. Was Geschichte war, auch wie sie verlief? Derzeit lebte man eher von der Hand in den Mund oder steckte bisweilen den Kopf in den Sand. Wenig Grund, restlos dankbar zu sein. Er erhob sich, um bei der Landung als Erster wieder festen Boden zu spüren.

Roshinsky war beizeiten auf Laszlo Schillert gestoßen. Schon vor der Errichtung des Turmes ging er im kaiserlichen Institut aus und ein. Unerwartet tauchte er auf, ebenso blieb er fern. Die Photographie zeigte eine rundliche, kurze Gestalt, das Jackett über die Schulter geworfen, die Krawatte heruntergezogen, die Hemdsärmel hoch gekrempelt, in der Rechten ein Hörnchen mit Eis. Über den Kopf war ein helles Schnupftuch mit vier Knoten gespannt.

Häufig hielt die Linke einen Hosenträger gedankenverloren umfasst. Ein Knopf fehlte.

Früh war sein Interesse auf das Geschehen im Ganzen gerichtet. Nicht zuletzt auf die Frage, zu welchem Planeten überschüssige Teile der Menschheit rechtzeitig ausweichen konnten. Transportmittel hatte er inzwischen reichlich entworfen, ungelöst blieb nur das Antriebsproblem. Derartige Reisen rechneten bislang noch nach Jahren. Die Suche nach Schubkraft, sie auf ein Minimum zu reduzieren, trieb ihn um. Über einzelne Patente hatte er bereits verfügt. War er der Lösung im kaiserlichen Institut allmählich nähergekommen? Bevor es soweit war, machte er sich lieber bei Nacht und Nebel davon.

Wachen wurden zunehmend vor die Tür jener Personen postiert, auf die beim geringsten Anlass Verdacht fallen konnte. Die Radionachricht vom brennenden Reichstag hatte er nicht mehr zu ende gehört, sondern den Kaffee stehen gelassen und die beiden Koffer ergriffen. Seit langem standen sie gepackt bei der Tür. Im Taxi wurde mehrfach die Richtung gewechselt und am Bahnhofsschalter nicht ohne Bedacht ein Billett erster Klasse gewählt. Der Zug um Mitternacht war nahezu leer. Kontrolleure hatten für den hochfeinen Herrn allein im Abteil noch voller Respekt salutiert. Anschließend kam keiner mehr durch, auf der Strecke nach Wien.

Ein halbes Jahrzehnt war inzwischen vergangen. War er dem Gesuchten nähergekommen? Ein Wettlauf war inzwischen in Gang. Ein Mittel, das Reisen tief ins Universum erlaubte, konnte ebenso verheerende Wirkung entfalten. Der junge Kurfalke, niemand vermochte so leicht das Ohr höchster Stellen zu finden. Auf den Fluren des Instituts waren sie einander begegnet. Ob er über einen Vorsprung verfügte? Es trieb ihn zunehmend um. Wurde ihm dafür Verständnis zuteil?

Das Licht war allmählich aus den Wolken gewichen. Über der Themse hingen sie tief. Früher wurden darin Zeichen gesehen. Nun zeigten sie allenfalls an, daß Regen bald einsetzen würde. Er wartete auf den Moment, in dem Wasser und Luft ineinander verschwammen. Bisweilen schien er erfasst. Eher zu kurz. Auf die Einbildungskraft indes bliebe Verlass. Früh wurde ihm beim Schlendern nach Schulschluss eine Einsicht zuteil. Die Löwen hielten die Ketten der Brücke im Maul. Getrennte Teile der Stadt fanden so zueinander, Buda und Pest. Das Wasser darunter, es floß, doch es lief nicht davon. Eines Tages trug es ihn fort.

Mit Gleichgesinnten plante er eine andere Welt. Sie erkannten einander an Zeichen. Keine Behörde hatte das kaltlassen können. Bahnte etwas sich an? Frohlockend wurden Transparente geschwenkt. Wie ein Paar vergnügter Biber hatte er mit seinem Bruder in strömendem Regen tanzend und winkend auf dem ersten Wagen der winzigen Kolonne gestanden. Passanten waren stehengeblieben. Mütter und Kinder darunter. Manche schauten ihnen sehnsüchtig nach. Im amtlichen Dossier wurde der Schluss-Strich gezogen. Vor dem Zugriff glitt er mit dem Postschiff unerkannt die Donau hinab. Der Zeitpunkt, Heiligabend, war günstig gewählt. Frohgemut setzte er seinen Fuß in die »k. und k. Metropole«.

Bei einsetzender Nacht in Greenwich auf einer hölzernen Bank, den Rücken an die Lehne gedrückt, berührten seine Füße den Boden nur knapp. Blitzschnell hatte er sich um die eigene Achse in jede beliebige Richtung gedreht. Frühzeitig hatte er mit der Untersuchung schwer zugänglicher Kräfte begonnen. Er war auf der richtigen Spur. Schließlich hatte es ihn nach Nordosten zu den »geheimen Räten« in die preußische Hauptstadt geführt. Hochgeschlossen, immerzu grade, Verdienste, hatten sie ihn jemals berührt?

zeigten sie für die Natur eine besondere Art von Verständnis. Weniger für seine Art Fragen zu stellen, denn Verdienste, hatten sie ihn jemals berührt?

Dennoch, sie nahmen ihn auf und bezeugten so auf ihre Weise Respekt. Träger der höchsten Forschungs-Auszeichnung waren alle gewesen, jedenfalls, was den Einblick in verborgene physikalische Geschehen betraf. Wer in jeder Hinsicht am weitesten von ihnen voraussah, den hatte er sich zum Mentor erkoren. Eines Tages kehrte er nicht von einer Reise zurück. Umgehend hielt Schillert seine zwei kleinen Koffer gepackt.

Der Inhalt lag über sein Zimmer verstreut. Im Palace Hotel, London, war er untergekommen. Seit jeher schlief er lange. Anschließend lag er Stunden im Bad. Der gemeinschaftliche Wannenraum am Ende des Gangs stand ihm ab Mittag unbegrenzt zur Verfügung. Im Wasser liegend, tauchend und treibend, so heiß wie möglich, die Wanne randvoll, ragte nur der Kopf wie bei Bieber und Otter heraus, bevor er wiederum in der Tiefe verschwand, um zu lauschen, was Maxwells Dämon ihm zuflüstern wollte.

Sie kannten sich seit dem ersten Semester. In der Thermodynamik tauchte der Dämon im zweiten Satz unverhofft auf. Er hob mit einer gewissen Vorsicht die Hand. Schillert winkte zurück. Schnell, bevor er wieder verschwand. Mit der Zeit waren sie einander nähergekommen und gemeinsam viel unterwegs. Der Dämon konnte beliebig starke Ströme und Turbulenzen erzeugen, was Schillert über die MaIssen gefiel.

Stundenlang sah er voll Staunen ihm zu. Ein Wink für geeignete Partikel, schon kam stärkere Bewegung in Gang, ohne dass er die geringste Energie aufwenden musste. Allein von der Kraft des Geistes erzeugt. Schillert nahm sich ein Beispiel. Kenntnis im Einzelnen und Übung im

Ganzen war unerlässlich gewesen. Wer darüber verfügte, hielt komplizierte Prozesse ohne Unterbrechung in Gang. Grenzenlose Beschleunigung, nicht zuletzt sie, war darin enthalten.

Schillert gefiel es. Es war das, was er länger schon suchte. Ein Hinweis zur richtigen Zeit, am richtigen Ort, schon war es mit Gleichgewicht und Ruhe dahin. Maxwells Dämon verstand sich darauf. Der zweite Hauptsatz der Thermodynamik ließ sich vielleicht überlisten. Jedenfalls gingen dann nicht, wie lange vermutet, Energien verloren. Es fehlte bislang nur der entsprechende Stoff, damit er das Verfahren anwenden konnte. Vielleicht war dann, die unendlich laufende Maschine entdeckt. Schillerts Hände wurden ganz heiß. Zur Kühlung liess er sie über den Wannenrand baumeln.

Auf der Rückfahrt von Greenwich saß er wieder an Deck. Es wurde nun dunkel und ging die Themse hinauf. Das Licht der Kabine, es schwamm auf dem Wasser, bald auch das Leuchten der Stadt. Der Strom half auch ihm, in Bewegung zu bleiben.. Die Luft war feucht, der Himmel bedeckt. Noch war es nicht vollständig Nacht. Woran er dachte? War seines Bleibens hier länger? Verständigung war bislang nicht zustande gekommen. Nur der Austausch mit Maxwells Dämon hielt an.

Während des Schweifens um den Bloomsbury Square war die Eingebung plötzlich gekommen. Beim Wechsel der Elemente hatten erhebliche Energien frei werden können. Welches von ihnen würde sich als geeignet erweisen? Ihre Zahl zeigte sich glücklicherweise begrenzt. Sofort hatte er mit der Untersuchung begonnen. In Cambridge wurde sie für »Moonshine« erklärt. Schillert lächelte, bevor er schwankte. Das Boot hatte sein Ziel inzwischen erreicht. Nervös stieg es an der Pier auf und ab. Behände balancierte er über die Gangway an Land.

Einen Augenblick stand er unschlüssig da. Seine Hände befühlten den Leib. Ihn Verlangte nach Stärkung. Suchend schnürte er um allerlei Gebäude herum. So war er auf Räume für seine Versuche gestoßen. Cambridge's Cavendish« war ihm ja verwehrt. Ebenso das »Clarendon«, Oxford. Nur wenige Schritte entfernt, hatte er einen Ziegelbau für seine Zwecke entdeckt, »Victorian style«, mit Efeu bedeckt. Die Landlady auch. Vom Mieter war sie vorerst entzückt, dann irritiert. Im Handumdrehen sah sie die Räume in ein Experimentierfeld verwandelt.

Die Ausrüstung, auf dem neuesten Stand! Er brachte sie im Köfferchen mit und trug damit die Ergebnisse fort. Den Herren in Cambridge wurde ein Staunen entlockt. Das waren sie Rutherford schuldig gewesen. Über Englands Schicksal entschieden gottlob die Meere. Seine Admiralität hatte sich bei der Patentierung nicht kleinlich gezeigt. Antriebsbeschleunigung war immer willkommen. Sonstige Eingriffe in den Schiffsverkehr waren von Schillert nicht zu befürchten gewesen.

Inzwischen war er mehrfach über den nördlichen Atlantik gereist. Und auf Interesse gestoßen? Auf Verwunderung immer. Nicht zuletzt über die Art, Schlüsse zu ziehen. Hatte etwas mit letzter Gewissheit eintreten müssen, weil er es sich bis ins Letzte ausmalen konnte?

Er blinzelte. Wo lag die Brille? Auf dem Wannenrand hockend, glitt er wie eine Robbe hinab. Beim Frottieren ging ihm der letzte Versuch durch den Kopf. Nachts hatte er die Röntgenkammer eines Londoner Spitals zur Verfügung, war dort allerdings selten zu finden gewesen. Mit Vorliebe strich er um den Bloomsbury Square. Apparaturen vermochten ja nicht wie seine Gedanken unbekümmert Gangart und Richtung zu wechseln. Experimente entstanden und gelangen nun einmal Kopf. Das lag auf der Hand. Von der Leitung des Krankenhauses erhielt er inzwischen ein Schreiben. Dringend benötigter Raum durfte in schwierigen Zeiten nicht ungenutzt sein. Ein Hospital diente Kranken, nicht dazu, die Menschheit zu retten. Wurde der Unterschied bislang nicht bemerkt?

Die Verhandlungen auf dem Kontinent wurden im Äther verfolgt. Die Lage konnte kaum stärker zugespitzt sein. Eine Verständigung so unterschiedlich gearteter Kräfte schien gleichwohl plötzlich in Sicht. Alle hofften, er ließ sich nicht täuschen. Bald würde das Unterste zuoberst gekehrt. Zeit, aufzubrechen, erneut per Schiff! Auch wenn er lange Seereisen scheute. Er lächelte. Wie immer, wenn er nicht mehr ausweichen konnte und ein Ausweg noch blieb.

Es dauerte nicht lange, und er tippte den Brief. Zwei Finger, nicht drei. Im Labor hatte er Manuelles grundsätzlich ausführen lassen. Sein Blick ging auf die Straßen hinunter. Allenthalben ein Kommen und Gehen, jeder für sich, keinen andern im Blick. Auf den frühen Photographien war sein Auge bereits in die Ferne gerichtet. Nur Hut und Kragen waren steif, wie Roshinsky bemerkte.

Das Schreiben war an ehrenwerte Herren in ehrwürdigen Institutionen gerichtet. Sie hatten ihn angehört. An Zurückhaltung hatte es nirgends gefehlt. Ebenso an Geduld, geschweige Nachsicht. Höflichkeit verstand sich von selbst. Empfehlungen schrieben sie persönlich per Hand, aufrecht, korrekt, den Kopf leicht geneigt, zum Horizont hin. Ansonsten klar und hinreichend kühl. Der Händedruck kurz und meist fest. Jeweils begleiteten sie ihn bis zur Schwelle der Tür. Und schlossen sie dann mit Bedacht.

Bei Vorträgen hatte er stets in vorderster Reihe gesessen. Scheinbar in Schlummer versunken, schoss er wie ein Derwisch empor und schleuderte seine Fragen heraus. Stummen Schmerz, den die Schärfe seiner Logik herrufen konnte, nahm er ohne Bedenken in Kauf. Anteilnahme war nie zwingender Bestandteil strenger Begründung gewesen. Die Lippen zum Pfeifen gespitzt, trollte er zufrieden davon. Einladungen, mit der Zeit nahmen sie ab. Schließlich blieben sie aus.

Er vertippte sich, schrieb um, formulierte neu, erwog und zog in Betracht. Er dachte an ihr Gefühl für die Zeit. Nebel kam auf, hüllte ein, ließ Räume undurchdringlich zurück. Fassaden, Straßen und Personen verschwanden. Verfügbarkeit war nunmehr auf das Nächste beschränkt. Etwas, das Gleichmut bewirkte, den Glaube an das, was die Hand fasste, der Fuß spürte, Zurückhaltung gegenüber bloßer Vermutung erzeugt und alldem, was der Geist sich einfach so denkt?

Schillert holte die Lampe mit dem Stoffschirm herüber, leicht gelb, schwach geblümt. Die Schnur aus Cotton, geflochten in Braun. In wenigen Zeilen wurde die Lage skizziert. Den Entschluss zu baldiger Abreise teilte er mit, nicht ohne um Verständnis zu bitten. Das war an ihm neu! War er zu lange schon hier? Er dankte und schloss den Brief. Trotz Nebel musste er noch heute hinaus. Zur Sicherheit ging er die Wände der Häuser entlang und wieder zurück.

Er las das Ticket: R M S Franconia, Außenkabine, steuerbords, mittschiffs. nicht weit vom Positionslicht in Grün. Der Abreisetag, Heiligabend. Er lächelte. Das Ziel, die Küste der Staaten. In Southhampton war das knappe Gepäck rasch in der Kabine verstaut. Weniger erfolgreich dann der Versuch, die Füße gegen das Ende der Koje zu stemmen. Für einen wie ihn blieb im Universum immer noch Platz. Erschöpft schlief er ein. Im Moment schien er an der richtigen Stelle zu sein. Auf der Fahrt zum richtigen Ort.

In Manhattan schlief er wie gewohnt im »Kings Crown«.

Das hieß, lange. Vom Columbia Campus nur wenige Schritte entfernt. Das eiserne Gitterportal, auch den Pförtner, wurde mit einem Wink rasch passiert. Einer wie er, gehörte er immer dazu? Im Department of Physics stand er bald in der die Tür. Umstandslos knüpfte er an ein Gespräch wieder an, das er vor Jahren begann. Lagen nunmehr die Ergebnisse vor? Sein Verfahren hatte verblüfft. Und inspiriert.

Angesichts seiner Art zu ergründen, konnten hochnotpeinliche Verhöre leicht als mildere Formen der Unterhaltung erscheinen. Voller Ungeduld hörte er zu. Neue Aufgaben wurden von ihm aus dem Stand übertragen. Worauf er grußlos wieder verschwand. Tage danach tauchte er auf, wie aus dem Boden gewachsen. Resultate wurden von ihm mit schwerem Akzent kommentiert. Absichten? Er schien mit etwas beschäftigt, behielt es indessen für sich.

Der Service im Hotel geriet aus dem Rhythmus. Der Zugang zu seinem Raum war versperrt. Über und über mit Papieren bedeckt, war er Tag und Nacht mit Rechnen beschäftigt. Mittags, im Drugstore, wurde das Frühstück gleich doppelt bestellt. Auch Zeitungen in beliebiger Menge. Essend, lesend, bei Ice-Cream in Menge, unablässig von der Frage bewegt, hatte er das richtige Verfahren gewählt? Es ging um die Eingebung vom »Bloomsbury Square«. War er der Lösung nun nahe?

Das Jahr ging zu Ende und seinem Höhepunkt zu: Weltweit wurde Christmas gefeiert. Fastenrath hatte für die Bescherung gesorgt. Das Resultat war herübergekabelt, so dass Schillert feststellen konnte, nur wenige Element hatten ihm noch zur Überprüfung gefehlt. Stand Kurfalke bereits hoch in der Luft? Was mit einer gewissen Wahrscheinlichkeit eintreten konnte, war es das, was mit Sicherheit zutraf? Es war keine Zeit zu verlieren.

Im Smoking wurden alle Kapazitäten zusammengetrommelt. Noch während der festlichen Runden das Für und Wider erwog, stürzte er ins Labor, eine Probe aufs Exempel zu machen, die auf der Stelle gelang! Es hatte allenfalls starker Arme bedurft, den Bleibehälter aus dem Taxi zu hieven, der das Element schützend umgab. Hatte Fernliegendes ihm stets am nächsten gelegen?

Das Ergebnis wurde von ihm auf der Stelle verschickt. Zunächst an ihn selbst. Per Stempel war es amtlich geworden. Anfangs hatte nicht jeder hatte seinen Vorschlag geteilt, über das Ergebnis den Mantel des Schweigens zu breiten. Anders würden sie das stumme Ringen mit Kurfalke nicht aufnehmen können. Er sollte sich sicher wähnen, uneinholbar voraus. Es hatte gedauert, ihre Skepsis überwinden zu können. Schließlich hatte er abstimmen lassen und so überzeugt.

Noch schwieriger schien es, Behörden zur Einsicht oder in Bewegung zu bringen. Ungewohntes rief in erster Linie Bedenken hervor. Immerhin, stattliche Summen waren im Spiel. Schillert verlangte voll und ganz Verfügungsgewalt. Das Experiment hatte er inzwischen verfeinert. Wie der plötzliche Vorgang sich stetig verhielt, das Verfahren wurde von ihm jetzt beherrscht. Nur Anlagen in den nötigen Ausmaßen fehlten. Die Zeit drängte. Kurfalke hatte den Turm zur Verfügung. Und er? Seit Wochen hatte er keine Antwort erhalten. Längst war er kreuz und quer unterwegs. Insgeheim und suchte er bereits eine fähige Mannschaft zusammen.

Der entscheidende Einfall kam ihm über Nacht. Er würde dem Unternehmen die nötige Stoßkraft verleihen. Am nächsten Morgen schon hielt ein fabrikneuer »Dodge« vor der Tür. Gemeinsam fuhren sie über den Highway nach Norden. Der Freund am Steuer, er Schillert im Fond. Seit der Neugestaltung der Welt waren sie in Fühlung geblieben. Die Rettung der alten stand jetzt an. Inzwischen war es Juli geboren. Im Coupé war die Hitze erträglich. Am Ende ging es vom Highway zum Atlantik hinunter, wo die Fahrbahn sich in sandigen Wegen verlor. Die Räder sanken bald tiefer und tiefer. Zunehmend hatten sie verschlungenen Pfaden zu folgen. Alle führten hinunter zum Strand. Es war indes nicht das Meer, das sie suchten, vielmehr einen weltweit bekannten älteren Herrn, Schillerts Mentor. Wo lag der Ort, gab es ihn wirklich, kannten sie die Bezeichnung genau? Indianische Namen glichen einander. wie die Häuser aus Holz. Gleich Zwillingen waren sie nicht auf Anhieb unterscheidbar gewesen.

Verschiedene Siedlungen hatten sie bereits mehrfach durchquert und auch umkreist. Die Hoffnung begann allmählich zu sinken. An Ferienplätzen ähnelten sich Menschen noch stärker. Was blieb, war ein letzter Versuch. Der Gesuchte war dem kleinen Angler bekannt. Er hatte ihm Wind, Wolken, Seegang, Sterne und auch gewisse Vorgänge beim Fischfang erklärt. Die Ausbeute, sie hatte sich seitdem beträchtlich erhöht. Nur sein Englisch war seltsam, doch im Ganzen korrekt.

Roshinsky hatte mit Kenterbury das Foto betrachtet. Die Hitze schien spürbar. Die Kragen der Hemden standen offen bei allen. Die Ärmel: sehr kurz. Die Herren saßen um einen runden, hölzernen Tisch. Die Gläser mit Ice-Tea waren geleert. Schillert hielt ein Papier in der Hand. Er las. Das Schreiben war an den ersten Mann im Staate gerichtet. Jede Formulierung war mit Sorgfalt gewählt. Ein Wort allein konnte entscheiden, wenn etwas auf der Stelle einleuchten sollte.

Jenseits des Ozeans war etwas in Gang. Das Unterste wurde bald zuoberst gekehrt. Umfassende Maßnahmen waren zu treffen, die Welt war sonst bald aus den Fugen. Außerdem, eswar kein Hafen mehr sicher. Die Zeit drängte. Ein Name fiel: Kurfalke. Er befand sich bereits hoch in der Luft, so dass der Seeadler unverzüglich aufsteigen musste. Schillerts Mentor, er allein hatte das Schreiben signiert und Roshinsky sich zu diesem Zeitpunkt gefragt, ob die Geschichte sich hin und wieder kleiner Angler bediente, damit sie entsprechend verlief.

***

IV

Schillerts Brief hatte Wirkung gezeigt. Alsbald kam ein Mechanismus in Gang, wie allenfalls eine Behörde ihn zu bewirken vermag. Es wurde es tödlicher Ernst. Das Verfahren war zu voller Reife zu bringen. Endgültig wurde seine Wirkung dann in größter Entfernung erprobt. »Trinity« hieß das Gelände, wie Roshinsky zu seinem Erstaunen bemerkte. Es war ein Bericht, den er las. Colonel Butterfield hatte darin seine Sorgen geäußert. Auf ihn fiel die Wahl, das hochgeheime Unternehmen in die Tat umzusetzen. Er hatte zu unbegrenzter Fülle geneigt, doch sein Herz hatte stets für den vordersten Einsatz geschlagen.

Nun war es das Kommando über einen Trupp widerspenstiger Zivilisten geworden. Nicht in Übersee, wie erhofft, vielmehr mitten im Landesinnern. Der ersehnte Stern, war er vorerst in weite Ferne gerückt? Viertbester seines Jahrgangs war er gewesen. Diplom und Auszeichnungen und Diplom hatte er umgehend im Flur aufhängen lassen. Sie sollten nicht glauben, er sei keine besondere Wahl.

Ihre Köpfe hatten bislang über den Wolken geschwebt. Reiner Hirnstoff, der Unverständliches ausbrüten konnte. Er las wiederholt die Beschreibung. Doch hätte er es gerne genauer gewusst. In jedem Fall war Vorsicht geboten. Er hatte alles unter strenger Kontrolle zu halten. Anschließend winkte der praktische Teil. Von höchster Durchschlagskraft, so sollte er sein. Immerhin seine Domäne! Sonst hatte er ja nichts in der Hand. Nur den Auftrag, Unvorstellbares in die Tat umzusetzen. Initiative hatte dann Instruktionen ersetzt. Nicht von ungefähr fiel auf ihn hier die Wahl. Er hatte die kämpfen gelernt. Die Gelegenheit kam.

Bei der Begrüßung hatte Schillert zu kichern begonnen. Anschließend stand er umständlich auf und ging aufreizend zwischen den Reihen herum. Dabei beugte sein Körper sich vor, um amüsiert jemandem in die Augen zu schauen. Umgehend ließ er ein Gelächter erschallen. Zwischendurch nach vorne geschlendert, blieb er direkt vor Butterfield stehen. Die Arme verschränkt, hatte er zu jedem seiner Worte stumm Lippen bewegt. Sodann war er zum Fenster getrollt, um amüsiert gegen die Scheiben zu trommeln. Dazu pfiff er Lied, dessen Melodie und Text unbekannt war. Butterfield blieb gleichwohl bemüht, der Schar das hochbrisante Verfahren näher zu bringen. Wer ahnte denn, worauf es hinauslief? Jeder würde einen begrenzten Auftrag erhalten. Der Überblick blieb allein ihm vorbehalten. Von Fall zu Fall würde er über den Fortgang entschieden. Überraschend hatten die meisten an dieser Stellegelacht.

Er war alarmiert. Wie hatte Schillert von dem hochgeheimen Unternehmen überhaupt Kenntnis erhalten? Wieso war er mit den Einzelheiten am besten vertraut, einer wie er, ohne entsprechenden Pass. Nirgendwo war bisher sein Name gefallen. Trotzdem wurde er überall dort gesehen, wo Stellen sich mit dem Unternehmen insgeheim schon befassten. Er hatte nicht lange nachdenken müssen, er hatte es mit Fronten zu tun. Beim Gegner in den eigenen Reihen wurde besondere Tarnung verlangt. Er, Butterfield, war strategisch geschult und taktisch begabt. Eines stand fest. Niemals hätten sie Schillert an Land lassen dürfen. Sofort war er kreuz und quer von Küste zu Küste gereist.

Fortan galt, Beobachtung rund um die Uhr. Nicht zuletzt Aufzeichnung aller Gespräche, die er täglich weit nach Mitternacht führte, in einem Idiom, das niemand verstand, über Stunden hinweg mit ein und derselben Person, die überdies keiner kannte und sich noch weniger vorstellen konnte, dem Anschein nach weiblich, was den Verdacht in jeder Hinsicht verschärfte.

Der Haftrichter hatte abwinken müssen. Colonel Butterfield wusste dennoch Bescheid. Art, Gestalt, sowie Farbe der Haut, besonders die Haltung, nichts von dem, was eine tadellose Erscheinung ausmachen musste. Schillerts Akzent allein hätte jede Befürchtung rechtfertigen können. Das Verhalten war ohnehin nicht der Regel gemäß. Wieso hatte ausgerechnet er auf seiner Liste gestanden?

Unverzichtbar, als hätte ohne ihn keine Aussicht auf die erfolgreiche Durchführung des Verfahrens bestanden. Manchmal schiens es, als drehte sich alleine alles um ihn. Die Umstände blieben ein Rätsel. Warum nur hatten die Behörden ihnen beiden unterschiedslos ihr Vertrauen geschenkt, Schillert und ihm?

Gegen all seine Eingaben und schweren Bedenken hatte Schillert sich an jenem geheimen Punkt einfinden können, der für das Unternehmen ausgewählt war. Er aß, dachte, schrieb und schlief in der Ansammlung gothischer Bauten, bei wechselnder Stimmung und Licht, auch in Chicago die Erinnerung an Oxford im Kopf. Bald fand sich ein Dining Room, um die verschiedenen Dinge im entsprechenden Rahmen erörtern zu können. Die Auswahl war gut, vor allem reichlich. Die Zeit drängte.

Über das Vorgehen war er sich mit dem Chief-Experimentator bald einig geworden. Er selbst entwarf den theoretischen Teil, was ihm erlaubte, bis in die frühen Morgen Probleme erörtern zu können, um anschließend lange zu schlafen und kochen zu können. Im College für Erstsemester war er untergekommen, im kleinsten Zimmer, ihm als Regel für Neuankömmlinge bestens bekannt.

Ansonsten war Änderung wie Beschleunigung äußerst willkommen. Zumal sie inzwischen über ein Mittel verfügten, den ungehemmten Prozess unter Kontrolle zu halten. Er selbst vermied dabei jede Berührung. Schmutz an den Händen, es brachte ihn um den Verstand. Dafür rechnete er dies und das noch schnell einmal durch. Lücken hätten sie böse zurückwerfen können. Kurfalkes Vorsprung, wie groß mochte er sein?

Ihm war nicht behaglich zumute. Das Ufer des Michigan Sees war nicht weit. Ob von dort unversehens etwas auftauchen konnte? Sie hatten auf alles zu achten. Rund um die Uhr wurde ihr Gelände bewacht. Tagsüber dachte er selten daran. Nachts trieb der Gedanke ihn um. Mitten im Schlaf schreckte er hoch. Wie spät es wohl war? Hatte sich etwas gerührt? Aufstehen, herumwandern, lauschen. Bevor er sich wieder hinlegte, wollte er noch die letzten Nachrichten hören. Jederzeit auf dem Laufenden sein! Die Schauplätze der Kämpfe hatten inzwischen gewechselt. Überall ging es drunter und drüber. Die Aussichten, sie schienen nicht gut.

Butterfield war inzwischen fündig geworden. Der ersehnte Stern schien wieder näher gerückt. Schillerts Entwurf zur Rettung der Menschheit war ihm unverhofft in die Hände gefallen. Die neueste Fassung. Er las hochgespannt. Jeder Satz konnte den entscheidenden Hinweis enthalten. Vor ihm lagen die Papiere gestapelt. Es war verwirrend. Kontakte nach draußen waren längst unterbunden. Es gab kein unangemeldetes Umherschlendern mehr. Was blieb, war der kleine Münzapparat, am äußersten Ende des Campus. Zum Glück wurde er doch noch entdeckt. Die Stimme am anderen Ende der Leitung erhielt nächstens von Schillert längere Passagen aus »Alice in Wonderland« vorgetragen. Was sich dahinter verbarg? Butterfield hatte auf die Quelle alle Hoffnung gesetzt. Augenscheinlich die letzte.

Beim Dechiffrieren war er ins Leere gestoßen. Punkt für Punkt wurde Schillerts Dossier erneut untersucht. Eine Sicherheitsgarantie lag nicht vor. Jederzeit ein Vorwand zum Zugriff. In seinen Augen sprach wenig dagegen. Also alles dafür. Mit den Regeln der Logik war er bestens vertraut. Im Übrigen, wo kamen die Gelder für die Überfahrt her? Einkünfte waren keine bekannt, nur an verschiedenen Orten die Konten. Von langer Hand angelegt und über Jahre hinweg unberührt. Anstellungen waren keine vermerkt. Ebenso wenig Besitz; selten war überhaupt eine Wohnung gemietet. Meist reiste er von Hotel zu Hotel, was einerseits die Lage erschwerte, andererseits den Verdacht deutlich stärkte.

Beim Durchsuchen der Koffer hatte sich nichts feststellen lassen, außer Papieren, Seite um Seite schwer lesbar und mit Formeln bedeckt. Auch die Zeichnungen, konserviert auf Serviettenresten und Zeitungsausschnitten, schienen ohne jede erkennbare Ordnung zu sein. Was steckte dahinter? Schließlich wurde handgreiflich hier die Arbeit erschwert. Es gab mehr Rätsel als Aufschluss. Schillert allein hatte zu allem den Schlüssel im Kopf, um in wessen Auftrag die Dinge unter welchen Einfluss zu bringen? Für wirksame Gegenwehr ging alles zu schnell. Verschiedene Stellen hatte er ohne Anmeldung immer wieder heftig bedrängt, andere mir nichts dir nichts auszuschalten versucht. Verschiedene Stellen hatte er ohne Anmeldung immer wieder heftig bedrängt, andere mir nichts, dir nichts auszuschalten versucht. Auch er, Butterfield, befand sich darunter. Um ein Haar hätte er damals die Ansprache nicht zu Ende gebracht. Vom Stern wäre dann nicht mehr die Rede gewesen. Sein Entschluss stand nun fest, weil es ihn sonst völlig zerriss. Die Nacht war kalt. Schillert hatte den Wachen draußen bereits zweimal heiße Suppe gebracht. Ihre Pelze waren aus Fell. Er selbst hatte sie bei seinem ersten Rundgang unter der Tribüne gefunden. Die Waschbär-Zeichnung hatte die Tarnung erleichtert. Gegen Morgen kam Schnee in dichten Mengen hernieder. Vom See her blies Sturm. Kaum einer hielt sich gegen solche Wucht auf den Beinen. Im offenen Unterstand war niemand geschützt, doch jedermann auf der Hut. Mit bloßem Auge rechtzeitig die beiden Herren entdeckt. In schweren Paletots mit Fischgräten-Muster und Gürtel kämpften sie sich mühsam voran. Butterfield's Sistierungsbefehl, den wiesen sie vor. Die Posten lasen und winkten nur ab. Deswegen setzte keiner heiße Suppe aufs Spiel. Schillert hatte mit doppeltem Nachtisch gedankt. Das Unternehmen ging nunmehr seinem Höhepunkt zu. Messungen liefen nun Stunde um Stunde. Punkt für Punkt, wieder und wieder gingen sie alles im Einzelnen durch.Schließlich stand der kontinuierliche Durchlauf bevor. Der Mann am Schalter konnte jeden Moment das Zeichen erhalten. Es kam. Die Spannung stieg und fiel mit einem Schlag wieder ab. Es wurde beschlossen, zur Stärkung noch einmal essen zu gehen. Danach verlief alles nach Plan. Beliebig wurde beschleunigt, gedrosselt und wieder verstärkt. Wer hatte es nicht in den Adern gespürt? Zunächst wurde ein stockender Rhythmus, dann ein stärkeres Rauschen bemerkt. Zum Schluss hörten alle den hohen, singenden Ton, der durch den Raum zu rasen begann. Auf Wink des Experimentators starb er bald ab. Jeder wusste sogleich, Newtons Welt war dahin. Die Botschaft hatte von einer glücklichen Landung in einem unbekannten Landstrich gesprochen. Die Aufnahme der Bewohner war freundlich zu nennen. Der zweite Teil stand nunmehr bevor. Noch wenige Tage, und es wurde wiederum Heiligabend gefeiert. Die Schillerts Werk war getan. Die Idee vom Bloomsbury Square hatte sich von der besten Seite gezeigt. War Kurfalke gleichwohl weiter voraus? Butterfield hatte für den weiteren Fortgang Sorge zu tragen, auf »Trinity« dem fernen Wüstengelände. Schillert wurde dort nicht gebraucht. Wohl seine Patente. Butterfield hatte sich ihrer bemächtigt. Niemals war die Lage für ihn so günstig gewesen. Im Tagesbefehl hatte er Erwähnung gefunden! Der Stern hatte wieder zu leuchten begonnen. Falls er Schillert auf frische Tat noch ertappte, rückte er so nahe wie nie. Seine Leute behielten ihn täglich im Auge, das hieß: rund um die Uhr. Im Handumdrehen hatte er mit ihnen persönliche Bekanntschaft geschlossen. Schillert hatte sie mit Namen versehen, Sie sollten wissen, er war um ein persönliches Klima bemüht. Manchmal ging er direkt auf sie zu, um ihnen die Hände zu schütteln. Er erkannte schnell: gewisse Hemmungen blieben. Verloren sie ihn einmal unverhofft aus dem Blick, wartete er, damit sie zeitig aufschließen konnten. Anschließend machte er sich dann schnurstracks davon.

Es gab Tage wie heute, da musste er ihnen wiederum Kummer bereiten. Er überlegte, ob er lieber die Dunkelheit abwarten sollte. Schließlich brach er bei Tageslicht auf, in Richtung der Küste, den Norden der City. Zweifellos ihren besseren Teil. Wahrscheinlich den besten. Zunächst ging er zu Fuß, die Hände hatte er frei. Vielleicht kam ein Taxi vorbei, das ihn die Michigan Avenue hochfahren konnte. Sonst nahm er den Zug. Tagsüber verkehrte er nicht eben häufig. Die Abfahrtszeiten hatte er im Moment nicht parat. Doch so oder so würde er bald in Randolph Street sein. Danach ging er das Ufer entlang. In diesen Zeiten war es bewacht. Das kam ihm entgegen. Die »Express Way Station« hatte er bald zügig erreicht.

Der Zug, jetzt am Nachmittag, war weitgehend leer. Er saß allein im Waggon. Beim Einsteigen hatte er dafür Sorge getragen. Auf dem nahen Highway herrschte normaler Verkehr. Die Sicht war klar. An offenen Stellen konnte er gut das Wasser erkennen. Die Natur schien von Gut und Böse gleich weit entfernt. Es gelang ihm, beim Aussteigen im Gedränge klein und beweglich unterzutauchen. Am Seeufer genoss er den Wind und beschloss nicht die Red Line zu nehmen, sondern die wenigen Blocks entlang nach Norden zu schlendern.

Vor Einbruch der Dunkelheit hatte er das Haus aus Brownstone ohne Mühe erreicht. Nach einer stummen Begrüßung wurde er vom Hausherrn wortlos in einen intimen Raum abgedrängt. Dort saß er eine Weile herum. Die Einrichtung aus vergoldetem Schnitzwerk und rotem Damast ließ sich in Ruhe betrachten.Die Roll-Läden waren heruntergelassen. Das Licht spendeten bronzene Nymphen, in ihrem Sinne gedämpft. Er selbst befand sich auf einem französischen Bett. Seine Hand befühlte die Seide. Langsam verlor er den Halt, unaufhaltsam ins Rutschen gekommen, bis er sich mit Hilfe des Hausherrn dann wieder fing. Im richtigen Augenblick hatte er vor ihm gestanden.

Absolvent der »Law-School«, war er mit Missionen in höherem Interesse betraut. Selbst im eigenen Heim sollte es unbemerkt bleiben. Er hockte auf einen zierlichen Rokoko-Schemel. Zwei Meter groß und höchst kräftig, waren Baseball und Rudern seine Domänen gewesen. Und geblieben. Neben dem Sinn für das Recht. Ein gewisser Mangel an Training sprang am Gast in die Augen. Er benötigte Beistand. Nicht im gewünschten Ausmaß vielleicht, doch insoweit, dass eingeschränktes Interesse gewahrt blieb. Thomas Paine und seine Richtschnur vom Menschen waren ihm Richtschnur gewesen. Eine gewisse Ähnlichkeit hätte sich wohl feststellen lassen. Das hatte zweifellos seine ursprüngliche Entscheidung erleichtert.

Schillert hörte aufmerksam zu. Sein Gegenüber erklärte flüsternd den Text. Entwurf eines Abkommens zwischen Butterfield und ihm. Ohne seine Patente wäre das Experiment ja niemals zustandegekommen, geschweige gelungen. Für Butterfield schufen besondere Anlässe indes eigenes Recht. Thomas Paines Nachfahre hatte hier Zweifel, war indes um Ausgleich bemüht. Beim Versuch, verschiedene Standpunkte in Einklang zu bringen, drohte Schillert deutlich zu werden. Der Annäherung war es zugutegekommen. Rasch gingen sie alles im Einzelnen durch. Am Ende eher hastig. Vom Flur her wurde zur Tafel gerufen. Schillert, zur Türe gedrängt, verließ geräuschlos das Schattenreich überkommenen Rechts.

Eine Einladung zum Abendessen war nicht in Frage gekommen. Kein Grund zur Klage, Er liebte Gespräche, weniger indes Konversation. Er hielt er auf die Michigan Avenue zu. Beim Wrigley Building überquerte er die eiserne Brücke. Sein Auge ging hinunter zum Fluss. Tagsüber war er von leuchtendem Grün, bei Dunkelheit Spiegel der Lichter. Das »Coal and Carbide Building« war oben wie eine Pralinenschachtel mit Gold überzogen. Der Blick in die Confiserie neben dem Eingang war wie ein Gedanke an Wien. Beim Wort »Naschmarkt«, wer wäre da nicht ins Träumen gefallen.

Er wechselte zum »Wabash« hinüber. Eigentlich war er wegen der ratternden Hochbahn zu laut. Dort fand er jedoch leicht einen Tisch, wo er in Ruhe die Journale durchgehen konnte. In der Welt änderte sich die Lage sehr rasch. Kurfalke konnte mit einem Schlag alles entscheiden. Sie wussten wenig von ihm. Eigentlich nichts. In letzter Zeit hatte Butterfield all seine Aufmerksamkeit in Anspruch genommen, Wie weit war dessen Unternehmen gediehen? Alles war seinen Blicken entzogen. Immerhin hatte er weiterhin über Rechte verfügt, nicht die Möglichkeit, sie zu nutzen. Er ahnte nichts Gutes, es sei denn, er hätte es in die Wege geleitet. Es war keine Zeit zu verlieren. Doch sie verging.

Monate, ein Jahr oder länger? Waren inzwischen die Würfel gefallen? Er saß Butterfield eines Tages an einem blank polierten Tisch gegenüber. Der Nachfahre von Thomas Paine war unterdessen tätig gewesen. Wie er feststellen konnte, mit allem Bedacht. Vor allem, es hatte gedauert.

Lange hatte Schillert in einem hohen, kahlen Raum wartend verbracht. Er lag auf einem weitgestreckten Kasernengelände, nicht weit von der Versuchsanlage entfernt. Nach dem Frühstück war er hinübergeschlendert. Der milde Vorfrühlingstag hatte ihn dazu verleitet. Beim Eintreffen wurde sein Name vom Posten umgehend in ein Buch eingetragen und telefonisch Meldung gemacht. Bis der Adjutant nach einer Weile erschien, wurde er nicht aus dem Auge gelassen.

Der athletischen, hohen Gestalt war über zahllose, labyrinthische Gänge gefolgt. Etliche Minuten waren vergangen, als sein Begleiter eine Tür wortlos aufstieß und dessen Hand ihn hindurchschob. Er befand sich in einem Raum mit metallenem Tisch und zwei Stühlen. Die hohen Fenster waren durch stählerne Stäbe gesichert. Sie gingen auf einen gepflasterten Hof. Im Moment wurden dort Reihen junger Körper in eine vorschriftsmäßige Haltung gebracht. Schillert wandte sich ab. Plötzliches schwitzen setzte ihm zu.

Wie oft hatte er den Raum schon durchmessen, als Butterfield plötzlich erschien. Seine Arme standen noch stärker vom Körper ab als gewöhnlich. Der Kampf um die Form schien allmählich verloren. Ein anderen wollte er unbedingt zu seinen Gunsten entscheiden. Er kam direkt auf ihn zu. Die Andeutung eines Nickens, eine Form der Begrüßung. Aus dem Stand konnte die Verhandlung beginnen. Schillert erhielt schweigend ein Dokument zugeschoben. Von Butterfield's Zeigefinger wurde knapp auf eine leere Stelle getippt. Seine Unterschrift, die fehlte hier noch. Eine Hand hielt den Stift. Die andere ließ die Papiere nicht los. Unruhig begannen die übrigen Finger während der Unterzeichnung zu trommeln. Der Feldherrnblick ging zur Uhr. Schon trat der Adjutant näher, das fertige Schriftstück entgegenzunehmen. Inzwischen hatte es zu regnen begonnen. Schillert verspürte nurmehr den Wunsch, so schnell wie möglich ins Freie zu treten. Um den Preis seiner Seele?

Sein Aufenthalt im College für Erstsemester ging dem Ende entgegen. Fluten seiner täglichen Wannenmanöver hatten die unteren Flure zum wiederholten Mal überschwemmt. Der Service zeigte sich herzlos. Die Verwaltung musste bedauern. In diesen Zeiten war Personal schwer zu finden und noch schwerer zu halten gewesen. Er würde sich nach einem neuen Domizil umsehen müssen. Oder seine Gewohnheiten ändern? Da hatte er nur sanft den Kopf schütteln können.

Während er seine Habe zur neuen Behausung schleppte, beschäftigte ihn die Frage, wie er Butterfield noch in den Arm fallen konnte. Die Lage war inzwischen heikel geworden. Er ließ sich auf einer Bank nieder und wischte mit den Handrücken den Schweiß von der Stirn. Am Ende des Frühlings herrschte bereits Chicagos gefürchtete Hitze. Hemd und Hose klebten am Körper. Ein Taschentuch hatte er kunstgerecht über seinen Schädel geknüpft. Die Ellbogen auf die Knie gestützt, blickte er auf das Grasstück zwischen seinen Füßen hinunter. Von hier bis zur Blackstone

Avenue war es nicht weit. Der Baum im Rücken spendete Schatten. Mit ihm hätte er sich wohl gern über einen sanften Regen gefreut. Er erhob sich, legte eine Hand an den Stamm und umkreiste ihn langsam, lehnte zwischendurch den Kopf an die Rinde und hoffte, dass Ruhe ihn überkam.

Die Ameisen waren stärker gewesen. Zuerst liefen sie über die Hand, dann in Ärmel und Kragen hinein. Er setztes sich wieder. Niemand beachtete ihn. Zu dieser Stunde war der Campus wenig belebt. Außer den Eichhörnchen überquerte kaum einer das verdorrende Grün. Er hörte, wie es den Vögeln missfiel. In der Natur ahnte jeder, was in Wirklichkeit los war. Und er? Meistens hatte er allem zuvorkommen können. Nun schien es ein Kampf gegen die Uhr. Hatte es ihm hier an Übung gefehlt?

Nach dem Umzug beschloss er, vorübergehend die Stadt zu verlassen. Er war im Begriff die höchste Instanz erneut zu bemühen. Statt sein ursprüngliches Anliegen weiterhin mit aller Macht zu verfolgen, ging es nunmehr nur darum, es mit aller Macht zu verhindern. Schließlich war Kurfalkes Felsenloch unter ihre Kontrolle geraten, er selbst verschwunden. Über seinen Aufenthalt wurde gerätselt. Hatte er wider Erwarten versagt. Es hätte ihn in eine unhaltbare Lage gebracht. Nur der erste Mann konnte hier helfen.

Seit Tagen hielt Schillert sich in Manhattan's »Kings Crown« zur Verfügung. Jeden Augenblick konnte ihn der Anruf erreichen. Die Zeit verging. Hin und wieder streifte er den Hudson entlang. Vielleicht ließ sich alles noch wenden. Butterfield würde staunen. Er hatte den braunen Anzug aus der Reinigung geholt und sich für ein weißes Hemd mit neutraler Krawatte entschieden. Diesmal kein Rot. Auch Schuhe, die passten, hatte er inzwischen gefunden. Ebenso Schnürsenkel für das ältere Paar.

Es war kurz nach Mitternacht, als das Zeichen ertönte.

Geschlafen hatte er nicht. Seine Hand hielt den Hörer. Eine Stimme, sie sprach. Er hörte zu. Mit dem unerwarteten Ableben seines letzten Trumpfes ging alle Hoffnung dahin? Was blieb? Das monotone Zeichen. Er hielt das Gerät in der Hand, drehte es mehrfach, schließlich legte er auf, erhob sich und verließ das Hotel. Mit schnellen Schritten umrundete er Block um Block, lief durch nächtliche Tunnel, stopfte da und dort Essbares in sich hinein, meist der letzte Gast, während bereits ausgefegt wurde. Kein Ziel, das er mehr hätte ansteuern können? Eine letzte Hoffnung, sie blieb. Wenig später saß er wieder im Zug. Er führte tief ins Gebirge hinein. Von der Ortschaft hatte er bislang nichts gehört. Ebenso wenig seine beiden Reisegefährten. Nachts kletterten sie die Höhen hinauf, tagsüber rollten sie Serpentine um Serpentine wieder hinunter. Sie hatten einen Hinweis erhalten. Beim Bevollmächtigten ad interim liefen die Fäden zusammen. Nach einigem Suchen fanden sie schließlich die Ranch. Noch in der Tür nahm der Hausherr ihr Memorandum entgegen, die Hand nach dem Papier ausgestreckt. Ohne jede Regung wurde es im Stehen zu lesen. Eine Aufforderung zum Sitzen erging nicht. Er trug eine Strickjacke in Braun. In derselben Farbe auch Stiefel zu betrachten. Das karierte, wollene Hemd stand oben offen. Leicht hatte er sie um einen Kopf überragt. Ohne Regung hörte er Schillerts Ausführungen zu, welche nunmehr die äußerste Gefährdung der Menschheit betrafen. Zwischenfragen hatten ausschließlich der aufgewendeten Summen gegolten. Lag ein Ergebnis vor? Dann musste es auch zur Anwendung kommen, sonst verloren sie jeden Kredit. In der Gebirgsstation dauerte es, bis die Rückfahrt gelang. Im Wartesaal verging schleppend die Zeit. Zwei Verbindungen täglich, mehr nicht! Schillert, gern hätte er mit dem einstigen Budgetdirektor getauscht. Die Welt, sie wäre wohl besser gefahren. In den nächsten Wochen verlor er stark an Gewicht, nicht die Hoffnung, den Kampf gegen die Uhr noch gewinnen zu können. Sie lief, wie der Ventilator auf Butterfield's Schreibtisch. Er war auf höchste Stufe geschaltet. Seine Hand löste das schweißnasse Hemd an verschiedenen Stellen vom Körper. Ein heißer Sommer. Die Temperaturen machten ihm diesmal besonders zu schaffen. Zwischendurch trank er Kaffee. Wahrscheinlich zu viel. Das Gewicht war nun gänzlich außer Kontrolle geraten. Nur wenige Anrufe hatte die Sekretärin noch durchstellen dürfen. Vielleicht war ein Hinweis auf Schillert darunter. Wo er nur steckte? Während er die Tasse zum Mund führte, blätterte er in einem Bündel Papieren, Schillerts letzter Versuch. Er zog ein Blatt heraus. Wie hatte er nur Zugang zum Gelände gefunden? Es blieb ein Rätsel. Was steckte dahinter. Zuerst setzte Schillert etwas in Gang, um es im letzten Moment verhindern zu wollen. Angefangenes war grundsätzlich zu Ende zu bringen. Er selbst hielt sich seit Tagen ohne Unterbrechung bereit. Noch nie war der Stern so nahe gewesen. Mitunter hatte er ihn schon hautnah gespürt. Würde Schillert den Wechsel im höchsten Amt noch ausnützen können? Ein Risiko, das sich nicht völlig ausschalten ließ. Wenn die Anzeichen nicht täuschten, kam heute etwas auf ihn zu. Hoffentlich wurde er nicht wieder enttäuscht. Das Schlimmste war falscher Alarm. Vielleicht war bald alles vorüber und er wurde aus seiner Lage erlöst. Die Spannung war allmählich unerträglich zu nennen. Er rief nach seinem Adjutanten. Zum ersten Mal würde er eine Nacht nicht zu Hause verbringen. Ein Opfer, dessen Nachricht direkt überbracht werden musste. Schillert hatte das King's Crown am Hudson inzwischen verlassen. Er fuhr nach Chicago zurück. Während der Zug langsam durch die Vorstädte rollte, dachte er an seinen er-

folglosen Besuch in den Bergen. Er war niedergeschlagen.
Das neue Domizil ohne Wanne mit dem winzigen Hand-
waschbecken, von der Dusche zu schweigen, ohne Blick auf
efeuumrankte gothische Bauten, stattdessen alte Garagen,
vorzeitig dem Verfall preisgegeben. Kein mildes Licht fiel
von draußen herein und ein wenig auf ihn, Untermieter
in einem Domizil, das er unter jedem Vorwand verließ. Es
war Nachmittag. Er war ohne festes Ziel unterwegs. Die
Schwüle nahm zu. In der Ferne gingen Blitze hernieder.
Vom See her wälzte sich Gewölk dunkel heran. Das Gewitter, bald würde es das Ufer erreichen. Unversehens konnte
es über ihm sein. Er eilte die State Street entlang. Seine
Hand befühlte das unrasierte Gesicht. Ein Blick durchs
Fenster, kurz entschlossen trat in den Barber-Shop ein.
Im kühlen, weichen Leder schien für einen Moment alles
Schwere verlorenzugehen. Beim Surren der Ventilatoren
verrichtete das lang gebogene Messer sein Werk. Vorsichtig
drückten zwei Finger Hautstück um Hautstück zusammen.
Die Klinge fuhr mit Schärfe darüber. Er hielt die Augen
geschlossen. Das Radio lief. Nach den Football-Ergebnis-
sen hatte zur Durchgabe der letzten Meldung die Stimme
gewechselt. In einem fernen pazifischen Raum hatte sich
mit einem Schlag die Erde in Hölle verwandelt. Der Einsatz
war ohne Frage gelungen. Er bat, ihm das kühle Handtuch
über die Augen zu legen. Für einen Moment. Und hätte es
doch für immer gewünscht.

Es brauchte Tage, ebenso Nächte. Chicagos North Ter-
minal schien von unirdischer Kühle zu sein. Ein Gefühl,
das die Höhe verstärkte. Die steinernen Kuppeln spiegelten
sich unten im Marmor, dessen Glanz eine unergründliche
Tiefe erzeugte. Der Schritt konnte leicht unsicher werden.
Oben und Unten schienen nicht mehr in aller Schärfe getrennt. Der Blick wurde zu den hohen Bogenfenstern ge-

lenkt, deren starkes Licht seitlich einfiel. Um diese Stunde war die Halle fast leer. Die wenigen Passagiere schienen behutsam die Füße zu setzen, als ob sie in einer Basilika wären. Ein Raum ohne Zeit? Warum trat ein solche Zustand hervor? Er fuhr der Ostküste zu. Die Zeitungen hatten von dem Ereignis berichtet. Die Welt war nicht mehr dieselbe. Verschiedene Ausgaben lagen herum. Auch sein Foto wurde gezeigt. Er fühlte Unbehagen, nicht stolz. Ob ihn jemand erkannte? Ein Täterkonterfei, so war ihm zumute. Er blickte durchs Fenster. Nichts blieb hier haften. Die Geschwindigkeit sog alles auf, bevor es erfasst werden konnte. Schneller als einer dachte, auch er. Würde der Empfang der übliche sein? Bisher war sie ihm ohne Zögern gefolgt. Seine Worte wurden durch den Gang der Dinge bestätigt. Stets hatte sie aufs Neue gestaunt. Und jetzt, nach dem, was er herbeigeführt hatte? Angerichtet! Er dachte an die erste Begegnung in Wien. Unzählige Male hatte sie ihm über viele Meilen gelauscht und ihr Lachen genossen, »Alice in Wonderland«. Nur ihre Mahnungen, die hatte er selten beherzigt. Eigentlich nie. Sie schienen den Dingen zu nahe. Der Zug rollte durch weites, ebenes Land. Himmel und Erde verschmolzen zu einem unveränderlich scheinenden Ganzen. Das Auge fiel zu. Der Geist machte sich allmählich davon. Der Körper gab der Bewegung stillschweigend nach. Unversehens schwankte er im Abteil hin und her. Die Träume begannen ihr Spiel. Ein Treiben widerstrebender Kräfte. Er schreckte hoch. Eine Hand hatte seine Schulter berührt. Der Schaffner, weil er bald aussteigen musste. Die ersten Waggons begannen durch die Weichen der Einfahrt zu dümpeln. Der Bahnhof kam vollends in Sicht. Würde sie ihn auf dem Perron nicht erwarten? Heute hätte er es sich zum ersten Male gewünscht. Nach der Ankunft lag er wie gewöhnlich im Bad. Fragen hatte sie keine gestellt. Die

Hitze erdrückte. Tagsüber versah sie auf der Station ihren Dienst. Bald immer öfter des Nachts. Zum ersten Mal hatte er sie vom Spital abgeholt. Er nahm ihre Hand. Sie musste wiederholt ihre Stirne betupfen. Das Tuch ließ sie danach nicht mehr los. Er sprach, sie nickte. Er sah ihren Blick in die Ferne gerichtet. Beim Abschied, ihr Winken nur kurz. Noch rollte der zum Bahnhof hinaus, schon war sie nicht mehr zu sehen. Briefe wurden weiterhin mit kurzen Zeilen bestätigt. Auch mit Worten des Danks. Ohne Zögern gab er sie an »Alice in Wonderland« weiter. Die zu frösteln begann?

Colonel Butterfield wurde mit dem Stern dekoriert. Er glänzte drinnen sie draußen. Eigentlich waren es zwei. Von jedem Achselstück schaute er ihm aus dem Spiegel entgegen. Die Figur, sie hatte sich wieder gestrafft. Unmissverständlich hatte er auf den Einsatz gedrungen. Es war die einzige Lösung gewesen. Auf dem Abwurf hatte er gegen alle Zweifler bestanden. Hochbrisantes war zur Aufbewahrung wenig geeignet gewesen. Schon zum Schutz der eigenen Leute hatte er es loswerden müssen. Jeder Augenblick zählte. Der Schlag war für ihn geradezu eine Erlösung gewesen. Der Erfolg gab ihm recht. Die Hitze wurde von ihm kaum mehr gespürt. Einladungen häuften sich nun. Dort war es überall kühl. Die Tage vergingen im Fluge. Strahlen war für ihn nunmehr Pflicht.

Im Taxi fuhr Schillert ans äußerste Ende der Stadt. Er hielt vor einem kleineren Park. Baum-Bestand schien bisweilen übergeordneten Schatten zu spenden. Ein Palais aus rötlichem Sandstein zeigte sich ringsum mit Efeu geschmückt. Von unsichtbarer Hand wurde die Portaltür geöffnet. Drinnen herrschten Stille und Kühle. Würde hielt allenthalben die Stimmen gedämpft. Der Augenblick schien einer von jenen, in denen die Ewigkeit erste Anzeichen liefert.

Die Hände ineinandergelegt, hörte Seine Eminenz ihm aufmerksam zu. In der Soutane aus Seide schien sein Körper von Natur aus zu haus. Der Ring am Finger zeigte sich mitunter bewegt. Dinge kamen und gingen. Das Zeitlose blieb. Warum der Allmächtige dunkle Kräfte plötzlich entließ, war weniger Anlass nach Gründen zu forschen als der Offenbarung zu trauen. Schicksal? Nur eine Sparte der menschlichen Gattung. Unter flüchtigem Lächeln senkte sich langsam das Haupt. Vom Leib, in wohlbemessene Bewegung versetzt, wurde er an die Schwelle geleitet. Dort stand nun die hohe Gestalt, die Hände gekreuzt auf der Brust, den Kopf leicht geneigt, die » Krönung« zum Abschied.

So blieb Schillert mit seinem Vorschlag allein, ein Jahr lang ohne Unterlass die Glocken zu läuten.

***

V

Roshinsky hatte die Verwüstung verfolgt, welche Kurfalkes Treiben in großer Ferne ausgelöst hatte. Im Turm hingegen wäre auch nicht die geringste Spur mehr zu erkennen gewesen. Nur einer hatte jede Einzelheit immer noch bis ins Kleinste parat.

Seit Jahren gehörte der Hausmeister Otto Sitzlack zum Kreise jener Personen, welche in Instituten als feste, wenn nicht absolute Größen geschätzt werden. Angesichts des ständigen Wechsels von Studierenden und wissenschaftlichem Personal verkörpern sie jene Beständigkeit im Wandel, ohne die jede nur denkbare Forschung sich im Uferlosen verliert. Keine Versuchsanordnung, die sie nicht mit dem Schatz ihrer Erfahrung versahen. Kein stummer Griff, den sie nicht sicher beherrschten. Wo andere hoch hinaus wollten, reicht es ihnen, dass nichts ohne sie ging.

Gleichwohl hielten sie sich deutlich zurück. Lieber traten sie einmal nur auf der Stelle. Herauslocken ließ sich so leicht keiner. Sie selbst trafen einander regelmäßig an einem Ort, der allein ihnen völlig gemäß war. Dort duldeten sie niemand als ihresgleichen. Wenn jemand ihrer Art nicht entsprach, blieben sie für unerschütterlich stumm. Zu nahe trat ihnen keiner. Schon beim geringsten Verstoß waren sie ungerufen zur Stelle. Sie kannten die entsprechende Vorschrift und auf ihrem Recht beharrten sie peinlich genau, das Haupt fordernd erhoben oder skeptisch zur Seite gelegt. Selten jedenfalls freundlich geneigt. Unendlich wäre jedem die Mühe erschienen, der sie hätte umstimmten wollen.

Ihnen machte keiner etwas vor. Kopf hin, Kopf her, Köpfchen war gefragt. Nicht, was einer sich einbilden mochte, allein was er auf der Hand hatte, zählte für sie. Auch so gesehen war Otto Sitzlack ein Meister seines Fachs. Kurfalke jedenfalls wusste, was er an ihm schätzte. Damals wie heute. Und für Kurfalke, das spürte Sitzlack genau, wäre er durch jedes Feuer gegangen. Es war einfach so. Deshalb hatte es auch ohne Bedenken gestimmt.

Mit der Zeit war die anfängliche Unsicherheit gewichen. Bisweilen schien sie gar in ihr Gegenteil verkehrt. Nicht, dass Otto Sitzlack, der Hausmeister, bei Unterredungen mit den jüngeren Herren der Physik direkt aufgetrumpft hätte. Nein, er hielt sich in gebotenem Maße zurück. Nur hin und wieder räusperte er sich in umständlich formulierte Sätze hinein, weil er grundsätzlich den muttersprachlichen Standpunkt vertrat.

Nicht selten hielt er die Hände in den Taschen seines Kittels geballt. Auch blickte er gerne gleichsam zum Ausgleich für die knappe Höhe seiner Statur mit wägendem Blick über jemanden hinweg oder zupfte gedankenverloren am Ohr, wobei er langsam die Lippen verzog. Nicht zuletzt im Umgang mit der Brille zeigte sich sein Geschick. Wenn es förderlich schien, hatte noch keiner sie so selbstverloren geputzt. Aufgesetzt gab sie ihm endgültig Form: Jederzeit alles im Blick! Wie von selbst lag ihm die Havanna wie ein sauber geformtes Projektil in der Hand. Feuer? Er hatte es als Erster parat. Bei Laune, ließ er Anzeichen von Nachsicht erkennen, falls nicht Geduld. Das Weibliche, es profitierte davon. Otto Sitzlack, der Gönner und Kenner. Er konnte auch anders. Worüber wusste er nicht bestens Bescheid!

In letzter Zeit hatte ihm hin und wieder eine merkwürdige Unruhe zu schaffen gemacht. Genaueres hätte er nicht zu sagen vermocht. Ansonsten hatten Vorahnungen sich bei ihm fast immer bestätigt, lange bevor etwas eintrat. Was hatte er nicht frühzeitig feststellen können! Es machte ihn stolz. Den Dingen zuvorkommen, auf was sonst denn kam es in erster Linie an? Er war auf der Hut. Kein Schild, kein Hinweis hatte mehr an etwas erinnert. Wo ein Anhaltspunkt fehlte, wurde nur mit den Achseln gezuckt.

Als die Lage sich seinerzeit zugespitzt hatte, wurde Kurfalkes Anlage von ihm sorgfältig in einzelne Teile zerlegt, konzentriert auf die entscheidenden Stücke. Die Lastwagenkolonne war von erheblicher Länge gewesen. Es war bitterkalt, es war Nacht. Was sie zurückließen, war beim Einmarsch von den entsprechenden Trupps restlos herausgeholt worden. Als er nach der Rückkehr den Turm eines Tages wieder betrat, hatte er nur den Kopf schütteln können. Der Bau allerdings war weiter bestens intakt. Darauf kam es an. Nach den Anstrengungen des Tages saß er häufig noch ein Weilchen in der Kantine herum. Allein. Um diese Zeit war sie gewöhnlich leer. In Muße konnte er an die ersten Anfänge denken. Seit es losging, war er ohne Unterbrechung dabei.

Eines Tages kam Kurfalke auf ihn zu, um ihm auf die Schulter zu tippen. Mit einem Schlag hatte stummes Einvernehmen geherrscht. Alles Weitere hätte ohnehin nur gestört. Die Anweisungen erfolgten bald Schritt für Schritt. Immer präzise. Anderes hätte er niemals erwartet. Auf der Obstwiese des Instituts wurde mit dem Ausheben der Grube begonnen. Mit dem Spaten hatte er wohl den schärfsten Stich. Ausheben lag ihm. Mit jedem Stoß war er den Angaben bis ins Kleinste gefolgt. Blind drauflos wäre hier das Schlimmste gewesen. Kreisrund musste die Ausschachtung sein. Millimetergenau. Kein Schritt ohne Zollstock. Das lag ihm im Blut.

Exakt zwei Meter tief ging der erste Zylinder ins Erdreich hinein. Er selbst war in der Öffnung völlig verschwunden. Anschließend wurde innen alles mit Ziegeln verkleinert und sauber verfugt, damit kein Tropfen Wasser austreten konnte. Wozu all das diente, hätte er gerne gewusst. Immerhin, ihm schwante, was kam. Damit lag er in der Regel nicht falsch. Während des Aufstellens der Pumpen hatte er mit Hand angelegt. Wenn es darauf ankam, musste die gemauerte Vertiefung im Boden innerhalb einer Stunde völlig wasserfrei sein. Ebenso trocken. Staubtrocken verstand sich von selbst. Während der Probeläufe war er ständig nervös. Leider hatte er das nicht immer im Griff. Es machte ihm seit langem zu schaffen. Zunächst ging manches recht langsam. Sie tasteten sich erst einmal vor. Dann wurde es ernst.

Eines Tages wurden die Teile des schweren Portalkrans geliefert. An die Montage erinnerte er sich noch genau. Sie hatte gedauert. Im Grunde hatten sie alles selber gemacht. Der Kreis der Beteiligten musste eingeschränkt bleiben. Das verstand er sofort. Schließlich hatte das Versuchsgefäß von der Kette der Laufkatze heruntergehangen. Eine Kugel von beträchtlichem Umfang, aus Aluminium gefertigt und nahtlos geschweißt. Über das Innenleben hatte er nur wenig gewusst. Wenn er ehrlich war, eigentlich nichts.

Plötzlich war es rundherum mucksmäuschenstill. Ob alles hielt? Gebannt hatte er auf die Bewegung der Kette geblickt. Langsam glitt an ihr der Behälter hinab. Haargenau hatte er schließlich in die ausgehobene Grube gepasst. Vor Aufregung hatte er gegen seinen Willen geschwitzt und anschließend unwillkürlich um das Loch zu kreisen begonnen, als hätte er nicht mehr aufhören können. Schließlich hatte Kurfalke ihn stumm zur Seite gezogen.

Worum es ging? Alles war vollkommen neu. An Sicherheitsmaßnahmen dachte damals noch keiner. Entsprechende Vorschriften hatten in den Sternen gestanden. Wie im Niemandsland, so hatten sie sich Schritt für Schritt vorwärtsbewegt. Mit einem Schlag hatte sich alles geändert. Kurfalke sorgte dafür. Plötzlich waren die Atemmasken und gummierten Overalls da. Noch heute hatte er einen zu Hause im gemeinsamen Kleiderschrank hängen. Der blieb. Darauf hatte er eisern bestanden.

Eine bewegte Zeit, damals. Drinnen wie draußen. So was kam höchstens allepaar Jahrhunderte vor. Dabei hatten sie eigentlich wie unter Quarantäne gelebt. Er selbsthatte draußen das Schild angebracht. Es hatte gewirkt. Die ganze Zeit waren sieunbehelligt geblieben. Anschließend wurde die Baracke errichtet. Dort spielte sich das meiste dann ab. In seinem Revier hatte er uneingeschränkt freie Hand. Nur wenn er hier rauchte, hatte Kurfalke keine Gnade gekannt.

Aus unbekannten Gründen war das Unternehmen auf mehrere Orte verteilt. Eigentlich schätzte er die Zusammenballung der Kräfte. Doch manchmal führten auch verschiedene Wege zum Ziel. Überall wachte jeder mit Argusaugen über seinen Bereich. Allerdings, Kurfalke schien allen einen Schritt voraus. Nicht zuletzt, weil er die besten Verbindungen hatte. Mit Zuspitzung der Lage wurde ja selbst das Einfachste knapp.

Anfangs besuchten sie die anderen Stellen per Zug. Auch er hatte sich in den Erste-Klasse-Polstern zurücklehnen können! Leider fielen solche Abteile bald weg. bald weg. Selbst Holzbänke hatten kaum mehr zur Verfügung gestanden. Zum Schluss fuhren sie nur noch per Rad. Zur Sicherheit nachts. Während ringsum die Auflösung zunahm, hatten sie mit höchster Konzentration ihre Ziele verfolgt. An die erste Pedalexkursion erinnerte er sich noch genau. Am Sammelplatz zeigte sich Kurfalke erstaunt. Er, Otto Sitzlack, im grünen Rennfahrerhemd seines alten Vereins! RV Staubwolke. Der Name aufgestickt in sauberer Perlschrift. Dazu die knielange, schwarze Spezialhose mit der Einlage aus Dachsfell, um der Gefahr des Wundsitzens schon im Ansatz begegnen zu können.

Die hohen Herren waren ihrerseits in Knickerbockers erschienen. Schon auf dem ersten steileren Teilstück war von Führungsarbeit nichts mehr zu sehen gewesen. Auch vom Austausch der Wasserflaschen wurde wenig bemerkt. Er selbst hatte wie immer in aller Ruhe Stärken und Schwächen der einzelnen Fahrer studiert. Mal fiel er unauffällig zurück, mal stieß er unverhofft vor. Auf einer längeren Steigung ging er dann aus sich heraus. Schnell riss das Feld auseinander. Zu seiner Zeit war er für seinen Antritt bekannt, das hieß immer für Spurtkraft. Tief über den Lenker gebeugt, fuhr er den Größen der Wissenschaft spielend davon. Dann musste er warten.

Mit der Zeit zeigten sie gleichwohl einen gewissen Respekt. Mancher schien fortan vom Geist einer Ausreißergruppe beseelt. Anderen war grundsätzlich nichts zu schenken gewesen. Auch mit dem Vorrücken im Windschatten waren sie bestens vertraut. Unbemerkt hielt sich der eine schon einmal am anderen fest. Im Ausbremsen machte ihnen so leicht keiner was vor. Beim Einlauf war kaum einer mehr zu halten gewesen. Als Erster am Ziel, dafür wurde Kopf und Kragen riskiert.

Eines Morgens, nach einer schwierigen nächtlichen Fahrt, waren sie auf einem Versuchsgelände erschienen. Er hatte sich schon auf einen heißen Kaffee gefreut. Die entscheidende Prozedur war indes schon in Gang. Es fehlte allerdings an einer kundigen Hand. Ohne Aufforderung trat er aus dem Glied vor. Das Experimentiergerät hing mitten im Raum. Schnell hatte er die Leiter erklommen. Wie gewohnt wurden alle Einzelheiten von ihm selbst kontrolliert. Zuerst die Kette der Laufkatze, dann die Haut des Behälters. Mit dem Knöchel des Zeigefingers hatte er dagegen geklopft. Der Klang musste stimmen. Auf den Ton kam es an. Reines Aluminium. Er wusste Bescheid. Anschließend die Schweißnähte. Er nahm sich ausgiebig Zeit. Sorgfältig wurde mit dem Finger dann die Öffnung des Stutzens befühlt. Sachte blies er zur Vorsicht hinein. Es folgte das Einfüllen des Pulvers. Metallisch und dunkel, so sah es aus. Es schien geruchlos, vor Berührung wurde gewarnt. Schon flüchtiger Kontakt zeitigte Folgen.

Bevor er begann, hatte er seinen grauen Kittel vom Gepäckträger geholt. Ohne seinen grauen Kittel unternahm er grundsätzlich nichts. Wie er feststellen mußte, war kein Instrument wirklich geeignet, den Stoff in den Behälter zu füllen. Das klappbare Essbesteck hatte er immer dabei. Mit dem Kaffee-Löffelchen machte er sich leise summend ans Werk. Franz Léhar, »Land des Lächelns«, die Melodie kam wie von selbst. Vorsichtig setzte er seine Hand in Bewegung. Die Herren beobachteten alles aus einer gewissen Distanz. Bisweilen halfen sie mit Ratschlägen aus. Zusätzlich wurden Hälse gereckt, auf den Zehen gewippt, die Hände in die Taschen ihrer weißen Kittel als Fäuste gestoßen.

Ehe er sich versah, war es geschehen. Mit ungeheurer Kraft schoss die Flamme empor. Schon war der Raum mit Rauch und Feuer erfüllt. Der Sturz war auf der Stelle erfolgt. In der Luft hatte er sich mindestens einmal um die Achse gedreht. Cherubinisches Schweben war bei ihm noch wenig entwickelt gewesen. Gegen die W Schwerkraft hatte er ebenso wenig ein Mittel zur Hand Auf den Boden geschmettert, betäubt von Aufschlag und Schmerz, stellte der Zustand betroffener Körperteile sich erst allmählich heraus. Die Sorge der Herren hatte vorrangig dem Zustand des Behälters gegolten. Er hatte sich nicht zu beklagen. Bei Außerordentlichem war unbedingter Einsatz verlangt.

Gestürzt, versengt, vom Löschwasser hinweggeschwemmt und durchgespült, war Sitzlack nach und nach wieder zu sich gekommen. Er dachte über sein Vorgehen nach. Er war aufs Ganze gegangen. Hätte er es anders gewollt? Langsam, ganz langsam hatte sein Kopf es durch wiederholtes Schütteln verneint.

Der Vorfall war nicht ohne Folgen geblieben. Das zersplitterte Unternehmen wurde fortan an einem Ort konzentriert. Der Turm: erste Wahl. Die Anlage war ja seit langem fertiggestellt. Uneinnehmbar, hatte Sitzlack sich bei der ersten Begehung gesagt. Tief ging es in die Erde hinab. So steil, dass ein sicheres Gefühl für Raum und Entfernung entschwand. Draußen war nur das Bauwerk, gekrönt vom Wetterhahn aus Kupfer zu sehen. Vollendete Täuschung? Beim Bepflanzen der Mauern mit Wein war er behilflich gewesen. Hatte es ihn zwischendurch zu einem Tänzchen verleitet?

Er war begeistert gewesen. In der Leitstation sitzend, konnte er die Ausstattung in aller Stille genießen. Mehrfach war das System durch dicke Doppelfenster gesichert, die Zwischenräume gegen Strahlung mit kristallklarem Wasser gefüllt. Ein eisiger Bergquell war ihm vor Augen getreten. Im Übrigen, er hörte nicht das geringste Geräusch. Kein Laut drang herein. Die Welt, wo sie wohl lag? Er fühlte sich wie im Innersten eines Planeten. Sie waren etwas auf der Spur! Er hätte es gerne gewusst. Auf einen Pferdefuß war er immer gefasst. Noch dem größten Schmuckstück hätte er niemals getraut.

Heimlich lachte sein Herz. Die Ausführung spottete jeder Beschreibung. Jede Einzelheit war mit aller Sorgfalt ausgeführt worden. Der Reihe nach ging er die Anlage durch. Die Pumpstation, die verzweigte Ventilation, die komplizierte Reihenfolge der Schalter. Am besten zur Übung alles noch einmal. Im Ernstfall kam es auf jeden einzelnen Handgriff ja an. Blind musste es sitzen.

Nur mit Mühe ließ sich der Versuchung widerstehen. Statt des kleinen, mit Ziegelsteinen ausgemauerten Wasserlochs, stach ihm nun ein blau-grün schimmerndes Becken förmlich ins Auge. Vorsichtshalber hatte er eines Tages zu Hause schon einmal die rotwollene Badehose untergezogen. Dann fehlte ihm plötzlich der Mut. Er hatte es selbst nicht verstanden. Weil am Ende etwas nicht stimmte? Die Gelegenheit war verpasst. Er war nicht der Welt erster Kühlwasserschwimmer geworden. Die Ereignisse rollten am Ende über ihn im wahrsten Sinne des Wortes hinweg.

Während es unten in der neuen Anlage unaufhörlich voranging, war draußen die Lage nahezu unhaltbar geworden. Nur wenig schienen sie vom Ende entfernt. Für ihn jedoch nur eine Frage der Zeit, wann sie wieder auftrumpfen würden. Endgültig dann! Auf eine entsprechende Frage hatte Kurfalke flüchtig genickt. Hatten sie kurz vor dem entscheidenden Durchbruch gestanden, als das Zeichen zum sofortigen Einpacken kam? Selbst im Höchsteinsatz mit Verstärkung hatten die Vorbereitungen alles in allem zwei Wochen gedauert. Zum Schluss stand die Reihe der schweren Laster mit laufendem Motor zur Abfahrt bereit.

Es war Nacht. Es herrschte ein Frost, wie selbst er ihn nicht kannte. Zum ersten Mal war ihm kalt. Er wunderte sich, was da alles an Kisten voller Akten herausgeschleppt wurde. Unter Umständen fehlte es am Ende für wichtige Teile an Platz. Gott sei Dank waren die Fässer mit schwerem Wasser sicher verstaut. Er selbst hatte Stroh dazwischen gepackt.

Plötzlich stand er allein auf dem gepflasterten Hof? Laster auf Laster rollte vorbei. Schließlich war auch das letzte Fahrzeug gestartet. Immer schneller kam es voran und auf ihn zu. Allein ein Sprung zur Seite hätte geholfen. War es das Ende? Zurückgelassen und einfach vergessen? War er wirklich zu jedem Opfer bereit oder hatte er sich am Ende in etwas getäuscht? Um sich herum allein weites Feld. War es das, was ihm blieb, nichts als die Steppe?! Eingraben konnte in einem solchen Falle noch helfen.

Es wäre vielleicht so gekommen, hätte Kurfalke nicht im letzten Augenblick anhalten lassen. Ein Wink, und er war hinten über die Ladeklappe unter die Plane geklettert. Zu spät fiel ihm ein: er wurde beim Abladen ja dringend gebraucht. Das Loblied auf Kurfalke war da schon gesungen. Seinen musikalischen Vorrat hatte er da schon heruntergesummt: Franz Lehar »Land des Lächelns«, ein letzter Versuch, dann waren seine Lippen verstummt. Zwischen die Fässer geklemmt, fiel er in Schlaf. Im Traum hatte er zuweilen heiser gelacht.

Der Landstrich, den sie schließlich erreichten, war ihm zunächst durch und durch fremd. Als Mensch der Ebene hatte er hügeligem Gelände immer misstraut. Was da plötzlich alles unverhofft auftauchen konnte. Schließlich hatte er auch die andere Seite, den Vorteil vielfältiger Deckung erkannt. Steil ragte ein Hügel aus reinem Gestein in die Höhe empor, von einer Schlosskapelle gekrönt. Tief unten in der Höhlung waren Fässer gelagert. Der Vertrag war für sie kaum günstig zu nennen. Für Schaden wurde Haftung verlangt. Allerdings wurde das Bohren einer kreisrunden Grube durch keine Klausel behindert. Tage und Nächte hatte er darin unter Kurfalkes Augen die mitgebrachten

Teile montiert. Bis auf Kleinigkeiten hatte alles gepasst. Er war gespannt. Hin und wieder wurde bei den bei den Versuchen ein Summen vernommen. Statt zum erwarteten Brausen zu werden, war es mit leisem Piepen wieder verstummt.

Sofort war Kurfalke nach oben geeilt. Stundenlang hatte er auf der Orgel gespielt. Es wurden alle Register wurden gezogen. Bis ins Tal brausten die Töne hinab. Bewegung war in den Schlossberg gekommen. Die Klänge perlten ihm zwischen den Fingern hervor. Mit frischen Eingebungen kam er den Hügel hinuntergestürzt. Jede konnte die entscheidende sein? Die schönste Partitur, entpuppte sie sich am Ende physikalisch als Fehlgriff? Irgendwie hatte es an einer gewissen Ordnung gefehlt. Zuviel fortissimo? Kurfalke war davon bis ins Letzte beseelt. Die erlösende Eingebung, sie wollte nicht kommen.

Die Lage hatte plötzlich eine unerwartete Wendung erfahren. Eines Morgens hatte Sitzlack in der Nähe des Eingangs ihrer Höhle gestanden, dem Loch im Boden. Gegen die Vorschrift hatte er schnell noch eine Aktive geraucht. Mit einem Schlag war das Gelände umstellt. Lautlos mussten sie herangepirscht sein. Solche Gummisohlen hatte er bislang nicht gesehen. Widerstand war zwecklos gewesen. Sie hatten sogar ihre Sprache beherrscht. Er war sofort stutzig geworden. Selbst Namen sprachen sie ohne Akzent. Leugnen hatte überhaupt keinen Zweck. Sie kamen mit Listen. Nach kurzem Zögern bekamen sie auch das restliche Material ausgehändigt. Es war an peinlichen Orten versteckt. Irgendwie schienen die Herren miteinander bekannt. War er erstaunt?

Der Abtransport ging dann zügig vonstatten. Ohne Rücksicht auf Rangunterschiede. Kurfalke war deshalb deutlich verstimmt. Er saß in einem Jeep zwischen zwei Bewacher gezwängt. Ihre Verbindung war jetzt auf unabsehbare Zeit unterbrochen. Fortan war er völlig auf sich alleine gestellt. Gott sei Dank wurde er im entscheidenden Moment übersehen. Nach kurzer Betäubung war er entschlossen, sich zum alten Ort durchzuschlagen. Kilometer um Kilometer, immer des Nachts, fern der Straßen, quer durchs Gelände. Die Jahreszeit, der Frühling, kam ihm entgegen. Was er unterwegs sah und erlebte, erzählte er keinem. Bei der Rückkehr fand er den Turm völlig leer. Von der Einrichtung war nichts mehr zu sehen. Kein Stuhl, kein Tisch, nicht die geringsten Reste. Da und dort hatte er etwas verstreut im Garten gefunden. Kleinigkeiten, winzig und unscheinbar. Er hob sie auf. Vielleicht befand sich darunter ja ein wichtiges Stück.

Unbeirrt hatte er auf Kurfalkes Rückkehr gewartet Kaum ein Jahr hatte es am Ende gedauert. Es war kurz vor Heiligabend gewesen. Er war gerade mit dem Beseitigen eines großen Schneebergs beschäftigt. Von hinten wurde ihm mit dem Finger auf die Schulter getippt. Er wusste sofort, dass es Kurfalke war. Von ihm aus hätte es sogleich wieder losgehen können. Es hätte nur eines Zeichens bedurft, eines Winks. Er wartete ab. Wie lange nun? Kurfalke würde schon wissen, wann es wieder soweit war.

Mit der Zeit hatte sich manches geändert. Auch der ein oder andere war nicht mehr derselbe. Für ihn selbst war das nicht in Frage gekommen. Bei Kurfalke hätte er sich das ohnehin nicht vorstellen können. Otto Sitzlack saß immer noch in der Kantine und lauschte. Nichts Außergewöhnliches, bisher jedenfalls. Langsam rührte er in seinem Kaffee. Zwei Stück Zucker und reichlich Kondensmilch. Dann ruhte auf seinen Händen der Blick. Es gab Leute, die lasen darin. Ihm reichte, was sie so schon konnten. War er zufrieden? Eigentlich konnte er zufrieden sein. Noch eine halbe Stunde und auch dieser Tag war geschafft. Hin und wieder musste er sich eingestehen, er kam in die Jahre. Den Kaffee würde er noch in aller Ruhe zu Ende trinken. Er sah sich um. So eine Kantine, nicht schlecht. Wenn er den Dienst quittierte, bot eine Pacht sich unmittelbar an. Den Geschmack der Leute, den kannte er doch. Die Tasse in der Hand, die Lippen geschürzt, stellte er sich seine Kantine vor. Bier und Gehacktes durfte nie fehlen.

Zehn vor fünf. Otto Sitzlack erhob sich. Umziehen, Hände abseifen, Punkt fünf stand er vor dem Portal. Er durchquerte den Raum. Gefühlvoll glitten seine Hände über die Tische aus Resopal. Bis jetzt ging alles immer noch glatt. Mit durchgedrückten Ellbogen stieß er die Schwingtür aus Glas auf und betrat den fensterlosen Flur. Lang zog sich an der Decke die weiße Linie der Beleuchtung hin.

Otto Sitzlack schritt voran, so wie er schon immer vorausmarschiert war, auf alles gefasst. Nicht auf das, was jetzt kam? Das Neonlicht begann plötzlich zu flackern, irrte wie ein Vogel hin und her, bevor es mit einem Schlage verlosch. Er hätte zurückgehen können. Otto Sitzlack wich nicht zurück. Er schritt voran. Der nächste Lichtschalter musste bald kommen. Ohne weiteres hatte er ihn ertastet. Er drehte daran. Nichts. Er hatte es mehrfach versucht. Gott sei Dank, er kannte sich aus. Wenn einer sich auskannte, dann er. Bis zum Hauptsicherungskasten war es noch ein beträchtliches Stück. Vorsichtig machte er sich auf den Weg. Den Schlüssel trug er am Bund in der Hand. Während der Semesterferien, um diese Zeit, war der Bau eigentlich leer. Umso mehr war ihm der Vorfall ein Rätsel. Das Leitungssystem war überprüft und völlig intakt. Kam das Geräusch von seinen Schuhen oder hatte er etwas gehört? Die Sinne geschärft, gewann er Schritt für Schritt an Terrain.

Die Wände fühlten sich doch staubiger an, als er dachte. Ohne die Hilfe der Hände kam keiner hier weiter. Er hatte nun den Weg in die Tiefe betreten. Steil ging es die Stufen hinab. Die erste Biegung musste bald kommen. Schon stieß er gegen die Wand. Glücklicherweise verlor er im Dunkeln so leicht nicht den Kopf. Er machte erst einmal Halt. Langsam schöpfte er Luft. Der Raum würde sich bald wieder weiten. Wo die Orientierung mit Hilfe der Hände versagte, blieb nur das geistige Auge. Vorsichtig setzte er einen Fuß vor den andern. Seine Arme schrieben nun flüchtige Halbkreise in die Finsternis hinein. So viele wie möglich, hatte er sich dabei gesagt.

Er verharrte. Die Brille war ihm von der Nase gerutscht. Bei Licht hätte er sie vielleicht noch auffangen können. Nun war es passiert. Den Aufprall auf dem Boden hatte er deutlich vernommen. Vorsichtig suchte er tastend den Korridor ab. Das System kreisender Bewegung, bei der Luftaufklärung bewährt, versprach auch bei Bodenerkundung nützliche Dienste. Funktionierte Radar eigentlich anders? Nun war es zu spät. Das Splittern von Glas war nicht zu überhören gewesen. Es war sein Fuß hat. Die Zeiss-Ausführung war nicht mehr zu retten. Auch ein Bügel sackte ganz weg. Ehe Schlimmeres eintreten konnte, setzte er den Rest umgehend auf. Die Hände frei, darauf kam es im Zweifelsfall an.

Otto Sitzlack änderte nun sein Verfahren. Abwechselnd streckte er das eine Bein vor, dann zog er seitlich das andere nach. Ein Verfahren, zur Vermeidung von Stolperdrähten bestens bewährt. Durch die erhobenen tastenden Hände blieb auch der Luftraum gesichert. Von ihm aus konnten nun so viele Gänge kommen, wie wollten. Er fand sich blendend zurecht. In Zukunft würde er allerdings den Stutzen des Feuerwehrschlauchs berücksichtigen müssen. Jetzt war es zu spät. Er befühlte Schläfe und Stirn. Ein Schrägschlag. Das Feuchte war nicht nur Schweiß. Mit Abtupfen war es in diesem solchen Fall nicht getan. Blut rann durch die Finger, klebrig und warm. Ein merkwürdiger Stoff. Verbandszeug hatte er nicht dabei. Frische Putzwolle würde sicherlich helfen.

Wie schnell sich die Welt ändern konnte. Vor zehn Minuten hätte er darüber allenfalls gelacht. Es rächte sich, wenn einer nicht an alles gleichzeitig dachte. Allerdings, weit konnte es jetzt nicht mehr sein. Bald musste der steile Niedergang kommen, danach mehrere Pfeiler. Irgendwo vernahm er ein Knirschen. Er horchte. Stille, nichts als die Stille. Nur sein eigener Atem und von Ferne das Geräusch der Trafo-Station. Sie lief also weiter. Eine Fehlerquelle, die ausschied. Unversehens hatte er den Sicherungskasten erfühlt. Er war erleichtert.

Vorsichtig fingerte er nach dem Schlüssel. Fast alle glichen in der Größe einander. Was ihm fehlte, war sein Sturmfeuerzeug. Endlich war er am Ziel. Die automatische Hauptsicherung reinzudrücken, ein Kinderspiel. Warum hatte sie herausspringen können? Irgendjemand war da am Werk. Langsam ging er zurück, weiterhin auf alles gefasst. Kräfte sammeln bei geordnetem Rückzug. Vordringlich war jetzt ein ordnungsgemäßer Verband. Bald hatte er sein Zimmer erreicht. Schnell schloss er die Tür hinter sich. Nur keine Zeugen! Er fiel in den Sessel und dachte nach. Vor Erschöpfung wurde er vom Schlaf übermannt. Als er aufwachte, war Mitternacht längst vorüber. DasLicht brannte. Er horchte. War er wirklich allein? Er saß noch eine Weile bewegungslos dag, ohne zu wissen, warum er sich in einem solchen Zustand befand.

Er erhob sich langsam Aus dem Spiegel schaute ihm etwas entgegen, einem zyklopischen Wesen aus den Tiefen der Märchenwälder sehr ähnlich. Ein Auge blind. Nur zersprungenes Glas. Das andere starrte aus einem fensterlosen Gestell. Der Bügel hing schlaff wie ein Hasenohr herunter. Die Stirn blutig, doch notdürftig versorgt. Zeit für einen neuen Verband. Er wusste nicht, was passierte, wenn er die Putzwolle plötzlich entfernte. Vom Magen her kam das Gefühl, dass der Organismus Fürsorge brauchte. Er würde aufpassen müssen.

Er öffnete eine Tür seitlich am Schreibtisch, holte die Flasche Enzian hervor und genehmigte sich den ersten Schluck. Es rann heiß die Kehle hinunter. Er spürte wie er sich im Magen verteilte. Versonnen schaute er in das leere Glas. Es lag gut in der Hand. Er ließ sich Zeit. Nicht zu lange, dann kippte er den nächsten hinunter. Die Pause zum dritten war etwas größer, doch immer noch vergleichsweise kurz. Dann begann er klarer zu sehen.

Beim Ertasten der Ersatzbrille, hinten im Schubfach, war er auf ältere Schokolade gestoßen. Alpenmilch-Nuss. Er entfernte das Silberpapier und biß herzhaft hinein. Der Rest folgte schnell. An Essbarem fand er nur noch ein Tütchen gebrannter Mandeln, halbvoll. Apfel und Banane unten im Fach waren verfault. Völlig vergessen. In letzter Zeit kam das häufiger vor.

Er erhob sich und ging zum Verbandskasten hinüber. Vorschriftsmäßige, feldmarschmäßige Ausrüstung nannte man das. Sein Herz lachte. Für einen Moment schloss er die Augen. Mit einem Ruck riss er die Putzwolle herunter. Der frische, weiche Mull tat nun gut. Die Jodtinktur vorher war doch ziemlich scharf. Das Ganze wurde mit mehreren Lagen Binde umwickelt. So versorgt, gab er nunmehr einen ordnungsgemäßen Verwundeten ab. Er konnte erzählen.

Jetzt nicht. Die Nacht war fortgeschritten. Er hatte zu

Hause anrufen wollen, doch die Idee wieder verworfen. Er war gespannt, was seinetwegen angestellt würde. Er war jetzt einen Tag und eine Nacht ohne Unterbrechung im Dienst. Einer Sache auf den Grund zu gehen, verstand sich von selbst. Er holte das klappbare Feldbett hervor, rollte die braune Wolldecke aus und streckte sich in voller Montur aus. Wach- und Traumzustände wechselten ab. Hatte er Fieber? Meistens döste er vor sich hin. Das Gefühl, länger auf Posten bleiben zu müssen, stellte sich ein. Die Bereitschaft war da. Er wartete den geeigneten Augenblick ab und lag auf der Lauer.

Er wusste, wie er den Delinquenten abführen würde. Exakt zwei Schritte voraus musste ergehen. Jede Bewegung unter seiner Kontrolle. Die Kommandos ging er schon einmal durch. Gott sei Dank, dass es noch nicht soweit war. Sie kamen keineswegs wie aus der Pistole geschossen. Was war mit der Stimme? Bisher hatten nur gestörte Funkgeräte im Einsatz ähnlich geklungen. Das Ziel der Sistierung? Kurfalkes Zimmer. Darauf arbeitete er seit längerem hin.

Jede Einzelheit hatte er inzwischen parat. Zuerst würde er diesen falschen Bruder vor der Tür Haltung annehmen lassen. Langsam, ganz langsam, ging er dann um ihn herum. Wie auf dem Sprung. Kleinigkeiten würden auf der Stelle schärfstens moniert. Vor unliebsamen Überraschungen auf der Hut zu sein, ihm hätte man das nicht eintrichtern müssen. Individuen in dieser Lage waren zu allem fähig. Nach der Vorbereitung zum Appell würde er einen Schritt vortreten können. Ein kräftiges Durchatmen, schon würde von ihm blitzschnell mit drei kurzen Taktstößen an die Türe geklopft. Die Arme auf seinem Feldbett im Nacken verschränkt, die Wolldecke bis zum Kinn hochgezogen, die Beine ausgestreckt, die Enzianflasche neben sich, trat Kurfalke in seinem Geist vor die Tür. Er wiederholte die

Begegnung solange, bis sie ihm wirklich gefiel. Jede Einzelheit musste sitzen.

Kurfalkes Züge? Wie immer, gefasst, leicht indigniert. Die Augenbrauen ein wenig nach oben gezogen, hatte sein verhaltener Blick alles auf der Stelle erfasst. Nur seinetwegen ließ er sich herab, die ungewöhnliche Meldung entgegenzunehmen. Die Arme wie Zollstöcke kerzengrade nach unten gestreckt, das Gesäß unter Spannung gesetzt, den Kopf nach hinten geworfen, die Augen geschlossen, riss er, Otto Sitzlack, den Mund mit aller Kraft auf. Wort für Wort stieß er hervor. Der verwickelte Sachverhalt trat in aller denkbaren Kürze hervor. Anschließend würde ihm Kurfalke das Subjekt überlassen, nach allen Regeln zur Kunst der Befragung.

Sutzlack begeisterte sich. Darüber schlief er ein. Er saß in Kurfalkes Räumen. Schwere Vorhänge, Lederpolster, der Schreibtisch, vor dem seine Gestalt sich völlig verlor. Büsten aus Marmor, eine aus Bronze. Kurfalkes Züge hatte er sogleich wiedererkannt, während er eine Schublade aufzog und ein Kistchen feinster Havannas herausnahm. Unberührt, eng aneinandergeschmiegt, lagen die Upmanns in ihrem Bett, durch Cellophan-Hüllen vorschriftsmäßig geschützt. Andächtig blickte er hinein. Kurfalke nunmehr zeigte mit ihm, dem Wachsamen und Schwerverletzten alle Geduld. Das entscheidende Wort, jetzt würde es kommen. Der Zeigefinger beim Schneefegen nach der Rückkehr war nur der Auftakt gewesen. Zuerst musste er sich aus der Ansammlung edelster Zigarren bedienen. Er zögerte, dann griff er blitzschnell hinein.

Während Kurfalke selbst wählte, konnte er in Ruhe die Banderole betrachten. Er schob sie vor, dann wieder zurück. Der Augenblick des Anzündens kam. Als Kurfalke dazu Anstalten machte, hatte er sein Zündholzbriefchen schon parat. Umgang mit Feuer, der lag ihm. Kurfalke seinerseits hatte den richtigen Zug. Sie ergänzten sich prächtig. Anschließend setzte er sein eigenes gutes Stück dann in Brand.

Wenn Nachbrennen entfiel und der Rauch sich in der Mundhöhle wölbte, entstand ein Gefühl, dem so leicht nichts mehr standhielt. Tiefen und Höhen wurden in einem Zuge berührt. Der Geschmack blieb nicht auf Zunge und Gaumen beschränkt. Das Aroma zog durch alle Organe hindurch. Es legte längst vergessene oder verdeckte Empfindungen frei. War das die Seele? Dann war er dafür.

Wie lange hatte er diesen Augenblick erhofft? Sicher, sie saßen hier nicht von gleich zu gleich, doch durch den Rauch unendlich verbunden. Für ihn die schönste Form der Begegnung schlechthin. Es fiel kein Wort. Wahrscheinlich die beste Art der Verständigung überhaupt. Beide wussten Bescheid. Bislang fehlte allein der Hinweis, wann es wieder losgehen würde. Er sah darüber hinweg. Die Feierlichkeit des Augenblicks ließ Ablenkung nicht.

Er schreckte auf. Um ihn herum war es dunkel. Wo er sich befand? Es brauchte Zeit, bis er sich zurechtfinden konnte. Hatte es an der Türe geklopft? Er war sich nicht sicher. Vorsichtshalber machte er Licht. Gott sei Dank befand er sich bei Bewusstsein in voller Montur. Die Wunde brannte. Er erhob sich und ging entschlossen zur Tür, verharrte und lauschte. Plötzlich riss er sie auf. Nichts. Hatte sich am Ende des Ganges etwas bewegt? Eine Gestalt ging vorüber. Roshinsky! Otto Sitzlack wusste Bescheid. Seine Ahnung hatte ihn noch niemals getäuscht

***

VI

Für Otto Sitzlack war es der einschneidendste Tag seines Lebens gewesen. Am Eingang zum Bodenloch hatte er frühmorgens schnell noch eine kleine Aktive geraucht. Sicher, es war gegen die Vorschrift, doch was dann bald vor seinen Augen geschah, war mehr als jeder irgendwie denkbare Regelverstoß. Entsetzt hatte er es mit ansehen müssen.

Kurfalke wurde unwiderstehlich zu Boden gedrückt. An Entkommen war nicht zu denken. Wie ein unscheinbarer Mäusebussard, so fühlte er sich. Hätte er sich lieber totstellen sollen? Schließlich wurde er wie kein Zweiter gebraucht! Er hatte kurz vor dem entscheidenden Durchbruch gestanden. Hätten die andere Seite sonst das kühne Unternehmen gewagt, seiner unbedingt habhaft zu werden? Ein wolkenloser Frühlingstag war es gewesen. Er hatte sich gerade auf seinem morgendlichen Rundflug unbeschwert in den Lüften bewegt.

Stattdessen wurde er nach Norden verfrachtet. Äußerlich ruhig, hatte in ihm sich alles gesträubt. Wenigstens war ihm die Landschaft vertraut. Nicht die Enge, auf offenem Fahrzeug, zwischen zwei Bewacher gezwängt, deren Hautfarbe Verlangen nach Berührung kaum aufkommen ließ. Während der Fahrt zeigte der Himmel sich weniger heiter. Im Ganzen jedoch schienen die Aussichten gut. Insgeheim erfüllte ihn Stolz. Ohne ihn kamen sie nirgendwo weiter. Er würde Bedingungen stellen, er wusste warum.

Gewöhnlich war er von Vertrauten umgeben. Der Kreis war nun erheblich erweitert. Mit Unberufenen, nicht die

Zahl, ein Mangel an Rang machte ihm Kummer. Es dauerte nicht lange, und er würde Einwände vorbringen müssen. Bedauern über eine unerklärliche Nachlässigkeit. Bislang ohne Zeichen. Sollte er am Ernst des Unternehmens zweifeln beginnen, war es nicht mit der nötigen Umsicht geplant?

Die Weiterfahrt erfolgte nurmehr des Nachts. Ein Entschluss auf eigene Faust? Es fehlte an Hinweisen übergeordneter Stellen. Wohin waren sie hier nur geraten? Schlimmer noch, von der Welt unbemerkt! Sang- und klangloses Verschwinden, vielleicht stand es ihnen bald schon bevor. In jedem Fall ein Ende mit Schrecken. Allmählich machte jeder sich darauf gefasst. Nirgendwo wurden Regeln bemerkt. Im Dunkeln wurden unterdessen die Grenzen passiert. Er hatte es am Geschmack des Wassers gemerkt. Bei ungeordneten Übergängen konnte Unvorhergesehenes im Handumdrehen geschehen. Zu anhaltender Empörung bestand Anlass genug.

Er tröstetes sich. Ungeschick und Einfühlungsmange kamen jetzt überall vor. In solchen Zeiten war geschultes Personal eher selten. Auch an Kapazitäten zur Leitung und Führung hatte es empfindlich gefehlt. Nicht zuletzt an persönlichem Raum. Die Unterbringung war ungewöhnlich zu nennen. Allenthalben brachte eine Berührung mit Körpern, denen Zweck sich wenig erschloss, eine neue Form der Erfahrung hervor.

Besonders des Nachts rief die Last eines fremden Arms oder störrischen Beins, einer unbekannten Hand im Gesicht, überhaupt die Gegenwart eines anderen Leibes, eine irritierende Begegnung schon deshalb hervor, weil die Zuordnung fehlte. Nicht zuletzt bei Berührung mit Feuchtem schreckte der Tastsinn zurück. Im Dunkeln schien ebenfalls der Geruchsinn geschärft. Luft, stark beansprucht, trübte den Geist meist nachhaltig ein. Nocturne Eigenheiten, bislang eher verborgen, konnten auf der Stelle zerstören, was sonst über Jahre wortlos verband. Bei Verhandlungen war das zur Sprache zu bringen. Die Frage war allein, wie!

Der Konvoi wechselte täglich die Richtung. Wie leicht konnte ihre Spur sich verlieren. Ohne Verbindung nach draußen, ausgeliefert, durchaus Grund, den Zustand unerfreulich zu finden. Selten, dass eine Unterbringung ihren Gepflogenheiten wirklich entsprach. Notbehelfe, an dergleichen wollte sich keiner gewöhnen. Schließlich befand ihr Domizil sich in einem Château. Grundsätzlich kam es ihren Wünschen entgegen. Nicht die Bewachung, sie verlangte dieselben Menüs. Es wurde gedroht. Schlimme Minuten hatten sie durchstehen müssen. Ihr Einspruch war erfolgreich gewesen. Man zeigte Gespür.

Für die Fahrt wurden ursprünglich wenige Tagen gerechnet. Monate waren sie nun unterwegs, außer Landes gebracht, vom Gang der Dinge getrennt. Wenig, was ringsum geschah, drang zu ihnen noch durch. In solcher Lage, was blieb? Persönliche Bindung zerfiel auffallend schnell. Bevor jeder Halt vollständig schwand, bäumte die Seele sich auf. Meist jedoch kurz. Zerfall zeitloser Werte hatte kaum mehr verblüfft.

Konnte er überraschend frohlocken? Verhandlungen standen bevor. Er saß einem hochrangig uniformierten Herrn gegenüber. Vor Jahren hatten sie gemeinsam vor einer Tafel gestanden. Beide gleich alt. Beide gleich jung. Beide vom gleichen Verlangen bewegt: nach neuer Physik. Das Auditorium lauschte. Kurfalke hatte umgehend die Lösung parat und nach allen Regeln der Kunst demonstriert. Die andere Seite gab sich mit einem Nicken zufrieden. Bald hatten sie sich aus den Augen verloren, um nun von den Enden des Tisches einander ein wenig Beachtung zu schenken?

Kurfalke wartete, wie er schon immer gewartet hatte, Hoch oben in der Luft. Bewegungslos. Sah er das Ergebnis voraus? Beizeiten hatte er verschiedene Proben auslegen lassen. Berechnungen, Skripte, Aufschlüsselungen, Tabellen und Korrespondenzen. Hatten sie auf die gewünschte Fährte gelockt? Es war an alles gedacht, war mit allem gerechnet? Nicht damit. Die andere Seite hielt plötzlich einen kleinen, schwarzen Band in die Luft. Persönlichen Aufzeichnungen. Hatten Wachen über die Kunst des Lesens verfügt? Wechselte plötzlich die Haut? Blickte sein Gegenüber erstaunt?

Eines Abends wurden sie auf den Schlosshof geführt. Die Stimmung gedrückt wie die Luft. Es ging in die ersten Tage des Sommers hinein. Die Hitze war überraschend zu nennen Meist hatten sie nur über schwere Kleidung verfügt. Schweigen machte sich breit. Einzeln wurden sie zur Ladefläche eines Fahrzeugs geführt. Die Plane wurde innen verschlossen. Draußen setzte ebenfalls Dunkelheit ein. An den Bänken fehlten spürbar die Lehnen. So schwankten sie auf der Ladefläche unentwegt hin und her.

Es waren die Geräusche des Motors zu hören. Allenfalls noch ein verstümmeltes Flüstern. Rauchen war streng untersagt. Bald rollten sie durch eine Ortschaft nach der anderen dahin. Zunehmend wurde es bergig. Wechsel im Rhythmus hielt wach. Ebenfalls ein plötzlicher Halt, hielt ein Hindernis auf. Meist in Form einer Sperre. Was blieb, waren Fragen. Letztlich gebündelt, wo führte das hin?

Das Ziel wurde nach mühseligen Stunden erreicht. Trotz mondloser Finsternis zeichnete die Hangars eines Flugfelds sich gegen den Horizont ab. Die Maschine mit abgeblendeten Lichtern schien bislang nicht für den Transport von Passagieren bestimmt. Die Propeller liefen bereits. Mann für Mann mussten sie ein schmales Gatter passieren. Regungslos schauten die Wachen jedem scharf ins Gesicht. Einer nach dem anderen wurden sie die Gangway ins Innere des Flugzeugs geleitet. Schwache Beleuchtung ließ provisorische Sitze erkennen. Dann schlossen die Türen sie ein.

Nach längerer Beschleunigung hoben sie ab, stiegen auf und flogen in weitem Bogen zur See, wie es schien. Außer den Propellern, war nichts zu hören gewesen. Kurfalkes Auge war auf die Luke im Boden gerichtet, die jeden Moment eine Eröffnung bereithielt. Es war mit allem zu rechnen. Er wartete. Bewegungslos. Nach Stunden hatten sich Anzeichen einer Landung gehäuft. Die Türen standen bald offen.

Draußen herrschte morgendlicher Nebel noch vor. Der Tag schien herein, leicht kühl, gleichwohl mild. Vor allem ruhig. Einzeln schritten sie die Gangway hinab. Kein Ort weit und breit. Graue Limousinen standen bereit. Kurfalke bestieg sie als Erster entdeckt. Er ging auf sie zu und wartete, bis eine Hand ihm den Schlag formgerecht aufhielt. Im weichen Leder hatte er sich unversehens wieder anders gefühlt. Der Gedanke an Durchlebtes hätte jetzt nur gestört. Er wollte empfinden.

Sie wurden durch eine flache Landschaft gefahren. Nur hin und wieder ließ sich eine leichte Erhebung erkennen. Der Himmel war wie von einem Schleier verdeckt. In den Lücken, das Blau, stimmte zunehmend heiter. Kaum Wind war zu spüren. Die Vorhänge im Fond waren beiseitegeschoben. Die Straße führte durch Weiden, Wiesen und Auen. Jeder ahnte den Fluss. Bald tauchte er auf. In harmonischen Bögen durchzog er das Grün, von fischenden Vögeln bevölkert. Hier und da entdeckte er einen größeren

Kahn. Sonst nur die kleinen Boote der Angler. Die Ufer, bestanden mit Schilf. Meist reichte Weideland bis ans Wasser heran. Kaum ein Mensch weit und breit. Nur grasendes Vieh. Kurfalke lehnte sich voller Behagen zurück. Er wollte genießen.

Die Kolonne steuerte auf ein Anwesen zu. Der Landsitz im »georgian style« zeigte sich aus warmen Ziegeln gemauert. Das Tor öffnete sich gleichsam von selbst. Sein Blick entdeckte den Park. Ein Latifundium in palladinischem Geist. Entsprechend der Aussichten, die sich jetzt boten. Ein persönlicher Diener stand für jeden bereit. Auch sonst schien alles vorhanden. Für das Leibliche war durch höhere Weisung gesorgt. Es sah nicht aus nach Entbehrung. Das Geistige brachten sie ohnehin mit. Sein Wissen sprach jederzeit Bände. Bibliothek und »Steinway« stand unbegrenzt offen. Nur das Portal blieb verschlossen. Gesichert allein durch ihr Wort.

Der Ablauf des Tages war mit Umsicht geregelt. Auf die nächtliche Ruhe folgte die morgendliche Übung der Körper. Zentimeter um Zentimeter wurde auf den Bahnen gerungen. Immer voraus sein, kraft der Natur, es galt auch hier. Beim Frühstück, es fehlte an nichts. Die weiteren Stunden waren dem ureigenen Metier vorbehalten. Das Theoretische beherrschte die Lage. Jeder trug vor. Im Speziellen traten die einzelnen Gebiete hervor. Wochen vergingen. Am Anfang schnell. Dann begann die Zeit sich zu dehnen. Eine Last, ohne Anstrengung kaum zu ertragen. Die Jüngeren waren der Verzweiflung bald nahe. Nichts, das ihnen so wie die Stille zusetzen konnte. Aller Tatendrang ging hier ins Leere. Manch einer drohte schon, aufs Ganze zu gehen.

Kurfalke dämpfte. Er konnte die Muße genießen, die das Spiel auf Zeit ihm gewährte. Einer wie er stand lange bewegungslos in der Luft. Seit der Ankunft hatte er wieder zu musizieren begonnen. Zunächst allein. Bald zunehmend vor einem größeren Kreis. Nach längerer Unterbrechung orientierte die Hand sich neu. Das Gefühlt kehrte allmählich zurück. Es dauerte, bis der Klang, den er hörte, auch der war, den er spürte. Langsam fand das Ich hin zum Selbst. Die Herren des Hauses waren bemüht und schafften gewünschte Partituren herbei. Es gab eine Welt, die verband.

Die andere lag jenseits des Parks, in dem er sich täglich erging Auf den Wegen schien Gegenwart in vergangene Zeit zu entweichen. Nichts, das Sehnsucht nach Beschleunigung aufkommen ließ. Bisweilen sah er einen älteren Herrn. Er betreute den Garten, war mit dem Ordnen der Beete beschäftigt, legte neue an, zog auf und begoss, schaute hin, ob sich alles in gewünschter Weise verhält, griff ein, bettete um, band fest oder stützte, beschnitt da oder dort. Er war in Sorge, denn Trockenhei t drohte. Noch hatte die Vegetation nicht gänzlich ihre Farbe verloren.

Bei der Pflege war zunehmend größere Mühe vonnöten. Die Versorgung mit Wasser verlangte alle Anstrengung ab. Ansonsten? Jeder spürte, die Unruhe wuchs. Niemand hatte eine private Nachricht erhalten. Keiner wusste, wie es dem Nächsten erging. Entsprechende Klagen gingen ins Leere. Nur der ältere Herr, er vermisste hier nichts. Zufällig war er in das Unternehmen geraten. Eine Gelegenheit ans andere Ufer zu kommen. Kurfalke sah es. Ihm waren die Hände gebunden.

Nach der Arbeit wandelte der ältere Herr im Schatten herum. Die Welt schien sich eine neue Ordnung zu geben. Dazu reichten die allgemeinen Nachrichten aus. Die Gegensätze, sie traten hervor. Vieles konnte sich jeden Augenblick ändern. Nicht zuletzt ihre Lage. Selten waren einzelne

Gründe deutlich erkennbar. Konstellationen vor allem bestimmten. Die Hitze nahm mit jedem Tag zu, in einem Ausmaß, das bislang keiner kannte. Seit Menschengedenken waren die Sommer in diesem Landstrich eher mild, falls nicht überhaupt erquickend gewesen. Auf wärmere Tage war stets Kühle gefolgt. Wiederkehrende Schauer sorgten für stetige Frische. Frühmorgens und abends war die Temperatur mitunter sogar etwas kühl. Außer dem Himmel blieb hier stets alles grün.

Nun hatte Müdigkeit Pflanzen und Tiere befallen. Die Vegetation zeigte unverkennbar Spuren der Dürre. Das Vieh war von den Weiden genommen. Mit Mühe wurde Futter besorgt. Jeder schränkte unwillkürlich seine Bewegungen ein. Bald auch die Übungen, welche morgens zur generellen Ertüchtigung dienten, bis sie ebenfalls vollständig eingestellt wurden. Die letzte Feuchtigkeit war bald stechendem, trockenen Flimmern gewichen. Es trieb in den Schatten. Lustlose Mattigkeit, Mut- und Appetitlosigkeit kamen hinzu. Der wöchentliche Vortrag, das Gespräch, jede Anstrengung des Körpers, die gemeinsamen Stunden beim Tee, der Gedanke rief allenfalls eine gewisse Abwehr hervor. In zunehmende Apathie schien alles zu sinken. Selbst Kurfalkes Musizieren war auf kurze, leichte Sonaten beschränkt, dann ganz eingestellt. Nur jenen Spaziergang, den er regelmäßig mit dem leitenden Colonel unternahm, den wollte er aufrechterhalten.

Ihr Gespräch, es war von eigener Art. Es verlangte jedem ein besonderes Maß an Aufmerksamkeit ab. Nun hatten sie es auf den späten Abend verlegt. Mit der Zeit hatte ein vorsichtiger Austausch begonnen. Alles, was einer Aussage wohl weiterreichenden Sinn geben konnte, wurde still registriert. Die Weise, die Worte zu wählen, das Verborgene im Gleichnis zu sehen, das vorübergehende, in Gedanken verlorene Verstummen, ein unfreiwilliges Stocken, jede Art der Belebung der Rede, all das hatte die Kunst, sich bis zu einem bestimmten Grad begegnen zu können, zu einer gewissen Vollendung geführt. Würden sie es in Zukunft vermissen, wenn Kurfalke in seine Welt zurückgekehrt war?

Der Tag was ausnehmend heiß. Kurfalke kühlte die Hände, den Puls, die Arme. Der Wasserhahn war auf volle Stärke geöffnet. Die Bedienung hatte frische Kleidung gebracht. Der Hausdienst arbeitete bis in den späten Abend hinein. Das Verlangen nach Reinem und Frischen schien unstillbar zu werden. Die Temperatur war im Begriff, noch weiter zu steigen. Die Blätter der Bäume hingen herab. Das Gras war verdorrt. Kaum ein Vogel zeigte sich mehr. Die abgefischten Teiche trockneten aus. Kleinere Brände schwelten hier und da ständig. Glut glimmte versteckt in Mooren und Wiesen. Freiwillige Wachen blieben ständig im Einsatz. Hydranten waren überall deutlich markiert. Ein Blitzschlag hätte unvorstellbare Verheerungen anrichten können.

Kurfalke überlegte, ob er am gemeinsamen Souper teilnehmen sollte? In letzter Zeit hatte er den Gang des Öfteren ausfallen lassen. Appetitlosigkeit und sie ständige Wiederkehr des Immergleichen dämmte die Neigung, am Ende des Tages mit anderen weiterhin noch zusammen zu sein, zunehmend ein. Den hohen Raum, in dem sich die große Tafel befand, hatte er seit der Ankunft geschätzt. Nach der erschöpfenden Reise wieder reines, kühles Linnen berühren zu können, nicht zuletzt schweres Silberbesteck, Porzellan von Wedgwood beim Licht der venezianischen Leuchter, hatte eine Form des Daseins wieder aufscheinen lassen, die Rückkehr in eine vertrautere Welt.

Er würde sich heute gleichwohl umziehen und die abendlichen Mahle beiwohnen wollen. Formen beförderten einen Wechsel der Stimmung. Das Empfinden durfte sich dem Gang der Dinge uneingeschränkt überlassen. Er ging die wenigen Stufen hinab, blickte um sich, trat auf. Schnell waren aller Augen auf ihn gerichtet. Die Bedienung stand bereits vollzählig aufgereiht da. Er schritt zur Tafel. Jeder folgte ihm an den zugewiesenen Platz. Er selbst saß an der Spitze des Tischs. Es herrschte Schweigen mit einer gewissen Ermattung gepaart. Die Küche reichte nach und nach die Gänge herein. Es wurde mit Umsicht serviert. Verzehr erzeugte Verlangen. Es war auf den Hauptgang gerichtet. Allmählich lebte das Gespräch wieder auf. Kurfalke nahm wahr, doch eher wie fern.

Bis zu dem Zeitpunkt, wo die Verhandlungen endlich begannen, schien ihm manches allenfalls beliebig zu sein. Zögerte er sich weiter hinaus? Als hätten sie Hoffnung, ihm als ebenbürtig noch begegnen zu können. Er schüttelte unmerklich den Kopf. Bislang hatte er selbst nichts in die Wege geleitet. Vielleicht war es Zeit, ein Zeichen zu setzen? Sein Entgegenkommen? Darauf war sicher ihr Erwarten gerichtet. Gott sei Dank, er war niemals in ihre Lage geraten. Noch zögerte er, ob ein solcher Schritt nicht zu weit gehen würde. Andererseits ließ sich der Gang der Dinge dann von ihm im gewünschten Maße bestimmen. Eine gewisse Ungeduld hatte er inzwischen verspürt. Unsichtbar hoch oben, unbemerkt in der Luft.

Er wartete ab. Der Hauptgang kam. Er wies alle Zutaten auf. Die Zubereitung zeigte wie stets eine glückliche Hand. Die »bona vita«, hier verstand sie sich gleichsam von selbst. Insofern hatte das Schicksal günstig gewählt. Es fehlte bislang nur am Zeitmaß. Vielleicht war der Moment nun gekommen, einen Schlusspunkt zu setzen. Er würde hinunterstoßen, aus heiterem Himmel. Das Dessert war aufgetischt. Auch der Mocca wurde noch in der alten Ordnung serviert. Dann war sie mit einem Schlage dahin.

Die Nachricht war über den Äther gekommen. Jeder hatte sie mit eigenen Ohren gehört. Das Unterste schien irgendwo fern zuoberst gekehrt. Es galt abzuwarten. Mehrfach wurde die Meldung noch wiederholt. Etwas hatte sich in einem Ausmaß ereignet, das alle Vorstellungskraft überstieg. Bald wurde Ort und Uhrzeit p genannt. Etwas war zum Einsatz gekommen, dessen Wirkung bislang unbekannt war. Zweifel wie Verdacht und Täuschung schwanden dahin. Was blieb, war die Frage wer dergleichen bewerkstelligen konnte. Vor allem, ohne ihn.

Alle Augen waren auf ihn gerichtet. Langsam rührte er im restlichen Mocca herum. Die Lider gesenkt, schüttelte er hin und wieder den Kopf.Fragen wurden gestellt. Nach in einem befremdlichen Ton. Eine eigentümliche Stimmung machte sich breit. Ihr Vorsprung, hatte er jetzt noch weiterbestanden? Das Wort vom Versagen, es fiel. Erst leise, dann hörbar. Bedenken, hatten sie nicht schon immer bestanden? Das Theoretische, nun ja. Das messbar Praktische indes, worauf alles hinauslaufen musste, darin waren sie eigentlich nie so recht weitergekommen. Andere Wege wurden nicht mit letztem Einsatz verfolgt. Sie waren vielversprechend gewesen. Kurfalke merkte, wie schnell er an Höhe verlor. Noch war es kein Fall. Bislang war die Nachricht nicht in allen Punkten gesichert. Weitere Angaben trafen bis Mitternacht ein. Am Ende blieb er allein, nur das Auge des älteren, unerwünschten Mitreisenden auf ihn gerichtet, einem Freund des niederländischen Herrn.

Am nächsten Tag, frühmorgens, waren alle im Bibliotheksraum versammelt. Mit wenigen Strichen hatte er Stellung bezogen. Er erkannte die verfolgte Option. Hatten sie dieses oder jenes Verfahren gewählt? Jedes wurde systematisch erklärt und mit leichter Hand demonstriert, welches mit hoher Wahrscheinlichkeit Anwendung fand. Mehrere Gründe sprachen dafür. Die Berechnung hielt allen Einwänden stand. Nur, warum hielt er bis jetzt damit zurück? Verwunderung, Enttäuschung, Verdacht auf Täuschung, Verrat machte sich breit. Noch ehe die allgemeine Überraschung sich legte, hatte Kurfalke auf eine gemeinsame Erklärung gedrängt.

Sofort hatte er die neue Strömung erspürt. Wie er eben mit aller Leichtigkeit zeigte, hätten sie ohne weiteres über das nötige Wissen verfügt. Niemals jedoch hätten sie davon Gebrauch machen wollen. Ihr Innerstes hätte sich dagegen gesträubt. Die Nachrichten ließen erkennen, die Folgen schienen apokalyptisch zu sein. Dennoch, seine Begleiter waren entsetzt. Sie hatten die Ersten sein wollen, nun waren sie Letzte geworden. Das Allerletzte schlechthin. Kurfalkes Deutung konnte nur helfen, wenigstens den Ruf noch zu retten. Unversehens spürten sie einen Trumpf in der Hand. Kurfalke lächelte. Sie hatten die Ehre der Gattung gerettet zu werden. Darin allen voraus.

Der Colonel, er verharrte. Er hielt das Papier in der Hand, ihre Erklärung, von allen signiert. Er spürte, wie ihm etwas entglitt Etwas konstellierte sich neu. Kurfalke, hatte in die Lüfte erhoben, unerreichbar, wie es im ersten Augenblick schien. Ihm beizukommen, es brauchte Zeit. Die Tatsachen, sie sprachen dennoch für sich. Kurfalkes Anwesenheit war nun nicht länger zwingend gewesen.

Ihrer Spaziergänge hatten sie fortsetzen können Nach der ungewöhnlichen Hitze des Sommers wurden die Tage nun mild. Der lang ersehnte Regen hatte das seine getan. Heftig war er eines Tages niedergekommen, Mit dem Colonel er ihn im Park gemeinsam erlebt und untergestellt. Eine gewisse Erleichterung hatte in diesem Augenblick jeder gefühlt. Nach all der Zeit, waren sie einander vertraut? Letzt-lich hatte zwischen ihnen nurmehr Schweigen geherrscht. Etwas, das zweifellos blieb.

Der Herbst war zu Ende gegangen. Von einem wirklichen Winter war bislang hier nicht die Rede gewesen. Eigent-lich kam er in diesen Breiten kaum vor. Gleichwohl hatte jeder nun überall das Heraufziehen einer langen, harten Kälte gespürt. Häufig stellte anhaltender Frost stellte sich nach langwährenden Verwüstungen ein. Kurfalke sehnte die Stunde des Abschieds herbei. Der Tag kam. Zu Beginn des neuen Jahres war e wieder daheim.

Otto Sitzlack hatte eine Gestalt hinter seinem Rücken be-merkt. Sein Atem stockte. Er wartete bewegungslos ab. Als er die Hand auf seiner Schulter verspürte, wusste er auf der Stelle Bescheid. Er freute sich. Wie ein Schneekönig, er hatte es mehrfach betont. Kurfalke würde alles völlig neu richten. Nein, in Angriff nehmen. Schnell hatte er sich in Gedanken verbessert. Er selbst war in jedem Falle bereit. Er dachte an die verlorene Zeit. Mit Kurfalke holten sie die blitzschnell wieder auf.

Roshinsky wunderte sich. Die Überlegenheit, die Kur-falke mit seinem Kunstgriff gewann, er hatte sie lange be-halten. Damit Vergessenes wieder auftauchen konnte, be-durfte es einer geringfügigen Änderung im Laufe der Welt. Das allerdings verlangte Geduld.

***

VII

Im Gebirge der Semesterzahlen hatte Roshinsky inzwischen die kühleren Regionen erreicht. An klaren Tagen konnte er einen weiten und kühnen Ausblick genießen. Lockende Gipfel erschienen ganz in der Ferne. Eine Sehnsucht gab es, die ließ nicht nach. Er konnte nicht länger verweilen.

Er erinnerte sich, dass er noch etwas erledigen musste. Er wollte es hinter sich bringen. Am besten, er machte sich gleich auf den Weg. Er nahm die Untergrundbahn. Vorsichtig befühlte seine schwere, empfindsame Hand das rote Lederpolster der Bank. Die bequemen, alten Waggons mit den glänzenden Messingstangen und Haltegriffen aus Lederschlaufen fuhren in letzter Zeit nur noch auf Nebenstrecken. Bald verschwanden sie ganz. Das war der Fortschritt. Während der Fahrt musste er daran denken. Ab und an konnte er draußen sein Spiegelbild vorbeihuschen sehen. Die meiste Zeit jedoch hielt er die Augen auf seine Hände gerichtet. Sie waren gefaltet. Manchmal war er darüber erstaunt.

Wo die Untergrundbahn das Tageslicht wieder erreichte, verließ er den Zug. Jetzt, in den Semesterferien, war der Perron nahezu leer. Sonst, während der Vorlesungszeit, verlor jemand sich hier leicht im Gedränge der Körper und Stimmen. Im Moment jedoch verfügte er über allen nur denkbaren Raum. Manchmal schien er unbegrenzt frei.

Gemächlich schlenderte er die Kante des Bahnsteigs entlang dem Ausgang entgegen. Er stieg die Stufen empor und begann draußen seinen Blick auf die Straße zu richten. Es dauerte nicht lange, und er fand eine Stelle, weit genug vom nächsten Zebrastreifen entfernt. Dort überquerte er seelenruhig die Fahrbahn. Er war in Richtung Henry-Ford-Bau unterwegs. Über Jahre hinweg hatte er Vorlesungen hier regelmäßig gehört. Es war nun schon einige Zeit her. Nur hin und wieder durchstreifte er noch die hohen, lichten Hallen. Im Sommer waren sie angenehm kühl. Getränkeautomaten standen in Reih und Glied ausgerichtet. Sonst sah er kaum einen Grund, länger als einen Moment zu verweilen. Von den angrenzenden Tennisplätzen drang immer noch der trocken-hohle Ton der Ballwechsel in den Hörsaal hinein und hinterließ das Gefühl, hier spielten alle auf Zeit.

Inzwischen hatte der Herbst sich bemerkbar gemacht. Auf einen längeren Regen war mit einem Mal spürbare Kühle gefolgt. Bald würde die Temperatur stärker sinken. Nach Beginn des Wintersemesters war der Einbruch der Kälte nurmehr eine Frage von wenigen Wochen. Bisher hatte er sich darauf immer gefreut. Er liebte die klare, bisweilen eiskalte Luft. Sie rief das Gefühl von Weite und Ferne hervor. Auch lang andauernder Schneefall, der jeden Ton dämpfte und den Dingen eine gewisse Sanftheit verlieh, konnte sein Gemüt in einen heiteren Zustand versetzen. Ihm war, als sehnte er gerade in diesem Moment den Einbruch des Winters besonders herbei. Schnee und Eis, die alles bedeckten, so dass jede unnütze Bewegung darin erstarb.

Er musste das Gebäude der Ökonomen passieren. Ihre Welt war ihm fremd. Während er weiterging, tauchte der Ziegelturm auf. Sein Weinlaub war jetzt in flammende Töne getaucht. Wie selbstverständlich ragte er aus dem Ensemble landwirtschaftlicher Gebäude hervor. Ohne ihn hätte etwas gefehlt. Roshinsky lächelte. Vom früheren

Staunen spürte er wenig. Nur eine gewisse Verwunderung blieb. Er lächelte. Es war in Kurfalkes Vorlesung gewesen. Zu Fastenraths Ergebnis, hatte es dazu keinen Anlass gegeben? Es war das ziellos schweifende Auge, das in Muße etwas entdeckte. Kurfalke hatte der staunenden Menge so den Vorgang erklärt.

Langsam stieg er die Stufen zum Institut empor. Er sah eine Begegnung mit Otto Sitzlack voraus. Hinten im Flur hantierte er bereits am Kaffeeautomaten herum. Die Kantine war im Augenblick wegen dringender Renovierung geschlossen. Als er Roshinsky erblickte, hob er auf der Stelle die Hand. Dem folgte eine knappe, energische Bewegung des Kopfs. Roshinsky war aufgefordert, unverzüglich näherzukommen, um ihm zu folgen. Den gefüllten Kunststoffbecher in der Rechten, die Linke tief in die Taschen seines grauen Kittels gestemmt, ging Otto Sitzlack, der Hausmeister, dem Hilfsassistenten der Physik, Waldimir Roshinsky, zügig voran. Seine Füße steckten in schweren, braunen Halbschuhen, deren absatzlose Kreppsohle verschiedene Gleitformen erlaubte. Je weiter sie voranschritten, umso mehr nahmen die raschen, spitzen Klänge einer Schreibmaschine ab, auf der eine Sekretärin die Berichte laufender Versuche in lesbare Form übertrug. Das Geräusch der Transformatoren-Station dagegen nahm zu.

Roshinsky ahnte, daß der Hausmeister Otto Sitzlack vor der letzten Tür Halt machen würde, um ein Schlüsselbund aus der Tasche zu ziehen. Ein leichtes, kurzes Anheben des Kinns würde das Zeichen zum Abwarten sein. Den Blick ausdruckslos auf die Tür gerichtet, steckte Sitzlack den Bart in das Schloss und drehte ihn um. Genauer hinzusehen brauchte er nicht. Schließen hatte er im Gefühl. Mit der Rechten wurde sogleich die Klinke heruntergedrückt und die Tür vorsichtig einen Spalt weit geöffnet. Mit der

Linken erfolgte der Griff um die Ecke, wo der Lichtschalter lag. Mit einem Ruck stieß er die Tür auf. Schon stand er mitten im erleuchteten Raum. Er sah sich um. Soweit erkennbar, befand sich alles an seinem Platz.

Ohne Zögern ließ er sich in einen drehbaren Bürostuhl aus ungebeiztem Fichtenholz fallen. Der Sitz war mit grünem, imitiertem Leder bezogen. Seine Hände umfassten die Lehnen. Mit einer kurzen Körperbewegung vollzog er einen Schwenk hin zur Mitte des Tischs. Er zog die Schublade auf und langte blindlings hinein. Zwischen Mittel- und Zeigefinger präsentierte er nunmehr ein Schreiben, den Blick fest auf das Bild des Matterhorns vor ihm gerichtet, neben der Aufnahme von »Lausitz«, seinem Schäferhund. Beide in dunkler Eiche gerahmt. Langsam drehte er sich um.

Roshinsky an der Tür erhielt einen Wink. Seit langem wurden schwere Fahrzeuge derart durch enge Einfahrten gelotst. Es fiel kein Wort. Schließlich stand Roshinsky am vorgesehenen Platz. Sitzlack empfand Unbehagen und Schmerz. Er wusste, dass es seine letzte Amtshandlung war. Er stöhnte leise, knurrte in sich hinein und zögerte den Vorgang noch etwas hinaus. Die Lippen geschürzt, schaute er sich die Gestalt vor ihm an. Gerne hätte er das Wort »Haltung« gebrüllt. Er wusste, wie zwecklos es war. Müde bewegte er nurmehr die Hand.

Seine neue, edelstahlverstärkte, dunkelbraune Hornbrille saß eindeutig besser. Sie war wesentlich massiver als die im Einsatz zerstörte. Das Gesichtsfeld schien deutlich weiter, so nahe wie möglich an den toten Winkel heran. Ob sich im letzten Moment Verwertbares doch noch ergab? Ein handfester Beweis musste es sein, dann machte er kurzen Prozess. Manchmal tauchte so etwas noch kurz vor Toresschluss auf. Die heimliche Spind-Kontrolle hatte überhaupt nichts erbracht. Roshinsky blieb häufig längere Zeit weg, Tage, ja Wochen. Zu vieles war ungeklärt. Es gab keinen Vorwand, unter dem er ihn länger hätte zurückhalten können.

Zum Schluss noch ein scharfer, prüfender Blick. Auf keinen Fall gab er die Hand. Seine Linke reichte Roshinsky in Schulterhöhe den Brief hinüber, den Kopf abgewandt. Mit der Rechten stützte er sich an der Kante des Schreibtischs hoch und machte einen Schritt auf ihn zu. Ohne die Hände zu Hilfe zu nehmen, drängte er Roshinsky durch Vorstrecken des Bauches zur Tür. Er wollte allein sein. Das Schloss schnappte zu. Roshinsky hatte das Geräusch noch lange im Ohr.

Auf dem Flur las er die Anschrift, Herrn Wladimir Roshinsky, Institut für experimentelle Physik. Hier war er zu Haus. Bisher. Er zögerte kurz, wo er das Schreiben hinstecken sollte. Schließlich holte er ein Buch aus der Tüte, legte es zwischen die Seiten und verließ langsam den Ort. Beim Weggehen, schon auf dem Bürgersteig, drehte er sich noch einmal um. Athene, die Göttin der Weisheit, thronte über dem Eingang, den Helm zurückgeschoben. Sie sah ihm nach. Er grüßte hinauf.

Vor dem endgültigen Abschied wollte er noch einen letzten Blick auf den Obstgarten werfen. Zwei, drei Äpfel lagen herum. Auch eine Birne. Er hob sie auf und biss herzhaft hinein.»Gute Luise«. Bedächtig kauend verließ er den Ort. Der Turm entschwand. Zunächst hatte er den einsetzenden Regen wenig bemerkt. Erst als er stärker wurde, beschleunigte er seinen Schritt. Am Ende goss es in Strömen. Selbst ihm wurde kalt. Erst in der Untergrundbahn, dem vertrauten Innern der alten Waggons, kehrte ein Anflug von Wohlbehagen zurück. Vielleicht war es bereits ein neues Gefühl für die Zeit.

Leicht hätte er dem Absender nun all das sagen können, was ihn schon immer bewegte oder missfiel. Manch einer hätte die Gelegenheit kaum ungenutzt verstreichen lassen. Nicht so Roshinsky. Er musste an Kurfalke denken, seine Begegnung mit ihm in den ersten Radionächten. Er drinnen im unbeleuchteten Zimmer, das Gerät auf der Fensterbank, draußen die Nacht, das Universum grenzenlos, in dem Kurfalke sich spielend bewegte. Der Empfang erfolgte über eine kleine Antenne. Das Summen hatte sich mit dem Funkeln am fernen, dunklen Himmel gemischt. Über den Äther strömten ihm dabei Kurfalkes Formulierungen zu, die so schön wie Sternbilder waren.

Er merkte auf. Der Zug hielt. Endstation. Von hier aus fand er von selbst den richtigen Weg. Er betrat den Perron, schaute sich um und ging ohne zu zögern auf etwas zu. Er zog das Schreiben aus der Tüte und warf es ungelesen in den Papierkorb. Er war nun frei für den Eintritt ins Invisible College, wo er den Dingen ungestört auf den Grund gehen konnte.

Das Invisible College, eine uralte Einrichtung, ging noch auf die Zeit vor Newton zurück. Roshinsky spürte unmittelbar seine Anziehungskraft. Geist und Körper waren in keiner Weise getrennt. Im Gegensatz zu ähnlichen Stätten, verfügte es keineswegs über Gebäude. Auch feste Termine waren ihm fremd. Ebenso Abteilungen, sorgfältig voneinander getrennt und ohne jeden Kontakt miteinander, wären hier kaum denkbar gewesen. Alles war aufs Ganze gerichtet.

Die Fellows trafen sich aus freien Stücken. Sie wollten unbemerkt bleiben. Mit Vorstellungen, wie sie in Büchern kursierten, hatten sie wenig gemein. Erfahrung war es, der sie ihr Augenmerk schenkten. Francis Bacon hatte sie darin bestärkt. Nicht zuletzt in der Vorsicht. Schon ein kleiner

Fehlgriff kostete unversehens das Leben. Ein Beweis, der allen Einwänden standhalten konnte.

Für die Treffen wechselten sie jeweils heimlich den Ort. Nur der Tag in der Woche, der stand fest, neben der Abneigung für metaphysische Fragen. Keiner wollte in so dunklen Systemen sich mehr heillos verirren. Auch Debatten, besonders Dispute, Gott, König oder den Zustand der Seele betreffend, wo Übereinstimmung naturgemäß kaum erzielt werden konnte, lehnten sie ab.

Es blieben auch so Rätsel genug. Wie hingen in der Welt die Dinge zusammen? Aus ihren verschiedenen Teilen, Unvereinbares wurde da häufig berichtet. Außerdem, war jemand fern unterwegs, wusste er selten, wo er sich wirklich befand. Ähnliches galt auch für die Kenntnis der Stoffe und Körper. Sich Gewissheit verschaffen, was die Zustände auf dem eigenen Planeten betraf, Roshinsky spürte, das Invisible College war für ihn der natürliche Ort.

Anfangs tappten die Fellows noch ziemlich im Dunklen. Über das Licht war nur wenig bekannt. Beim Schein der Kerzen wurde gerätselt. Lag es im Wesen der Flamme oder doch eher im Zündstein verborgen? Sandte die Sonne kleine Partikel oder kam es in Form von Wellen ins Auge? Andererseits, was konnte es heißen, nur im Schatten zu leben? Manche Tiere stoben nachts in der Küche schon beim geringsten Strahl der Lampe davon. Waren sie sich ihres frevlerischen Treibens durchaus bewusst?

Auch über das Einhorn war wenig bekannt. In letzter Zeit tauchte es häufiger auf. Immer dasselbe? Lichtungen bei untergehender Sonne schienen bevorzugt. Jedes Mal stand es mit erhobenem Vorderhuf da. Der Zusammenhang bedurfte der Klärung. Der Herzog von Buckingham hatte einen Preis ausgesetzt. Meldungen hatten sich seither gehäuft. Leider löste die Erscheinung sich vorzeitig auf.

Gleichwohl, der vernachlässigte Forschungszweig blühte auf. Hatte allerdings auch erhebliche Mittel gebunden. Ob sie anderswo fehlten? Roshinsky sah sich vor verschiedene Fragen gestellt.

Berichte von Schiffskapitänen boten eine Vielfalt an Rätseln. Tagelang lag die See spiegelglatt da, unbeweglich, wie Blei. Plötzlich konnte ein Toben der Elemente beginnen und hielt wochenlang an. Hatte die Besatzung zu schwer oder nur zu häufig geflucht? Unwetter brach unterschiedslos über Gute und Böse herein. Meist ging ausgerechnet der beste Mann über Bord. Bösewichter hingegen hatten häufig noch die letzte Planke erwischt. Hatte Rechtschaffenheit ihren besonderen Preis, und wie hoch? Das Unerklärliche hatte nach genauer Rubrizierung verlangt. Allerdings, es hatte gedauert, bis die Deutungsvielfalt von Seemannshirnen nicht mehr unbedingt letzter Forschungsstand war.

Experimente wurden im Invisible College grundsätzlich aus eigener Tasche bezahlt, auch am eigenen Leib praktiziert. Roshinsky lächelte. Die Antragslage, wie einfach war sie zu nennen. Mit dem Zufall wurde gute Erfahrung gemacht. Notwendiges zu erkennen, dazu allerdings brauchte es Zeit. Nicht zuletzt freie Hand. Wenn der Tee serviert und die lauschende Dienerschaft kein Wort mehr verstand, drangen die Fellows tief in die Elemente hinein, wo ihre Spur sich bisweilen verlor. Zu gegebener Zeit tauchten sie dann wieder auf. Die Natur war mit einem Mal nach Gesetzen geregelt. Das sprach sich herum.

Unterschiedliche Orte hatten bei den Treffen eine Rolle gespielt. Greenwich College gehörte dazu. Auch Christ Church und Oriel, beide in Oxford gelegen. Die Ausflüge nach Buckinghamshire hatten die Fellows geschätzt. Wo bot die Natur dem Auge noch eine so sorgfältig durchkolorierte Landschaft? Von Beginn an genoss Gresham College in London einen besonderen Ruf. Die Sterne wurden hier praktisch erklärt. Jedenfalls nicht ihre Wirkung auf den Zustand der Seele. Matrosen und Schiffsführer hatten die Bänke bevölkert. Entsprechend waren die Fragen gestellt, und die Antwort erteilt. Keineswegs in Latein.

Geld gab Sir Gresham nur für nützliche Dinge. Auch die Börse entsprang seiner Idee. Soll und Haben waren in ständigem Wechsel zu sehen. Vieles hing von Zufällen ab. Was, wo, zu welchem Zeitpunkt passierte, in jedem Fall konnten Kenntnisse helfen, Kosten zu senken. Unsicherheit hatte auf die Stimmung gedrückt. Schiff verschollen oder verloren, es lief meistens auf Verluste hinaus. Nautik rettete sicher auch Leben, vor allem brachte sie Ladung zum richtigen Ort. Genaue Sextanten waren gefragt. Wer sich darauf verstand, war Robert Hooke. Roshinsky freute sich schon auf eine Begegnung mit ihm.

Gemächlich schlenderte er die Kante des Bahnsteigs entlang. Der letzte Zug rollte an ihm vorbei ins Depot. Die leeren Wagen waren noch ganz hell erleuchtet. Stufe um Stufe stieg er zum Ausgang empor. Er schaute sich um. Weit und breit war niemand zu sehen. Nur der Bedienstete wartete oben, um hinter ihm das Tor abzuschließen. Es begann nun die Nacht. Die Dinge verharrten in Ruhe. Der Lärm des Tages verschwand. Jede einzelne Stimme ließ sich deutlich vernehmen. Auch das Schweigen, das sich sonst dazwischen verlor. Roshinsky horchte in die Kühle hinein, aus der er etwas auf ihn zukommen spürte.

Langsam ging er nach Haus. Er brauchte Ruhe. Bald merkte er, wie Dunkelheit sich über ihn senkte. Am nächsten Morgen wachte er auf. Er erkannte den Raum. Doch die Welt, war sie noch dieselbe geblieben? Die Verbindung zwischen den Geräuschen schien neu. Auch den Ideen. Sie kamen und gingen von selbst. Er lächelte. Wie bei Hooke, dem Fellow schlechthin.

Schon immer war er »giddy«, schwindelerregend, voller Spirits gewesen. Unaufhörlich trieben sie in Kopf und Körper umher. Von einem Moment zum andern konnten Schauer von Kälte ihn überfallen. Wo kam etwas her oder wer oder was griff hier nach ihm? Gern hätte er die eigene Temperatur reguliert. Das Barometer, wem sonst wohl hätte es einfallen können. Schwankungen in der Luft, Schwankungen im Gemüt, wo mochte die verborgene Verbindung wohl liegen?

Klein an Wuchs, faserdürr, machte die Heftigkeit weiterer Turbulenzen ihm ständig zu schaffen. Spielten Größe und Gewicht eine Rolle, wurde er vielleicht von unbestimmten Kräften als Spielball benutzt? Anfälle von Ohnmacht traten mit einer gewissen Regelmäßigkeit auf, ohne dass der genaue Zeitpunkt vorhersehbar wäre. Danach wachte er jedes Mal mit einer neuen Idee wieder auf. Lag hier vielleicht das Geheimnis des Denkens? Er horchte in seinen Körper hinein. Über die Beobachtung führte er Buch. Roshinsky las gerne darin. Hookes Diary, es lag neben dem Bett.

Im Invisible College war Hooke der Chief Operator. Die schönen Erfolge, sie gefielen dem King. Fortan sollten sie in seinem Namen geschehen. Die Spirits huschten nun in einem royal fellow herum. Rastlos war Hooke weiterhin unterwegs. Verabredungen treffen, hieß, dass weitere folgten. Das spanische Coffee house war besonders beliebt. Ansonsten jede Art Gasthaus, Taverne, Schänke und Kneipe. Mit London war er gründlich vertraut. Nach dem Brand hatte er für neue Ordnung gesorgt. Bald war er mit eigenen Bauten beschäftigt. Bedlam Hospital, sowie das College of Physicians, nach seinen Plänen wurden beide errichtet. Für Montagu House, die Entwürfe, gewannen da schon an Form. Ragley Mansion, der Landsitz, kam später hinzu.

Häufig fuhr er die Themse nach Greenwich hinunter, um die Errichtung des Observatoriums überwachen zu können. Einzelheiten ließen sich selbst mit Flamsteed an geselligen Orten besser besprechen. Nicht zuletzt, weil er manchen hier unverhofft traf. Nicht selten wurden solche Stätten mehrfach am Tag aufgesucht. Auch des Nachts. Oft über die Zeit.

Worin sie in ihrem Wesen bestand? Im Großen erklärte sie der Lauf der Gestirne. Und im Kleinen, wo sie im Alltag sich spurlos verlor? Er brachte sie in ein Gehäuse hinein. Unabhängig von Tag, Nacht, dem Stand von Sonne und Wolken trug man sie leicht in der Tasche herum. Tompion, der Uhrmacher, hatte den Mechanismus ersonnen, er ihn entsprechend fein reguliert. Unruhe durfte nicht fehlen. Sonst war kein Leben darin. Auch eine zuverlässige Verbindung zum Zeiger war bald gefunden. Der King schien erfreut und »very amused«. Die Audienz war schnell zustande gekommen. Und hatte gedauert. Eines war klar, Neuerungen bestimmten die Zeit. Die besonders. An regelmäßiger Kontrolle war einem König gelegen. So hatte die Begegnung mit dem Vergleich ihrer Chronometer geendet. Und ihren handshakes.

Ansonsten? Hooke war gewarnt. Der eigene Vater hielt den Spirits nicht stand. Er floh aus der Zeit. In Freshwater, Isle of Wight, stand die Gemeinde verwirrt um sein Grab. Waren Dämonen in ihrem Pfarrer am Werk? Bei Hooke wurden solche Fragen durch Euklid abgelöst. Das hatte den Abschied erleichtert. Über Axiome wusste man in London besser Bescheid. Was in Westminster School noch Programm war, setzte Oxford längst schon voraus.

Roshinsky rührte im Tee, viel Zucker, ansonsten die

Mischung recht stark. Hookes Bruder war dem Vater auf demselben Wege gefolgt. Und er selbst, hielt Neugierde die Spirits in Zaum? Inzwischen war er Robert Boyles rechte Hand. Ohne ihn hätte die berühmte Pumpe wohl kaum funktioniert. Mit Geschick bekam er die Luft an der richtigen Stelle zu fassen.

Was blieb, war das Ringen nach Atem, das Stechen hinter Schläfen und Stirn, die wiederkehrende Schlaflosigkeit. Kürzlich, die schlimmste Nacht seines Lebens. Im Kopf hatte er ständig das Abfeuern von Schüssen gehört. Nicht im Ohr, das hätte weniger zu denken gegeben. Nun wurde im Auge schon seit Tagen ein Rheuma verspürt. Auch der Nebel davor, er wollte nicht weichen. So wenig wie das boshafte Kneifen im Magen. Was nagte an ihm?

Vielleicht half der Genuss gegensätzlicher Speisen wie Eier und Bier, Radieschen und Molke. Oder ein Trank aus kathartischen Drogen. War Senna das beste? Den Tag darauf eine Bouteille Bordeaux. Blieb die Nacht dann traumlos und ruhig? Bisweilen trat das Gegenteil ein. Er ritt zu Pferden und aß dabei Cream. Gab es tiefere Gründe? Die Eintragung »perishing women« hatte Bände gesprochen. Roshinsky lehnte sich mit Vorsicht zurück. Im Amsterdam Coffee House schien die Lösung für manche Beschwerden gefunden. Aloe, der Saft der Agave, hatte sogar schneller gewirkt als erwünscht.

Den Dingen zu Leibe rücken, hieß nicht zuletzt, sich zur Ader zu lassen. Sieben Unzen kamen gewöhnlich zusammen. Konsistenz und Farbe des Bluts, den Zusammenhang richtig zu deuten, dazu war Doctor Mapplethorpe da. Beim Vorgänger Gidley war der Preis auf eine halbe Krone gestiegen. Aussicht auf Änderung war nicht unbedingt das, was Besserung hieß. Der Stoff zeigte sich diesmal melancholisch, trübe und schwach. Wirkte der Besuch von gestern noch nach? Da wurde Lord Chester beerdigt. Auf dem Friedhof St.Laurence wehte es stark. Die Luft, warum blieb sie trotz Feuchtigkeit, veränderlicher Dichte und Druck, Trockenheit, Hitze und Kälte dem Anschein nach immer dieselbe?

Verschiedene Hinweise waren in Büchern enthalten. Überraschend, wo sie überall auftauchen konnten. Persönliche Bibliotheken waren strengstens gehütet und meist nur an schwer zugänglichen Stellen zu finden. Sir Scarborough hatte ihm die seine gezeigt. Der Almagest des Ptolemäus, wenigstens leihweise war er ihm in Aussicht gestellt. Von Sir More erhielt er so den Vitruv. Bei Auberry war die Ausbeute reichlich. Pappus, Appolonius, Diophantes, Copernicus, Bacon, Galilei, die Alchemie von Geber, Neipiers Logarithmus und Descartes Abhandlung über das Licht. Wie glücklich war er nach Hause geeilt.

Es gelang ihm, immer wieder Bände zu kaufen. Über Keplers Astronomie war er sehr froh. Sechs Shilling, sechs Pence. Scots verlangte nicht mehr. Für Archimedes hatte er fünf Shilling gezahlt. Zwei Shilling, und er trug Pascals Pensées in der Tasche. Oldenburg war geneigt, sich von Hevelius Machina coelestis zu trennen. Achtzehn Shilling hatte er selbst auf der Stelle geboten, ehe er sich anders besann. Bei Oldenburg wußte man nie.

Viel unterwegs, brauchten Kopf und Fuß ausreichend Schutz. Der Verschleiß, er war hoch. Wie die Preise. Beim Hutmacher nicht zuletzt für Mützen aus Samt. Der Schuhmacher verlangte elf Shilling fürs Paar. Denselben Preis für Galoschen. Wirklich rutschfest? In Lad Lane, neulich, fiel er bös in den Dreck. Zwei Shilling, acht Pence machten »dancing puffs«, die leichten Tanzschuhe, aus. Wo aufgespielt wurde, war er nicht zu halten gewesen. Klein und behände schwirrte er zwischen den Röcken herum. Nelly Young hatte es ziemlich gefallen. Ihm sowieso.

Roshinsky sah, die Fenster in seinem Zimmer waren an verschiedenen Stellen vereist. Seit Tagen hatte er nicht mehr geheizt. Jederzeit hätte er Holz und Kohlen heraufholen können. Früher schob er das bisweilen hinaus. Und jetzt? Ihm war nicht mehr kalt. Bald waren die Scheiben gänzlich mit feinen Blumen bedeckt. Am Küchentisch vor dem Aquarium sitzen, ohne die Stunden zu zählen, hätte ihm dabei etwas gefehlt?

Er lächelte. Der Brief, den ihm Otto Sitzlack ausgehändigt hatte, er hatte sich von ihm beizeiten getrennt. Die Begegnung mit Hooke, so leicht hätte sie sich sonst nicht ergeben. Er war ebenfalls auf Halley gestoßen, den Astronomen und Freund. Rund alle fünfundsiebzig Jahre erschien sein Komet. So blieb Zeit für Muße. Mit dem Arabischen war er bestens vertraut, auch Roms Geschichte. Cäsars Landung in England hatte er auf die Minute errechnet. Roshinsky war beeindruckt von seinem Satz: Es gibt kein Zentrum der Welt. Das hieß, keine Grenze. Wo der Komet dann wohl herkam? Aus der Kälte, soviel war inzwischen bekannt.

Fred Whipple vom Propulsion Laboratory, Passadena, war gerade mit seiner Ankunft beschäftigt. Teleskope und Apparate waren auf ihn gerichtet. Dirty snowball hatten sie ihn scherzhaft genannt. Viel Dreck und Eis war in seiner Spitze versammelt und entsprechend verteilt auch im Schweif. Es hatte das Leuchten und Funkeln erklärt. Woher kamen so glühende Zeichen am Himmel? Mit der Frage hatte Halley eines Tages Newton besucht. Eine Begegnung, deren Folgen Hooke eines Tages verwirrten. Beruhte die Erklärung nicht auf seiner Idee?

Inzwischen war es dunkel geworden. Roshinsky sehnte sich nach seinem eisernen Bett. Sonst stand ihm im Invisible College jeder Zeit aller Platz zur Verfügung. Vor Erschöpfung schlief er am Küchentisch ein. Als er aufwachte, waren da Stunden oder schon Tage vergangen? Zeit, sich nach nebenan zu begeben, um auf sein Lager zu sinken. Es kam nicht dazu. Der Traum setzte ein, kaum hatte er wieder die Augen – geschlossen. Ein Gefühl, schwerelos, wurde verspürt. Keine Anspannung mehr. Von der Gegenwart würde er sich soweit entfernen, bis er alles bis ins Letzte verstand. Auf seinem Gesicht war ein Lächeln zu sehen.

Er wurde durch Geräusche geweckt. Die Zeit hatte längst an Bedeutung verloren. Blieb nur ein Empfinden, das ihr noch entsprach, ganz und gar sich selbst überlassen? Es löste sich ab. Der Komet zog unterdes seine Bahn. Hooke, den Körper gebeugt, erschien mit einem Mal in der Tür. Rasch vollführte er jede Bewegung. Jetzt, bei Kälte mit Biberhut, sonst trug er die Mütze mit Schirm. War er so besser gegen Kopfschmerz geschützt? Er befühlte die Stirn. Ahnte er nicht, wo er sich gerade befand? Roshinskys Blick wanderte zu den Eisblumen am Fenster hinüber. Sie leuchteten auf ihre eigene Art. Er lächelte. Eines stand fest, Kometen bewegten sich völlig frei. Sie ließen sich von der Sonne bescheinen, was ihm gefiel.

Fred Whipple war dem Snowball näher zu Leibe gerückt. Wenn das Eis in der Wärme der Strahlen verdampfte, ließ der Wandelstern eine glitzernde Wolke zurück. Zeichen der Heiterkeit? Wem der Tag seiner Ankunft bekannt war, der konnte sich darauf im Voraus schon freuen. Roshinsky schaute zu den Fischen hinüber. Warum war die »History of fishes« in den Regalen der Royal Society liegengeblieben? Für ihr Leben hatte sich kaum ein Interesse gezeigt. Gern hätte er über ihre Herkunft mehr in Erfahrung gebracht.

Eine Weile blieb er noch vor dem Aquarium sitzen. Ein Fisch konnte sich völlig ruhig verhalten. Der Komet dagegen stand niemals still. Nichts, das ihn aufhalten konnte. Hitze hätte seinen Schweif nur verlängert. Das Glitzern und Leuchten, warum war es mit Hoffnung verbunden? Newton hatte dazu geschwiegen. Sonst war in seinem Buch auf Halleys Fragen alles erklärt. Das System der Welt insgesamt. Die Natur war von Grund auf einfach geregelt. Nichts geschah ohne Sinn. Für gleichartige Wirkungen konnte es nur entsprechende Ursachen geben, auch was das Leben von Menschen und Tieren betraf. Für Küchenfeuer und Sonne, für beide galt dasselbe Gesetz. Auch die Schatten, die zwangsläufig fielen.

Roshinsky berührte seine schwielige Hand. Von den Eigenschaften der Dinge wurde nicht jede erfühlt, manche nur am eigenen Leibe erfahren. Hooke hatte ein Zittern befallen. Den Körper schüttelte Frost. Es half nur ein Trank: Cocolat. Kaum konnte er einen Finger bewegen. Hirn und Herz hatten mit Krämpfen zu kämpfen. Warum machte das Empfinden von Unrecht sich in den Eingeweiden zu schaffen? Kein Gericht weit und breit, das hier zuständig war. Die Idee, auf der in den »Principia« alles beruhte, sie stammte von ihm. Niemals würde Newton die Erwähnung seines Namens erlauben. Die Entdeckung teilen? Er wäre dann nicht das Zentrum der Welt.

***

VIII

Kenterbury saß eines Tages der Sachbearbeiterin Anita Frühsorge gegenüber und stellte fest, welcher Unterschied doch darin besteht, ob man in einer Akte steht oder nur in ihr liest. Beizeiten hatte er sich auf den Weg gemacht, um den anberaumten Termin nicht zu versäumen. Ganz in der Frühe brach er auf. Nach längerer Anfahrt erreichte er eine Zone am Rande der Stadt. Bei den unterschiedlichen Karosserien, die das Gelände ohne erkennbare Regel markierten, war an Fortbewegung nicht mehr zu denken. Auch sonst lag oder stand Hinterlassenes ohne Ordnung herum. Schließlich ragte das monumentale Gebäude grau und verwittert im Niemandsland auf: Er war am Ziel. Zwischen gewaltigen Säulen zeigten sich Risse, so dass Strauchwerk ohne weiteren Fuß fassen konnte. Längst waren nicht mehr alle Trakte genutzt oder intakt. Reihen mit Brettern vernagelter Türen und Fenster machten die Lage ersichtlich.

Die Begegnung währte nur kurz verglichen mit der Zeit, die er wartend verbrachte. Er war einem Hinweis gefolgt, dann an einem Gerät eine Nummer gezogen und sich anschließend auf die Bank dem zuständigen Büro gegenübergesetzt. Die spiegelglatten Korridore waren mit braunem Linoleum belegt. Geruch von Bohnerwachs und scharfen Reinigungsmitteln herrschte überall vor. Das Leuchtschild über der Tür zeigte in gelber Schrift auf grünem Grund durchgehend an: Bitte warten.

Unvermittelt sprang es auf, es hieß: Bitte kommen. Er eilte zur Tür und erreichte sie kurz bevor das Summen des automatischen Öffners wieder verstummte. Ohne aufzublicken nahm die Sachbearbeiterin Anita Frühsorge seine Vorladung entgegen. Ebenso stumm wurde sie mit der Kartei in Verbindung gebracht und Punkt für Punkt die Vermerke gesichtet. Mit der einen Hand reichte sie ihm anschließend ein Formular die Brüstung hinüber, während die andere begann, mit dem Kugelschreiber unruhig auf eine Anschrift zu tippen, wobei er die Aufforderung hörte, sich dort binnen kurzem zu melden. Ehe er nachfragen konnte, war der Summer bedient und der nächste trat ein.

Kenterbury war mit einem Bescheid unterwegs. Es gab ein Ziel. Sein Herz pochte. Er fand den Eingang. Er klopfte. Er horchte. Hörte er Laute? Nach einigem Zögern hatte er die Klinke gedrückt. Unversehens sah er sich den beiden Archivaren Graubecher und Knippstein gegenüber. Horst Graubecher saß hinter seinem Schreibtisch in einem mit Kunstleder gepolsterten, drehbaren Sessel aus Holz, Erwin Knippstein seitlich auf einem einfachen Stuhl davor. Ohne Schwierigkeit konnte er die Wand, wenn er wollte, berühren oder falls Not am Mann war, um sich unbemerkt an sie zu lehnen. Im Moment lagen seine Unterarme auf dem Schoß überkreuz. Die Hände umfassten die Knie. Die Manschetten ragten aus den Ärmeln des grauen Glencheck-Anzugs hervor. Er selbst schaute mit streng verschlossenem Mund zum Fenster hinaus.

Die Fensterbank wies eine Reihe wasserarmer Topfpflanzen auf, an denen sich die Zahl der Dienstjubiläen mühelos ablesen ließ. Nur ein kleines Usambaraveilchen stand im toten Winkel mutterseelenallein. Auch das Wüstengewächs auf der Heizung schien sich im Moment eher danach zu sehnen, in einem entfernten Winkel der Erde mit Pygmäen um die Wette Schatten zu werfen.

Knippstein hatte seit langem jene morgendliche Haltung gewählt, damit er Graubecher nicht direkt ansehen musste. Dabei war Graubecher ihm vom ersten Augenblick an sympathisch erschienen. Willkommen sogar. Auf sein Erscheinen hatte er gar eine gewisse Hoffnung gesetzt. Ganz plötzlich stand er da. Zu seinem Erstaunen war er nicht in dienstfähiger Kleidung, sondern in Pullover und Lederjacke erschienen. Noch nie hatte er ihn im Sakko, geschweige in Anzug mit Weste gesehen. Unter den Hosen hatte er Stiefel bemerkt, deren Schaft bis zum Knie reichen musste. Graubecher war athletisch gebaut. Anders als er.

Seit langem hatte er mit dem Kiefer zu tun. Nur ein gründlicher Eingriff konnte hier helfen. Den allerdings hatte er immer gescheut. Alles in allem hatte es ihn ein Vermögen gekostet, denn er wusste, er rauchte Zuviel. Wer hatte dagegen nicht Bedenken geäußert! Außer Knippstein. Er hielt sich zurück. Jeden Morgen bei der ersten dienstlichen Sitzung zog Graubecher blind die Schachtel mit den Zigaretten hervor und langte entsprechend hinein. Nach kurzem Stirnrunzeln wusste er wieder, wo das Feuerzeug lag, aus dem die Flamme dann kurz und scharf hochschoss. Knippstein zuckte jedes Mal unwillkürlich zusammen. Bald waren die ersten Züge zu hören gewesen. Knippstein beobachtete mit Sorge den dichter werdenden Rauch. Er litt. Er nahm es in Kauf, um in Graubecher ausschließlich den Vorgesetzten zu sehen.

Doch der Promovierte war er. Auch an Alter war er erheblich voraus. In Ruhe hatte er deshalb dem Gang der Dinge vertraut. Als der Fall schließlich eintrat, wurde jedoch nicht ihm, sondern Graubecher der Vorzug gegeben. Nicht ihm, dem Promovierten, sondern Graubecher, dem Nichtpromovierten wurde die Leitung des Archivs übertragen. Er selbst war Leisegang-Schüler und hatte die Gnosis studiert. Graubecher hingegen wählte den zugänglichen

Weg: Die Geschichte. Hatte sie nicht allen offen gestanden oder war sie insgeheim reich an Tücken gewesen?

Das geliebte Fach, das für ihn aus einer unendlichen Fülle einzelner Ereignisse und Fakten bestand, löste sich gänzlich in verschiedene Bestandteile auf, wenn er sie vor aller Augen darstellen sollte. Statt eines hilfreichen Fadens hatten sich vor ihm nur verwirrende Knäuel gebildet. Es war furchtbar gewesen. Nach vielfältigen Versuchen wurde eines Tages die Türe geöffnet und er war sachte hinausgeführt worden. Es hatte gedauert, alles hatte sich zum Guten gewendet, falls nicht zum Besten. Seine Zinn- und Münzkenntnis, die unverkennbare Neigung zu Sammlungen wurde von einem Sachverständigen bemerkt. Hatte es letztlich den Ausschlag gegeben? So sehr er die Frage über die Jahre hin und her gewälzt hatte, er war zu keiner eindeutigen Antwort gekommen. Dabei hätte er es zu gerne gewusst. Schließlich wurde für die Stelle bislang niemand gefunden.

Knippstein hingegen neigte schon früh dem Theoretischen zu. Das Philosophische und Theologische gleichzeitig war es gewesen. Dazwischen hätte es ihn beinahe zerrieben. Er hatte höllisch aufpassen müssen. Die Zeit war ihm zu Hilfe gekommen. Beides schien sich mit einer allgemeinen Bewegung irgendwie verbinden zu können, einer Neigung zum Ganzen, dem Unerreichbaren Die Fülle an Hinterlassenschaften war unübersehbar gewesen. Eine Stelle im Archiv war wie gerufen gekommen. Für eine Übergangszeit, dachte er. Es waren Jahre geworden. Schiesslich Jahrzehnte. Vorspiel der Zeitlosigkeit oder gar mehr?

Als Graubecher seinen Dienst antrat, hatte Knippstein daran eine ganz persönliche Hoffnung geknüpft. Mittags, wenn sich die natürliche Paarbildung ringsum vollzog, blieb er bislang allein. Nunmehr konnte sich die Lage schlagartig ändern. Indes sollte es allein auf Graubechers freier Entscheidung beruhen. Er wartete ab. Wie überrascht er dann war, als die Wahl nicht auf ihn, sondern auf eine völlig sachfremde Person gefallen war. Nicht einen einzigen gemeinsamen Versuch hatte es bis dahingegeben. Nicht einmal das.

Graubecher und der Verantwortliche für elektrotechnische Fachliteratur hatten seitdem als unzertrennlich gegolten. Pünktlich holte der eine den anderen ab. Pünktlich brachte der andere den einen wieder zurück. Vor dem Essen studierten sie gemeinsam die Karte. Knippstein hatte es wiederholt durchs Fenster der Lokale beobachten können. Wie gerne wäre er mit Graubecher zum Italiener gegangen. Auch zum Türken. Selbstverständlich zum Serben. Überallhin. Er hätte sich selbst an eine ganz fremde Küche gewöhnt. Was ihm blieb, war allein die Kantine des Finanzamts gewesen, neben jenem Flügel der Mensa, der fürs allgemeine Publikum zugänglich war. Nach und nach hatte er sich durch die Ausdehnung der Mittagspause entschädigt. Dennoch, es gab Enttäuschungen, die bahnten sich wie von selbst ihren eigenen Weg.

Hatten sie von Beginn an einander nicht zugehörig gefühlt? Beide kamen sie zu einer Zeit auf die Welt, die nachhaltige Erinnerung weckte. Beide hatten sie die Person nie verlassen, der sie ihr Leben verdankten: Der Mutter! Knippstein war inzwischen allein. Er hatte hinter sich, was Graubecher noch vor sich hatte. Eines Abends war er nach Hause gekommen. Sie hatte wie immer vor dem Fernsehgerät gesessen. Es lief das zweite Programm, das ihre. Nicht das seine, das erste. Ein Umschalten wäre niemals in Frage gekommen. Er war zum Kühlschrank gegangen, um sich ein kleines Mahl zu bereiten. Nach Ende der Sendezeit hatte er sich erneut leise hinübergegeben. Weiße Flocken waren bereits über den Bildschirm gehuscht. Der Apparat, er hatte gesummt. Sie hatte auf sein Wort nichts erwidert, was ihn nicht überraschte.

Er kehrte in die Küche zurück, um sich für die Nacht Gesicht und Hände zu waschen, auch die Zähne zu putzen. Schließlich hatte er sein Bett in dem einen, gemeinsamen Raum herrichten wollen. Ihre Haltung war auffallend unverändert gewesen. Vorsichtig war er nähergetreten. Ihr Blick war auf einen Punkt in der Ferne gerichtet, ganz unbeweglich, die Hand kalt.

Zuerst hatte er das Gerät abgeschaltet und sie anschließend auf ihr Lager gebettet. Es war für die Nacht schon bereitet gewesen. Er hatte sie zugedeckt und sich selbst zur Ruhe begeben. Er dachte, die folgenden Stunden würden trotz der Stille keineswegs ruhig verlaufen. Doch nach langer Zeit hatte er zum ersten Mal wieder richtig durchschlafen können. Am folgenden Tag hatte er sie abholen lassen und die Formalitäten ordnungsgemäß erledigen können. Nur mit Inschrift, Art und Größe des Steins war er nicht ins Reine gekommen. So hatte er von weiteren Besuchen Abstand genommen. Für Pflegen und Gießen hingegen war auf Jahre hinaus vorsorglich bereits gesorgt.

Graubecher hatte regen Anteil gezeigt. Die morgendliche Dienstbesprechung hatte er immer wieder zu entsprechenden Fragen genutzt. Schließlich war er mit den Einzelheiten in derselben Weise vertraut wie Er. Ja, in manchem wusste er mittlerweile sogar besser Bescheid. Immer wieder hatte er sich darüber seine Gedanken gemacht. Knippstein hatte es jedes Mal mit Erstaunen zur Kenntnis genommen.

Der Tag seiner Verabschiedung rückte nun näher. Vielleicht hätte Graubecher gerne mit ihm getauscht. Leise Andeutungen hatte er stets überhört. Im Augenblick schaute er zu Kenterbury hinüber. Er schien erstaunt. Hatte er mit einer solchen Erscheinung gerechnet? Er, Knippstein hatte auf einem Promovierten bestanden. Graubecher hingegen suchte jemand, der sich auf eine gewisse Ordnung verstand. Er selbst dachte nicht zuletzt an die Nachfolgefrage. Graubecher eher welcher Ausweg ihm blieb. Mit Kenterburys Ankunft, das hatte er unversehens gespürt, war die Lage verändert. Nur wusste er weder wie, noch warum.

Lange hatte Knippstein sich gegen Graubechers Haltung nur unzureichend gesträubt. Wenn etwas der Mühe nicht wert schien, dann Widerstand. Zu seiner Überraschung hatte er eines Tages auf dem eigenen Vorschlag bestanden. Unerwartet war sie nun eingetreten, die Stunde der Nachfolgefrage. Die Arme vor der Brust verschränkt, blickte er zu Kenterbury hinüber. Der stand mitten im Raum. Was ging in ihm, Knippstein, jetzt vor. Er wusste es nicht. Vielleicht war es einfach zuviel. Mit Graubecher konnte er vieles bereden. Nicht alles. Als Leisegang-Schüler hatte er das Schauen gelernt. Er räusperte sich, senkte den Blick und schürzte die Lippen. Im Herzen Skepsis. Vielleicht sogar Trotz. Graubecher war just in diesem Moment Kenterbury ein paar Schritte entgegengetreten. Er reichte ihm zur Begrüßung die Hand. Knippstein erhob sich nur leicht und bewegte die Lippen ganz knapp.

Bald konnte er sich völlig aufs Zuhören konzentrieren. Graubecher hatte mit einer längeren Ausführung begonnen, einer Einführung in Wesen und Geist des Archivs. Knippstein hielt die Augen geschlossen. Das gesprochene Wort ließ sich mit früheren so besser vergleichen. Graubecher war die Darstellung in Fleisch und Blut übergegangen. Wie es am Anfang hier aussah, davon konnte sich niemand mehr eine

Vorstellung machen. Graubecher blickte zum Fenster hinaus. Kenterbury sah draußen die Öffnung des Hofs, die Architrave aus gelben Ziegeln, das Dach aus Zink und den Himmel in der Farbe der Financial Times, schon ein wenig durchfeuchtet. Das blasse Rosa drohte in ein schmutziges Grau überzugehen. Ansonsten waren auf dem Dach allerlei Messgeräte gut zu erkennen. Schließlich hielten sie sich im zentralen Gebäude der berühmten technischen Lehranstalt auf. Das Leporello ihrer Geschichte, Graubecher hatte es mit Sorgfalt vor Kenterbury auszubreiten begonnen. Er sollte nachfühlen können, in welch kompliziertes Gebilde er nun eintreten würde. Archiv und Magazin der umfangreichen Fachbibliothek, sie befanden sich hier seit langem vereint. Graubecher hatte an dieser Stelle die Hände gehoben und Knippstein dazu wie verloren genickt. Die Last, wie lange schon hatte sie auf ihnen geruht.

Wenige ahnten, was an einer solchen Stelle im Innersten vorging. Graubecher sprach von der Not, in der sich das Ganze befand. Nicht nur an Zeit hatte es immer wieder gefehlt. Auch an Raum. Eine unmittelbare Folge der Sperrfrist. Für sie hatte er wie ein Löwe gekämpft. Sie hatte gegen den Ansturm der Nachfragen den nötigen Riegel verschafft. Die Kehrseite zeigte sich bald. Es war eine Flut. Sie konnten sich kaum vor Anträgen retten, alle Art von Nachlass in ihre Obhut zu nehmen. Nirgendwo sonst schien gegen vorzeitige Einblicknahme etwas derart geschützt. Resigniert hob Graubecher die Rechte, um sie verzweifelt in fallen zu lassen. In seine Linke.

Bis dahin war immer nur von einem ständigen Engpass die Rede gewesen. Inzwischen war die Lage bedrohlich geworden. Das Jubiläum des Archivs stand bevor. Es würde nicht mehr allein um jene Stücke gehen, die sie in regelmäßigem Turnus dem Publikum im Foyer darbieten konnten. Allein dadurch waren sie höllisch in Anspruch genommen.

Nicht selten blieben deshalb die dringlichsten Aufgaben unerledigt. Nach einem normalen Zustand hatte jeder von ihnen sich immer wieder gesehnt. Wenigstens einmal.

Graubecher erhob sich, um Kenterbury bei einem Rundgang die einzelnen Gebäude näher zu bringen. Die Bestände lagen zum Teil ja erheblich verstreut. Er ging, von Kenterbury gefolgt. Knippstein in einem gewissen Abstand dahinter, der sich je nach Lage handhaben ließ. Zusammen durchstreiften sie ein Gebiet, das so ausgedehnt wie verzweigt war. Was sich momentan nicht berücksichtigen ließ, würden sie in den nächsten Tagen nachholen können. Kenterbury sollte schließlich einen ersten Eindruck gewinnen.

Das Archiv hatte stets schon über Außenstellen verfügt. Inzwischen hatte der Aufgabenkreis sich erheblich erweitert. Manches, was in letzter Zeit auf sie eingeströmt war, hatten sie kaum mehr eindämmen können. Es lag an der Weisung, Nachlässe der Mitglieder des Lehrkörpers, die das Ansehen der höheren technischen Lehranstalt mehrten, in jedem Falle zu sichern. Nicht selten wurde das mit dem vollständigen Erbe verwechselt. Es enthielt vorwiegend Dinge, die meist Ausdruck höchst persönlicher Vorlieben waren. Die Angehörigen, nahezu ausschließlich Witwen, hatten stets auf restloser Übernahme bestanden. Ausgefallene Stücke hätte das Archiv sonst niemals erhalten. Gerade hier waren ihnen restlos die Hände gebunden.

Graubecher hatte inzwischen die Tür der Asservatenkammer geöffnet. Er knipste das Licht an. Seine Hand wies auf eine unübersehbare Anhäufung von Gebrauchsgegenständen. Das Bild verlassener Biwaks drängte sich auf. Wie lange hatten sie nicht damit verbracht, ein praktikables System zu ersinnen? Vanitas! Graubecher kam das Wort wiederholt von den Lippen. Immer wieder Schulterzucken, Kopfschütteln und Vanitasrufe. Von Doktor Knippstein unterstützt. Mit dem ein oder anderen Stück hätte er sich insgeheim gerne wohl näher befasst.

Während er hinter Graubecher und Kenterbury herging, zog Knippstein einen kleinen, alabasternen Tiegel hervor und begann, die Arme im Rücken verschränkt, sich eingehend die Hände zu cremen. Bei unkontrollierter Erregung half eine derart langsam sich wiederholende Bewegung über das Schlimmste hinweg. Eines Tages war das Gefäß ihm irgendwo zufällig vor die Füße gerollt. Als hätte er es nur aufheben müssen! Ursprünglich gehörten den Asservaten zu seinem Gebiet, auch jetzt noch. Jedenfalls seiner Dienststellung nach. Selbst nach dem Vorfall war er weiterhin Leiter der biographischen Sammlung geblieben. Bis dahin hatte Graubecher bei allen Nachlassbesuchen auf seiner persönlichen Begleitung bestanden.

Meistens sprachen sie nachmittags vor. Er selbst beschränkte sich gewöhnlich aufs Schweigen. Graubecher hatte bis ins Detail jedes Mal die Verhandlung geführt. Im Grunde wäre seine Anwesenheit nicht nötig gewesen. Doch repräsentierten sie eine Institution von beträchtlichem Ruf. Graubecher hatte denn auch im Verlauf des Gesprächs stets auf die nötige Abstimmung mit seinem Doktor Knippstein verwiesen. Ihm selbst hatten die Besuche eine gewisse Einsicht in das menschliche Wesen vertieft. Nicht der Heimgegangene, der Hinterbliebene war mit einem Schlage erlöst. Niemals zuvor war er den Randbezirken des Theologischen so nahe gewesen. Gleichzeitig hatte er ein wenig frohlockt. Die Neigung in ihm, sie war nicht tot. In solchen Augenblicken wurde es deutlich gespürt. Kierkegaard lag seitdem aufgeschlagen neben dem Bett. Leider kam er bisher nicht dazu.

Gern hätte Knippstein den Rundgang nun unterbrochen. Es war Mittagszeit. Er spürte, es würde ein Tag des Verzichts. Es ging um die Nachfolgefrage. Wer mochte Kenterbury wohl sein? Die Auskünfte waren spärlich gewesen. Kenterbury hatte gelehrt. Er nicht. Als Leisegang-Schüler hatte das Erleben Vorrang genossen. Sein Verhältnis zur Schrift hatte mit der Zeit einen Wandel erfahren. Anfangs, als es noch das Theologische und Philosophische gleichzeitig war, hatte er sich vielfach dem Vergleich hingegeben. Später, im Archiv, hatte er dann nur noch dem Ganzen gelebt. Er war darin aufgegangen. Niemals mehr hätte er störend eingreifen wollen.

Er folgte den beiden gemessenen Schritts. Bald blieb er ein wenig zurück. Ein Fuß hatte ihm jüngst wieder zu schaffen gemacht. Mit zwiespältigen Gefühlen dachte er an den Vorfall zurück. War es der Preis, unerwartet davongekommen zu sein? Andererseits hätte er niemals sonst die Fjorde gesehen. Sein Aufenthalt rührte nicht aus einem freien Entschluss. Bei den nächtlichen Aufgaben als Wachsoldat hatte er stets nach vorne zu schauen. Detonation und Druckwelle waren dann allerdings von hinten gekommen. Er war in eine unkontrollierbare Bewegung geraten. Ein Fuß war anschließend nicht mehr derselbe gewesen. Inzwischen hatte er passendes Schuhwerk gefunden. Anfänglich hatte es ihn verlegen gemacht, doch nach und nach begann er, sich wie im siebten Himmel gefühlt. Er hatte es immer wieder betont, wenn er die Vorzüge seiner Turnschuhe pries. Zum Glenscheckanzug schien die Lösung nicht unbedingt passend. Nur, was hatte er bislang nicht alles schon in Kauf nehmen müssen.

Er fühlte Unruhe. Unter Umständen wurde heute eine Entscheidung gefällt. Knippstein presste den Mund zusammen. Die Arme im Rücken verschränkt, die Hände ineinander verhakt, leicht vorgebeugt, war sein Blick auf den Boden gerichtet. Nichts Unnötiges sollte ihn stören. Er sorgte dafür, dass er Graubecher und Kenterbury nicht aus dem Auge verlor. Wenn der letzte Akt bevorstand, musste er unbedingt in Hörweite sein. Wenigstens das.

Er spürte Genugtuung. Immerhin hatte er sich mit der Forderung nach einem Promovierten durchsetzen können. Ohne sein Einverständnis würde es eine Entscheidung nicht geben. Die Regelung war in dieser Hinsicht sehr klar. Nach dem Vorfall schien sie mehr und mehr in seinem Sinne zu liegen. Die Chancen schienen sogar deutlich gestiegen, dass er der Aufgabe eindeutig gewachsen war. Zwar gab es Promovierte genug. Die Frage war nur, ob einer sich für ihre Zwecke als rundum brauchbar erwies. War jemand erst einmal da, wurde man ihn so leicht nicht mehr los. In diesem Punkt gab er Graubecher recht.

Er zog einen kleinen, runden Spiegel aus der Tasche. Nach einem kurzen Blick hatte er den Scheitel mit einem schmalen, kleinen, metallenen Kamm wieder in Ordnung gebracht. Er hatte im Gefühl, wenn etwas nicht stimmte. Der Rundgang hatte sich inzwischen in die Länge gezogen. Stand etwas bevor? Graubecher hätte sich in seinen Ausführungen sonst kürzer gefasst. Knippstein spürte den trockenen Mund. Graubecher indes schien ins Schwitzen gekommen.

Für den Ernstfall hatte er mit Knippstein alle Seiten erörtert. Bei der Einstellung würden sie mit aller Vorsicht verfahren. In Frage kam nur eine unbefristete Beobachtungszeit. Als Kenterbury in der Türe erschien, war ihm, als schmölze der Vorsatz dahin. Im Grunde hätte er seinen Entschluss auf der Stelle mitteilen können. Niemals würde er ihn mehr umstoßen können. Trotz Knippsteins Widerstreben. Es stand deutlich im Raum. Doch, niemals wäre er ihm, Graubecher, in den Rücken gefallen. Es wäre über seine Kräfte gegangen. Der Vorfall hatte es deutlich gezeigt. Nicht nur das, er hätte sich dann selbst nicht mehr gekannt.

Knippstein erinnerte sich genau. Eines Tages hatte er Graubechers Dienstraum betreten. Er hatte angeklopft. War ein Zeichen gekommen? Das Zimmer jedoch, es war leer. Voller Beklemmung war er hinter den Schreibstich neben den drehbaren Sessel getreten. Graubechers Lederjacke hatte darüber gehangen. Es war nicht die braune für kühlere Tage, sondern die helle für wärmeres Wetter gewesen. Er hatte sie von allen Seiten befühlt. Zwischen seinen Fingern spürte er die Eidechsenhaut, kühl und geschmeidig. Er hatte ein wenig geschaudert und so schnell wie möglich das Weite gesucht. Wo er wohl steckte?

Hätte es den Vorfall nicht gegeben, wäre alles bei ihrem gemeinsamen Vrsatz geblieben. Er holte den Cremetiegel hervor, um seine Hände zu salben. Währenddessen blieb er bemüht, den Abstand nicht allzu groß werden zu lassen. War Kenterbury bereits in Kenntnis gesetzt oder blieb noch im Dunkeln, worin seine Aufgabe lag? Graubecher hatte nach dem Vorfall von einem entscheidenden Ereignis gesprochen. Er selbst hatte geschwiegen. Die höhere Leitung hatte Fragen gestellt. Ohne Graubecher hätte es vielleicht eine Untersuchung gegeben. Nie zuvor hatte Knippstein Graubecher als Vorgesetzten in so uneingeschränktem Maße schätzen gelernt. Alles würde sich in vorschriftsmäßiger Ordnung befinden. Damit hatte Graubecher jeder Nachforschung von Knippsteins Versäumnis den Boden entzogen. Er hatte die Gelegenheit gegenüber höheren Stellen sogar benutzt, um auf die Schwierigkeit ihrer Lage noch einmal nachhaltig hinzuweisen. Knippstein wurde von der Entdeckung wie aus heiterem Himmel getroffen.

Es war an einem späten Sonntagmorgen gewesen. Er

hatte wie immer geruht. Die Türklingel hatte unvermittelt zu läuten begonnen. Zunächst verhalten, dann heftig. Bald hatte Graubecher sich stimmlich bemerkbar gemacht. Er hatte sich zögernd erhoben und barfuß im Flur durch die schmale Schneise zwischen den Kisten hindurch zur Türe geschlängelt. Er hatte geöffnet. Sie schauten sich an. Stumm hatten sie ihre Körper betrachtet. Der seine im Bademantel, darunter bloß. Graubecher in Lederjacke, Stiefeln und Hut. Es dauerte, bis die Sprache zurückgekehrt war. Niemand hatte für den Vorfall eine Erklärung gehabt. Nur eines stand fest, es war zu einer alarmierenden Meldung gekommen.

Unübliche Vorgänge hatten am helllichten Tag eine Gefährdung im Archiv deutlich gemacht. Vorschriftsgemäß hatten die amtlichen Stellen verschiedene Ursachen feststellen müssen. Graubecher hatte das Protokoll unterzeichnet. Wie jedem auffallen mußte, lag das Versäumnis ganz allein in Knippsteins Bereich. Beiläufig hatte er es während des Essens beim Italiener dem Leiter der elektrotechnischen Abteilung gegenüber bemerkt. Das Auge auf den Teller gerichtet, hatte Graubecher in Knippsteins verborgene Seite geblickt.

Am Ende des Rundgangs stieg Knippstein mit den anderen wieder die Stufen zum gemeinsamen Dienstsitz empor, die Arme im Rücken verschränkt, den Kopf zu Boden geneigt. Anstrengende Stunden gingen zuende. Er fühlte sich in hohem Maße erschöpft. Das Mittagessen war ausgefallen. Der Nachmittag hatte längst schon begonnen. Die Aussicht auf eine ausgedehnte Kaffeestunde schwand mit jeder Minute dahin. Die Zeit, sie zerrann. Der Dienstplan war völlig durcheinandergeraten. Versäumtes würde sich nicht nachholen lassen. Schließlich kamen sie an. Graubecher öffnete. Kenterbury, der Gast, als erster betrat er den Raum. Als Mitglied des Archivs verließ er ihn wieder. Zwischendurch hatten sich alle gesetzt.

Graubecher und Knippstein auf die ihnen gebührenden Plätze, Kenterbury auf einen einfachen Stuhl davor. Sein Blick durchschweifte den Raum. Graubecher hatte eine Zigarette hervorgezogen, die Spitze langsam mehrfach an der Tischkante gestaucht und mit einem Streichholz entzündet. Während der nächsten Minuten sahen alle schweigend zu, wie der Rauch fein und weiß aufstieg. Knippstein blickte besorgt, Kenterbury gespannt. Graubechers Auge wanderte ohne ihn anzusehen zu Knippstein hinüber. Schließlich wandte er sich Kenterbury zu. Ein wenig verlegen hörte er seine Entscheidung. Einer wie er würde hier dringend gebraucht. Uneingeschränkt. Es hatte leise geklungen, wurde dann aber mehrfach betont.

***

XI

Roshinskys Gedanken liefen zurück in der Zeit. Unversehens legten sie weite Strecken zurück. Beträchtliche Zeiträume lagen dazwischen. Womit er sie alles ausfüllen konnte! Sein Herz war von Freude erfüllt. Es hüpfte selbst noch im Traum. Er hatte das alte Khakihemd an. Es reichte ihm bis zu den Knien. Aus aufgelassenen Sammelbeständen hatte er es vor Jahren erstanden. Von Beginn an hatte es ihm gute Dienste erwiesen. Zweifellos war es für einen anderen Zweck vorgesehen. Unternehmungen, bei denen lange Kolonnen schwer bepackt eisern heiße Zonen durchquerten. Das blieb ihm erspart. Auch er hatte mit schwerer Hitze zu kämpfen. Häufig wurde er davon im Schlafe befallen. Woher sie in der Dunkelheit kam und noch vorm Ende der Nacht wieder ging, er hätte es gerne gewußt. Nicht zuletzt, was sie bezweckte.

Kurfalke und Schillert hatten die Temperatur jetzt auf die Spitze getrieben. Nicht seinerzeit Hooke. Ihr Wesen gab ihm vielmehr zu denken, plötzlich stand London ringsum in Flammen. Noch weit in der Ferne war Tage hindurch ein bedrohlich verfärbter Himmel zu sehen, so ausdauernd hatte das Feuer gewütet. Zwischen purpurn und blutigem Rot hatte die Tönung gewechselt. Für viele ein Zeichen. Was blieb, war eine City, völlig zerstört.

Die verödete Stätte zog sich bis zum Horizont hin, zusätzlich von schweren Stürmen durchtost. Auf See wurden verfeindete Flotten auseinandergetrieben. Die englische glücklicherweise die Themse hinauf. Der Krone half es,

Whitehall zu retten. Straße um Straße wurde von den Matrosen gesprengt. Ein Fässchen Pulver pro Haus. Sechzehnhundertsechzig, Ende des Sommers, kam es soweit.

Gresham College, das den Fellows als Ort der Versammlung und ihm als Lehr- und Wohnstätte diente, es Widerstand. Sir Gresham setzte alleine von früh an auf Stein. Sonst entdeckte Hooke wenig, das solchen Temperaturen zu trotzen verstand. Die Räume zur Unterweisung in Nautik, Astronomie und Mechanik blieben alle erhalten. Ebenso seine Ergebnisse die künstliche Atmung betreffend. Ferner solche über Transfusionen von Blut, sowie jene zum Wesen von Erde und Licht, wie der Vulkane. Ununterbrochen war er damit beschäftigt. Alles hing miteinander zusammen. Der Wechsel vom einen zum andern, ihm fiel er leicht. Manchmal mehrfach am Tag.

Roshinsky lag seit einiger Zeit wach. Von der Gegenwart, welche Lage und Zustand des Körpers bestimmte, war er im Moment weit entfernt. Umso näher bei Hooke. Der Wiederkehr solcher Verheerung, wo Zufälle wie auf Verabredung wirkten, konnte allein einer begegnen, der über Kenntnis in eiserner Logik verfügte. Eine Kommission, sie fand schnell heraus: erst brannte das Streichholz, dann die Magd, schließlich das Dach. Gegen zwei in der Nacht, Anfang September, hatte Farriners Backhaus in Flammen gestanden. Die Pudding Lane, der Ort des Geschehens, war nicht zu halten gewesen. Alle Bauten ringsum und auf London Bridge Buden und Läden wurden zerstört. Für Verbreitung sorgte der Wind. Auch die Ansicht für das Gerücht, den Brandstifter schickte der Feind. So wurde ein Franzose zu erhöhter Beweiskraft gehängt.

Anschließend machte Hooke sich ans Werk. Von den Spirits getrieben, hatte er die Stadt bald in jede Richtung durcheilt. Ebenso stieg er in die Tiefe hinab. Jede Parzelle, der letzte Rest Mauer, alles wurde von ihm Stück für Stück überprüft. Kein Eintrag in den Kataster ohne sein Zeichen. Londons Grundbuch, zu Hookes Invisible City war es der Text. Unübersehbar die Zahl seiner Zertifikate, Berichte, Verordnungen und dem, was er sonst noch herausgab. Gelegenheiten zum Streit ließ er ungern verstreichen. Lag ein entsprechender Antrag nicht vor, wurde sofortiger Abriss verfügt. Und erwirkt. Eine Stadt errichten, hieß nicht unbedingt persönlichen Wünschen zu folgen. Jedoch Material zu verwenden, das widerstand. Der Ziegelstein bot sich an. Er lag gut in der Hand, wie Roshinsky bemerkte.

Ein Fluss, selbst die Themse, konnte geregelte Kanalisation nicht ersetzen. Erreger fühlten sich schließlich gern an ungeklärten Stellen zu Haus. Im Pestjahr zuvor wurden Zehntausende zum letzten Acker gefahren. Ungezählt jene, die, eingemauert im eigenen Hause, noch bei lebendigem Leibe der Behörde zu einer wirkungsvollen Quarantäne verhalfen. Hooke war in diesem Augenblick wie gerufen erschienen. Das Auge schaute ins unfassbar Kleine hinein. Lag dort das Geheimnis der Welt? Dann der Stadt ebenfalls.

Newton war irritiert. Er hielt Hookes Buch in der Hand. Nicht in Trinity College. Der Seuche wegen war es geschlossen. Was blieb, war das Land. Besonders wenig besiedelte Stellen. Woolsthorpe in Lincolnshire gehörte dazu. Die Luft galt als mild. Das Inferno von London? Die Ansicht von Newton stand fest. Die Stadt der Zuchtlosen, sie wurde gestraft. Göttlicher Rache standen Mittel unbegrenzt zu Geboten. Und ihm?

Tod durch Verbrennen, »Mother Smith«, hatte er es mehrfach gewünscht. Zum zweiten Mal Witwe, kehrte sie eines Tages zurück. Da war er elf, nun Anfang zwanzig. Dazwischen, die höhere Unterweisung, dagegen hatte sie sich deutlich gesperrt. Widerstrebend ließ sie ihn ziehen. Er rechnete scharf. Sie genauer, jedenfalls was die Kosten betraf. Für seinen Unterhalt hatte er im College selber zu sorgen. Das hieß, seinesgleichen bei Tisch zu Diensten zu sein und ihre Notdurft bei Tag und Nacht zu entsorgen. Sie waren einander seit der Schulzeit bekannt. Das verhieß der Phantasie freien Lauf. So lagen die Dinge in Cambridge. Vorerst für ihn.

Eine Welt, in der Aristoteles herrschte. Der Kontinent, er war fremd und schien fern. Nicht ihm. Er las gegen die Vorschrift Descartes und erfuhr vom Raum ohne Grenzen. Das hieß, einer Welt, nicht mehr länger in Oben und Unten gespalten. Jedenfalls, was die Natur der Körper betraf. Was blieb, waren Fragen. Materie, Ort, Zeit und Bewegung, nichts schien hier klar. Das Notwendige hinter der Erscheinung, das zu erkennen, es stand an.

Licht, war es einfach aus Dunklem und Hellem gemischt? Entsprechende Annahmen hielten nicht stand. Roshinsky sah, Newton traf unvermeidlich auf Hooke. Es fiel kein Wort. Es konnte nicht fallen. Er hielt nur das Buch in der Hand. Schon der Einband, der Name. Unbehagen, in solchen Fällen kam es von selbst. Nicht vom Lesen.

Newton saß, ohne dass sich die richtige Lage einstellen wollte. Geschweige die Ruhe. Passagen über Organismen waren bald überschlagen. Es kam die Stelle über Farben und Licht. Was wusste Hooke, und er nicht? Im Handumdrehen waren Einwände formuliert und verschärft. Licht lag nicht wie vermutet im Auge. Er selbst ging aufs Ganze. In Trinity hatte er der Sonne ins Zentrum geblickt. Bleiche Körper waren farbig erschienen. Ob die Phantasie dabei half? Nicht lange und es wurde dunkel um ihn. Erst nach Tagen kehrte die Sehkraft zurück. Dass Licht sich in Form von Wellen bewegte, ein Gedanke von Hooke. Gott sei Dank nicht beweisbar. Was blieb, war die Zerlegung in einzelne Teile. Schon löste das Geheimnis sich auf.

Roshinsky spürte, dass sein Khakihemd an einigen Stellen durchgeschwitzt war. Eine Folge der Hitze? Die Decke war schon beiseitegeschoben. Er brauchte Kühlung, er brauchte Raum. Meist hielt er die Augen geschlossen. Der Gang der Bilder sollte sich ungestört fortsetzen können. Nur hin und wieder wanderte sein Blick im Dunkel des Zimmers herum. Das Morgenlicht draußen, es war noch schwach. Umrisse, auch Einzelheiten ließen sich ohne größere Mühe erkennen. Im Übrigen, er kannte sich aus. Am Fenster bewegte ein Luftzug die Schnur. Wie jene, die Hooke beim Versuch zu später Stunde mit dem Pendel verwandte? Er schien der Gravitation sehr nahegekommen. So nahe wie niemand zuvor. Einen Schritt noch und das Geheimnis der Bewegung im Universum hätte offen gelegen. Er unterblieb.

Es war vor dem Londoner Feuer im Mai. Die versammelten Fellows waren erstaunt. An einem Faden ließ Hooke den Kegel in regelmäßige Bewegung geraten, die Kreise und auch Ellipsen beschrieb. Ähnlich jenen, welche Planeten um die Sonne vollführten? Leider lag irgendwo ein Fehler verborgen, weshalb der Beweis nicht im gewünschten Maße gelang. In Prinzip schien das Geschehen nun klar und das Weitere nur eine Frage der Zeit.

Der Brand der City war dazwischengekommen. London hatte vor dem Ausbruch eines harten Winters gestanden. Auf der Ebene vor den Toren war die Menge kaum notdürftig durch Zelte geschützt. Es fehlte an vielem. Meistens an allem. Auch drohte weiter der Feind. Segelte er bereits die Themse hinauf? Hooke trieb den Bau von Häusern, Straßen und Plätzen voran. Die Sicherung des Ufers nicht zu vergessen. Das kam der Welt bald zugute. Nicht dem Feind. Gegen die Witterung hatte London sich dann leichter behauptet.

Mit der Zeit hatte Hooke eigene Bauten errichtet. Die City of London fühlte sich inzwischen verstanden. Nicht nur der Nutzen schien in jedem Fall klar. Auch die Form. Über Jahre, ja, Jahrzehnte hinweg, hatten Hooke, wie Roshinsky bemerkte, vorwiegend architektonische Fragen beschäftigt. Meist im Auftrag, gefördert von Christopher Wren. Manchmal schien es Roshinsky, als ob unmittelbar Dringliches wie täglich Drängende Hooke vom Fernliegenden abgelenkt hätte. Ja, es mochte der Eindruck entstehen, als hätte letztendlich sein Interesse weniger den schwer zugänglichen Regionen der Sterne als dem menschlichen Kosmos gegolten, dort, wo eine Begegnung sich jederzeit ohne Umstände herbeiführen ließ. Was zweifellos für das Coffee house galt. Das spanische war besonders geschätzt.

Roshinsky dachte an solcherart Orte, wo durch Einnahme aller Art fester wie flüssiger Nahrung nicht nur Gemüt, sondern auch Zunge und Mimik aufs stärkste in Bewegung gerieten. Bisweilen abrupt. Ausdruck und Gesten, denen Hooke gern seine Aufmerksamkeit schenkte. Nirgendwo sonst schien so deutlich das Treiben der Spirits zu spüren, wie hier an jedem einzelnen Fall, was bisweilen zu überraschenden Beobachtungen führte. Nicht zuletzt bei sich selbst.

Diese Art Neigung hätte bei Newton sich nur schwer feststellen lassen. Besonders, was die Erfahrung der unmittelbaren Nähe betraf. Nicht nur Vermeidung, auch Warnung war unablässig im Spiel, ihm auf keinen Fall näher zu treten. Geschweige zu nahe. Aus dem Gesinde hätte es keiner gewagt. Widersachern wurde früh schon die Nase an der

Kirchenmauer gerieben. Was Einsicht auf kürzestem Wege erzeugte.

Nur einer schien nicht greifbar, der fern und unsichtbar blieb. Entsprechende Fragen, Gott und Unklarheiten seiner Schöpfung betreffend, hatte er einem Heft anvertraut. Neben solchen über Art und Zustand der Seele. Unaufgefordert machte sich hier das Gewissen bemerkbar. Nur beim Gedanken an Our Lord galt es als rein. Ansonsten herrschte die Sünde hartnäckig vor. Seit altersher war sie nach Arten gegliedert. Durch ihn kamen noch neue, unbekannte hinzu. Wann wogen sie leicht, wann schwer, in welchem Fall standen schlimme Strafen bevor? Weniger drückend, kaum weniger drängend waren andere Rätsel. Wie hingen Schlaf, Traum und Bewusstsein zusammen; welche Spirits waren hier wo, wie und wann unterwegs? Die vertraute Welt kam in Bewegung, so dass sie allmählich entschwand. Bis auf ihn. Er blieb.

Es schien an der Zeit, sich dem Weltall zu widmen. Es fehlte an einer ordnenden Hand. Trinity, die Idee vom dreieinigen Gott, rein physikalisch war sie unhaltbar. Nur eine Kraft konnte wirken, nicht drei. Planeten wie Steine unterlagen einem Gesetz. Hing alles mit der Schwerkraft zusammen? Sie war unzureichend bekannt. wie die Natur von Ort, Zeit und Bewegung, Materie insgesamt. Nur der Raum schien unverrückbar, unendlich und leer. Roshinsky sah, Newton, zeitlich vor Hooke, hatte sich entsprechenden Fragen gestellt. Sein Vorstoß führte direkt ins Universum hinein. Im Haus war es nunmehr lange schon still. Damit eintreten kann, was eintreten soll, musste einer alle Bedingungen kennen. Bisher war das Gott. Reichte das aus? Für Descartes, vielleicht. Nicht für ihn. Er hatte längst zu rechnen begonnen, damit alles sich nach festen Regeln verhielt. Den seinen. In Woolsthorpe.

Roshinsky lag bewegungslos da. Zwischen den Zeiten suchte er den ruhigen Punkt. Zwischendurch kam er der Gegenwart näher, so dass er sie lieber wieder verließ. Zuvor hatte ihn noch die Frage bewegt, wo kam der Riss in seinem Khakihemd her? Immer waren Dinge ohne sein Zutun geschehen. Jeder Tag hatte eine neue Erfahrung gebracht. Ließ sich der Grund von allem erkennen? Im Moment schaute er durch eine Lücke in den vereisten Fenstern hinaus. Schwirrten im Treiben des Schnees draußen kleine Körper umher, unbegrenzt teilbar, ebenso komponierbar, die Ursache aller Bewegung und Formen, also auch Entstehung und Bahn der Planeten?

Descartes war der Einfall beim Umschwung des Wetters in den Alpen gekommen. Nicht nur sein Pferd hatte in diesem Moment wohl gescheut. Newton zerlegte am Tisch sorgfältig die Bewegung in verschiedene Teile. Die Eigenschaften der Dinge wurden durch die Existenz von Atomen erklärt. Weiter führte nichts mehr zurück. Er sorgte dafür.

Roshinsky hielt die Augen geschlossen, um die Dinge in Ruhe an sich vorbeiziehen lassen. Er lauschte. »Körper, die ihre Lage in eine bestimmte Richtung verändern, sind bestrebt, sich in keiner Weise stören lassen.« Das war Newton. Überall wirkte nur eine einzige Kraft. Roshinsky lächelte. Er spürte wie sie unsichtbar wirkte. Was sich zeigte, waren allenfalls Fragen. Ansonsten, Bestrebungen, die im Widerstreit lagen. Fand sich ein gemeinsamer Punkt, weit draußen im Raum? Körper schienen verbunden, über jede noch so große Entfernung hinweg. Gravitation ohne erkennbares Zentrum? Die Idee war da. Nur der Beweis, er hatte bisher noch gefehlt.

Lag im Fall der Früchte ein Hinweis enthalten? Häufig lagen sie vom Stamm doch ziemlich entfernt. Dieselbe Kraft wirkte unter Umständen auch zwischen Erde und Mond.

Vielleicht überall. Newton hatte einige Zeit draußen gesessen. Die Wiese lag vor dem Haus. Die Sonne schien. Der Wind kühlte. Er war allein. Was fehlte, war nur noch die Berechnung des Ganzen.

Gewissheit, sie lag in den Zahlen. Etwas, das nie täuschte oder enttäuschte: Es konnte jeden Punkt der Bewegung erklären. Nächtelang war er in Trinity bereits damit beschäftigt. Schlaf, Nahrung, waren vergessen. Auch der Zustand der Kleidung, er litt. Dem Kalkül sich ohne Einschränkung zu widmen, verhieß, der Dinge auf untrügliche Weise habhaft zu werden.

Auch der Bahn des Kometen. In Trinity hatte er ihr Erscheinen mit Interesse verfolgt. Nächtelang hatte er am Himmel geleuchtet. Woher sie kam, wohin sie ging? Durch Berechnen des Wegs ließ sich Unsichtbares erkennen. Das, was alles verband bis in unendliche Ferne hinein. Nicht nur eine Welt gab es, nein, viele. Dann wäre alles erklärt. Außerdem alles gesprengt. Kam der Beweis für Giordano Bruno zu spät? Roshinsky dachte, wurde etwas zur Unzeit geäußert, sank leicht sein Stern. Der Newtons stieg auf. Es war an der Zeit. Er hatte mit ihr zu rechnen begonnen. Sie bisher nicht mit ihm.

Kurz nach der Zerstörung von London, gewann am Ende der Pest in der Gegend um Grantham die Idee der Bewegung allmählich Kontur. Sie vollenden? Newton packte bereits. Die Epidemie war verebbt. Sie ließ Zeit, dem Wesen der Welt sich zu nähern. In der Bewegung der Körper, lag es da? Für Hooke eher verborgen im Leben. Etwas, das sich jeder Berechnung entzog. Newton hatte der Komet das Zeichen gegeben. Reine Zahlen, durch sie allein wurde etwas unwiderleglich bestimmt.

Ein Nachmittag war Roshinsky in Cambridge vom Fitzwilliams Museum hinüber zum Campus geschlendert.

Ein Bild, sehr klein, hatte er länger betrachtet. Es zeigte, wie die Jungfrau dem Engel der Verkündigung lauschte. Der genaue Text, er war bisher nicht bekannt. Wohl der Inhalt. Schließlich hatte er sich eines Tages ereignet.

Vor King's Chapel hatte die Menge der Menschen sein Interesse geweckt. Still wartete sie auf den Einlass zum Saturday Evening Song. Nach kurzem Zögern schloss er sich an. Nach und nach zog sich dann eine Schlange das Schiff der Kirche entlang und durch das Tor auf die Straße hinaus. Geduldig verharrte sie. Es regnete leicht. Auch daran schien jeder gewöhnt.

King Arthur hatte vor ihm gestanden, ergraut schon und von einem Summen bewegt. Der Pony reichte ihm weit in die Stirn. Ansonsten hing das Haar halblang herab. Sein Auge war außer der Zeit, doch eins mit dem Raum. Er wandte den Kopf. »The angel can allways stand behind us. Look to the birds«. Roshinsky nickte. Er wurde ins Vertrauen gezogen. King Arthur lehnte sich noch mehr zurück. »There are more problems than all to be known. We hear more than we understand. Listen.« Roshinsky stellte sich darauf ein.

Drinnen, im dunklen Umhang, eine Hand an der silbernen Spange, die Gestalt aufrecht, den Blick nach innen gekehrt, hatten seine Lippen sich voll Inbrunst bewegt. Die königlichen Insignien auf der Brust, sie hatten geleuchtet. Wie lang der Weg war, den er zurückgelegt hatte, von Arthur King hin zu King Arthur, er wußte es nicht. Rechtzeitig hatte er die andere Seite der Dinge entdeckt. Roshinsky fühlte sich hingezogen zu ihm. Während er in seinem Bett, angetan mit dem Khakihemd, weiterhin in ruhiger Betrachtung auf dem Rücken lag, spürte er, wie ihn die Botschaft erreichte.

In King's Chapel saßen sie einander im alten, dunklen

Gestühl gegenüber. Hoch stieg es zu beiden Seiten hin an. Der gewaltige Orgelbau trennte den Raum. Die Musik fügte ihn wieder zusammen. Choräle füllten ihn aus. Der Geist durchdrang jede Stelle. Roshinskys Hände befühlten das Holz. Eine erste Ursache, die musste wohl sein. Isaac Newton und Henry More, hierin stimmten sie noch überein. Dann hatten sich ihre Wege getrennt.

Es war zu einer Begegnung gekommen. Christ Church und Trinity, von Kings Chapel lagen sie nur wenig entfernt. Einen Steinwurf nur, vielleicht auch zwei. Mores Spirits erfüllten damals gänzlich den Raum. Für die Kreatur war jederzeit eine Lanze gebrochen. Ihre Seele, sie dankte es ihm, wie jener Hund, der während des Besuchs auf Roshinskys Begleitung bestand. Am Tage der Abfahrt wich er nicht, bis die Tür des Zuges sich Schloss. Erst die winkende Hand gab ihm das Zeichen, als hätte er es schon immer zu deuten gewusst.

Lebewesen verschiedener Art, beim Evening Song nahmen sie jedes Mal an der vokalen Einstimmung teil. Je nach Inspiration flog es bei den Chorälen hoch bis ins Gewölbe hinauf, dann kreuz und quer die Fenster entlang, schließlich tief über die Köpfe hinweg und beim Brausen der Orgel wieder zurück. Manche nahmen auf Rubens Verkündigung Platz. Meist über dem Engel, den Kopf nach unten geneigt, noch schnell in die Betrachtung der himmlischen Botschaft vertieft, bevor der Flug sich im Raum dann verlor. King Arthur sah es entzückt. Nicht nur Birdswatchers waren hier auf ihre Kosten gekommen.

Newton's Fernrohr, es erlaubte den Blick in weitere Sphären hinein. Und ihm selbst den Zutritt in London. Ergab sich dort eine Begegnung mit Hooke? Vorwiegend ein Austausch über Prismen, Linsen, Farben, Schliff, Legierung und Größe der Spiegel in den Transactions, welches das

Organ der Royal Society war. Nur einer konnte die Antwort bestimmen. Das Experiment entschied. Hooke war der Royal Society Chief Operator und mit täglich wechselnden Fragen befasst. Newton mit solchen, die blieben. Das machte den Unterschied aus.

Roshinsky geriet zunehmend in den Winter hinein. Gleichwohl, er spürte, wie tiefere Temperaturen seinem Körper immer weniger anhaben konnten. Draußen ging er bisweilen in leichter Kleidung herum. Passanten zu nächtlicher Stunde merkten kurz auf. Bei einer Begegnung nahm Vorsicht jetzt leicht überhand. Mancher schlug einen Bogen um ihn. Näheres Hinsehen hätte gezeigt, Roshinskys Blick, er galt alleine dem Raum. Auch sein Lächeln. Auf den Weg musste er längst nicht mehr achten. Sicher bewegte er sich zwischen zwei schweren, hohen Gestalten hindurch.

Ihr Gemüt war bewegt. Tief innen, nicht außen, lag der Grund. Alle Aufmerksamkeit war deshalb in Anspruch genommen. In höchste Unruhe schien eine der beiden versetzt. Die Welt, sie blieb ohne erkennbare Ordnung. Eine Bedrohung, die nicht schwand, eher zunehmen wollte. Der Beschleunigung der Dinge nicht folgen zu können, brachte es um den Verstand? Der Geist, wie auf ewig, schien er an etwas gefesselt zu sein.

Die andere bewegte sich fremd im eigenen Selbst hin und her. Langsam wurde jeder Schritt eher tastend gesetzt. Häufiger wurde auf der Stelle verweilt, ohne sich leicht wieder trennen zu können, geschweige beizeiten. Stets kehrte sie zum Ausgang zurück. Allein dunkle Farbe wurde als erträglich empfunden. Die Neigung, sich allem ringsherum zu entziehen, war nur von einem durchgängigen Zögern behindert, dessen Grund längst entfiel.

Roshinsky, er ging zwischen Melancholie und Madness

hindurch. Als Wesen erstarrt, in Erz gegossen, mit Farbe lackiert, auf Sockel postiert, hatten sie von Löwe und Einhorn flankiert seit der feierlichen Eröffnung am Eingang gestanden. Bedlam Hospital war in Londons Moorfields gelegen. Hooke der Erbauer. Hunderte Yards maß allein die Fassade. Auch das Terrain erstreckte sich ansprechend weit. Seit dem Feuer waren zehn Jahre vergangen. Die Stadt war in Bewegung gekommen. Für viele zu schnell, weshalb die Spirits überhandnahmen. Fehlte die Ordnung im Kopf, vagabundierte der Körper unkontrolliert hin und her. Verwirrten Teilnehmern im Verkehr zu begegnen, zunehmend hatte es irritiert. Es fehlte der Ort, wo sie in Ruhe nachdenken konnten. Gegen ein Ticket stand die Besichtigung frei. Fortschritte, soweit sie erkennbar sein konnten, unterlagen der Vielfalt höchst individueller Betrachtung.

Bislang wurde allenfalls im angrenzenden Park promeniert. Nun kam die Galerie der Verwirrten hinzu. Käfig an Käfig ließen Haltung, Zustand und Form sich am lebendigen Leibe studieren. Zungen, die verschiedene Bewegungen suchten, ohne Zweifel Versuche, bevor die eigentliche Sprache begann. Am Anfang war das Wort, sagte die Schrift. Über den Weg dahin sagte sie nichts.

Wurde ein Empfinden furioser geäußert, war der Zeitpunkt des Besuches günstig gewählt. Die Sensus communis zeigte sich von den Spirits bedrängt. Einbildung, Phantasie und Gedächtnis gerieten leicht aneinander. Aller Art Schauder, auch Ermunterung durch Zuruf konnte die Visite zu einem wahren Schauspiel verhelfen. Good sports ließen sich hier allemal treiben. Fesseln in angemessener Form hielten die Genarrten vor unüberlegten Aktionen zurück. Was blieb, war die Erinnerung an einen marvellous Sunday.

Bei Störrischen wurden lange Riemen der Haut appliziert. Für einen Moment schien die Gestalt dann wie zur Besinnung zu kommen. Geduckt zog die Hand das Hemd so eng wie nur möglich um den Körper zusammen. Was brauchte es, das zu verstehen? Wärter legten alles Geschick an den Tag. Varianten waren gegen bar schnell zu haben. Insgesamt kamen erkleckliche Summen zusammen. Die Menagerie der Verstörten, zu Londons Attraktionen waren sie von nun angezählt.

Wegen störrischer Spirits war Hooke selbst wiederholt zu Doctor Willis geeilt. Lag die Ursache in der unvereinbaren Vielfalt der Dinge? Aufgewühlt, fremd jeder Ordnung, trieben sie sich in den Organen herum, falls nicht überstürzt hinauf in den Kopf. Unruhe in den Gliedern, Unstimmigkeit im Gemüt, schien unausweichlich die Folge. Es dauerte, bis der Sensus communis klare Weisung erteilte. Saß er mitten im Hirn? Eine Annahme, die rein auf Erfahrung beruhte. Es verlangte Geduld, bis er allmählich Konturen gewann. Schwankungen blieben, selbst nach seiner Krönung zum allseits gesunden Menschenverstand.

Für Hooke blieb die Symmetrie, sie schuf Ordnung. Zusätzlich Halt für das Auge. Hätte er sonst die Architektur der französischen Schule studiert? Die Flügel, schön gestreckt sollten sie den Blick die Ebene entlang schweifen lassen. In Greenwich dann eher die Höhe hinauf. Das Oktagon fürs Observatorium, es hatte inzwischen Gestalt angenommen. Acht Jahre waren seit der Demonstration der Bewegung mit Hilfe des Pendels vergangen. Ungenutzt?

Als es soweit war, hatte er Westminster Cathedral und auch St. Pauls trotz windigen Wetters erstiegen. War die Schwerkraft oben im Gegensatz zu unten verschieden? Es hatte sich nicht direkt bestätigen lassen. Londons Kathedralen waren zwar hoch, doch eher metaphysical Buildings. Vielleicht half ein andere Vorgehensweis, der Blick in den

Raum durch einen Schornstein hindurch. Hooke stieg in ihn hinein und schaute in schwieriger Lage nach oben. Der Stern über ihm hatte sich allmählich bewegt. Nur das widerspenstige Verhalten der Spirits stand dem Verweilen auf längere Dauer entgegen. Rabenschwarz war er wieder zum Vorschein gekommen. Doch die nächtliche Beobachtung, sie hatte seine Vermutung bestätigt. Nun sah er klar.

Roshinsky Aufmerksamkeit war geweckt. Worte, sie konnten Offenbarungen sein. Vorher hatte er sie Stück für Stück buchstabiert. Nun formierte sich vor seinem Auge der Satz. Wiederholt zog er an ihm vorüber. Langsam. Ganz langsam. Hatte er die Farbe gewechselt? Nur die lateinischen Lettern, die blieben. Die Ankündigung auch. »An Attempt to prove the Annual motion of the earth from observation«. Das war Hooke. Er hatte das Schriftstück gefunden. Die Zahl 1674 sagte deutlich, ohne Zweifel vor Newton.

Es hatte lange gedauert. Hatte ihn der Brand nicht an weiterer Erforschung des Universums gehindert? Endlich war die Rede davon, Hookes Erklärung für das, was im Universum passierte. Unterschiedliche Erscheinungen ließen sich in einen geregelten Zusammenhang bringen. Eines war wichtig, Körper strebten stets zu ihrem Mittelpunkt hin. In Bewegung verließ etwas nur dann seine Bahn, wenn eine Kraft darauf drang, eine Ellipse oder Kreis zu beschreiben. Die Anziehung war umso stärker, je näher der Körper sich dem Zentrum befand.

Roshinsky las weiter. Die Erde, sie unterlag nicht nur dem Einfluss von Sonne und Mond. Auch Merkur, Venus, Mars, Jupiter und Saturn waren beteiligt. Hooke hatte alle Planeten miteinander in Verbindung gebracht, beeinflusst von einer überall wirkenden Kraft. Und keinen vergessen. Vor ihm war das nicht gelungen. Nur die Berechnungen fehlten. Mangelte es dazu an Zeit? Aufträge für Bauten hatten sich nunmehr gehäuft. Nicht nur in London. Er dachte an Warwickshire, den Landsitz, der immer noch stand. Gerne hätte Roshinsky ihn einmal besucht. Nicht mehr palladian und noch nicht georgian style. Einfach nur Hooke. Zwischen den Zeiten. Galt das für ihn insgesamt? Und für ihn?

Im Moment benötigte er Ruhe. Er schloss die Augen, er war gespannt, Er wusste, dass er im Invisible College jederzeit an einem unbekannten Ort aufwachen konnte. Er spürte den Schlaf, während er sich unaufhaltsam von sich selber entfernte. Etwas ließ nach, etwas drang vor. Ein Wechsel im Zustand. Mehr nicht.

***

X

Graubecher war in Verlegenheit. Ihm fehlte ein Raum. Kenterbury sollte seine Aufgabe ungestört durchführen können. Vielleicht fiel ihm ja selbst etwas ein. Jemand, der mit den Umständen nur wenig vertraut war, kam mitunter die beste Idee. Vielleicht fand er gar die Lösung sofort. Er schaute ihn an. Gemeinsam durchstreiften sie den zentralen Trakt. Hin und wieder stießen sie auf ein unbenutztes Zimmer oder winzige Kammer. Die Freude verflog indes rasch. Jeder Platz, der verwaist schien, wurde ausdrücklich in Reserve gehalten. Mehr als ein Kopfschütteln erhielten sie auf Nachfrage nicht.

Anfangs war Graubechers Gang noch ein wenig beschwingt, ja zügig gewesen. Mit zunehmender Aussichtslosigkeit schwand die Motorik dahin. Was blieb, war ein mechanischer Rest. Wie häufig hatte er sich damit nicht schon abfinden müssen. Es zehrte an ihm. Selbst wenn er nur halbwegs Schritt halten wollte, hatte er niemals der Mattigkeit Herr werden können. Selbst über Tage hinweg hatte er sich völlig apathisch gefühlt.

Die Dienstgeschäfte hatte er irgendwie aufrechterhalten und erledigen können. Doch alles ging ihm so schwer von der Hand. Durch Kenterburys Erscheinen schien immerhin eine gewisse Erleichterung in Aussicht gestellt. Stattdessen nun dieses Dilemma, das Dringendste nicht erreichen zu können. Wäre er der Verzweiflung nicht häufig bereits so nahe gewesen, er hätte er sich völlig hilflos gefühlt. Niemand konnte sich wirklich ein Bild davon machen.

Er hob die Arme breitete. breitete sie langsam aus, um sie unversehens fallenzulassen. Das Zeichen. Was er vermochte, er hatte es inzwischen getan. Vergeblich. Seine Grenzen stets deutlich vor Augen, warum hatte es ihn in Kenterburys Gegenwart so besonders geschmerzt? Er würde mit einem Provisorium vorliebnehmen müssen. Gerade das hätte er ihm gerne erspart. Selbst wenn er weiter so scharf nachdenken würde, eine andere Lösung fiel ihm nicht ein. Automatisch strebte er dem Magazin zu.

Drinnen, vor einem viereckigen Pfeiler, machte er Halt. »Hier«, der Hinweis war tonlos gekommen, unterstrichen von einer vagen Bewegung der Hand. Kenterbury schaute sich um. Ein Raum, der sich über dutzende Meter erstreckte, Boden und Wände aus reinem Beton. Archiv-Benutzern war ständiger Zutritt erlaubt. Ungestört streiften sie die Bestände entlang, die in stählernen Regalen aufgestellt waren. Ein Gang führte seitlich an ihnen entlang. Hier hatte Graubecher für ihn einen Sitz ausgewählt, buchstäblich mitten im Weg.

Kenterbury spürte Bedenken. Ob er sie vorbringen sollte? Schließlich merkte er, er hatte keinen Vorschlag gehört, er hatte eine Entscheidung vernommen. Ihre Blicke streiften sich kurz. Schon begann Graubecher hastig, Einzelheiten zur Sprache zu bringen. Sie würden die Arbeit erleichtern. Unstet schweifte sein Auge umher. Wie flehentlich schien er um Einklang bemüht. Allem würde er zustimmen können, nur den Beschluss, den würde er niemals umstoßen können. Wenn einer ihn ohne Worte verstand, dann stimmte ihn das unendlich froh.

Graubecher lehnte sich an den Schrank, in dem die Leiterin einer höheren Abteilung ihre gefütterten Winterstiefel verwahrte. Das fehlende Mobiliar würde sich ohne weiteres auftreiben lassen. Vom Ende des Gangs her kam ein Geräusch. Dort stand der große Kopierapparat. Die weibliche Hilfskraft, die dort eingesetzt war, schaute hinüber. Lange schon hatte sie mit einer Veränderung nicht mehr gerechnet. Nun trat sie schlagartig ein.

Noch am selben Tag, kurz vor Dienstschluss, waren Graubecher und Knippstein bei ihr erschienen. Mühsam balancierten sie einen hölzernen Tisch. An Knippsteins Seite hatte sie gleich mit Hand angelegt. Für ihn war er ja deutlich zu schwer. Neben einem Stuhl hatten beide eine schwarze Lampe mit geflochtener Schnur mit sich geführt. Von allen Modellen wurde diesem der Vorzug gegeben. Ein älteres hätte sich schwerlich auftreiben lassen.

Als Kenterbury seinen Dienstplatz frühmorgens zum ersten Male betrat, lag Dunkelheit über der Stadt. Im frischen Schnee zeichneten die Gebäude sich gegen den Himmel nun deutlicher ab. Der Winter brach plötzlich herein. Die Temperaturen, sie sanken sehr schnell. Oben drückte der Wind ungehemmt gegen die wandhohen Scheiben. Zwar hatte das Magazin über eine Heizung verfügt, doch war die Zeit an ihr nicht unbemerkt vorübergegangen. Außerdem war hier jeder auf moderate Temperierung bedacht. Wärme wäre den Beständen niemals bekommen. Kühl und trocken, das Prinzip hatte sich auch hier fraglos bewährt. Mittlerweile rückte jedoch auch vom archivalischen Standpunkt der Gefrierpunkt in bedenkliche Nähe. Im Beton zeigten sich Rinnsale und Risse. Vor allem in der Nähe der Fenster. Kenterbury entdeckte in den Rahmen sogar deutlich schon Eis.

Noch wusste er nicht, worin die Aufgabe für ihn bestand. Graubecher schien zu beschäftigt. Eine gründliche Einweisung tat in jedem Fall Not. Ihn fror. Vor das Fenster war eine grüne Filzbahn gerollt. Erst zögerte er, dann hatte er sie sich kurzerhand um die Schultern gelegt. Schwer fiel sie ihm bis zu den Füßen hinab. Eine merkwürdige Gestalt spiegelte sich da in der Scheibe. Tief unten sah er die Kandelaber der breiten Allee. Baumreihen und Pisten waren deutlich getrennt. Nicht alle waren in jeder Richtung befahrbar. Das Schneetreiben nahm unterdes zu und Wind drang stärker durch die undichten Stellen.

Langsam hatte Kenterbury sich in Bewegung gesetzt. Nach und nach unterzog er den Ort einer Betrachtung. Das Magazin umfasste alles, was die Kataloge draußen in den Lesesälen enthielten. Wagen mit Gummirädern standen herum, gefüllt bis zum Rand für die Auslieferung am nächsten Tag. In die Lücken hatte der Magazindienst seine Flaschen gestellt. Getrunken wurde über die Massen. Die Magaziner erkannten sofort, wer zu ihnen gehörte und wer nicht.

Wochen vergingen. Kenterbury war bemüht, sich einzugewöhnen. Stunde um Stunde saß er lesend an seinem hölzernen Tisch. Der Blick der weiblichen Hilfskraft wanderte ab und an zu ihm hinüber. Von Beginn an hatte sie sich ihre Gedanken gemacht. Es hatte gedauert. Endgültig war sie sich nicht schlüssig geworden. Schließlich fasste sie sich ein Herz. Kenterbury bemerkte eines Tages, wie sie den Gang hinaufgeeilt kam. Anfangs eher zweifelnd, fasste sie zunehmend Tritt. Am Ende hätte nichts sie mehr aufhalten können. Eine Hand presste den Leib, die andere hielt die Schulter gefasst. Den Blick auf die Füße gerichtet, schweifte er kurz zwischendurch zum Fenster hinaus. Schließlich gelangte sie an.

Das Beben des Körpers war bald unter Kontrolle gebracht. Ihr Hinweis kam deutlich besorgt. Kenterbury hatte das Recht, seine Tätigkeit für einen festgelegten Zeitraum ruhen zu lassen. Sie sprach für einen berufenen Kreis.

Täglich kam er zur Erneuerung der natürlichen Kräfte zusammen. Wenigstens einmal hatte Kenterbury daran teilnehmen sollen. Zum Genuss der Gemeinsamkeit hatte er dann allerdings wenig beitragen können. So wurde in stillem Einverständnis alles beim Alten belassen. Dennoch hatte sie weiterhin zu ihm hinübergeblickt. Um Verstehen bemüht.

Zu dieser Jahreszeit zogen draußen Schwärme schwarzer Vögel vorüber. Häufig umkreisten sie den turmartigen, gegenüberliegenden Bau. Sie schienen bestimmte Zeiten zu schätzen. Nur an lichteren Tagen blieben sie aus. Hin und wieder kam Graubecher herein und legte ein Schriftstück auf seinen Tisch. Es war keineswegs dringlich. Er hatte es immer wieder betont. Kenterbury sollte nichts überstürzen. Beschwichtigend hob er die Hände. Alles diente dazu, das Wesen der höheren technischen Lehranstalt besser kennenzulernen. Das hieß, allein aus sich selbst.

Gegen Mittag sah Kenterbury täglich wie Knippstein mühsam den Korridor heraufkam. Zur Kriegsverletzung, die er im hohen Norden erlitt, kam die Bürde des Tages hinzu. Die Aufgaben am Fotokopierer, die sich aus der täglichen Auswertung der Journale ergaben, hatte er zu diesem Zeitpunkt erledigt. Der Morgen ging darüber dahin. Als Leiter der biographischen Sammlung hatte er besondere Pflichten. Regelmäßig sah er die Anzeigen der Verstorbenen durch. Waren Mitglieder der höheren technischen Lehranstalt darunter, schnitt er sie sorgfältig aus. Stets bemühte er sich, den schwarzen Rand nicht zu verletzen. Manches wurde gleich mehrfach kopiert. Anfragen, von welchen Seiten auch immer, war er so immer gewachsen.

Mit der Zeit ging er über die engeren Dienstaufgaben hinaus. Eine Auswahl seltsamer Berichte wurde von ihm täglich in Umlauf gebracht. Er beobachtete, wie sein Verfahren sich jedes Mal aufs Neue bewährte. Leise näherte er sich, wartete ab, um das Überraschende dem Betreffenden im geeigneten Moment unter die Augen zu schieben. Anschließend trat er zur Seite, um die Wirkung entstehen zu sehen. Er sah die Veränderung, er hörte Gelächter. Er kannte die Menschen. Er kannte die Welt. Er konnte Freude bereiten.

Bei Kenterbury blieben doch Zweifel. Er hatte sie schon am Anfang gespürt. Was ihn wohl hergeführt hatte? Bisher blieb alles im Dunkeln. Das Wichtigste des Tages war um diese Zeit bereits bewältigt. Nach dem Mittagessen konnte er in Ruhe die Programme der verschiedenen Sender studieren. Seit er sie alleine bestimmte, machte ihm allein die Qual der Wahl noch zu schaffen. Gerne hätte er höchst Verschiedenes zur gleichen Zeit angeschaut. Die Welt, sie wurde durch Bilder bewegt. Durch wen sonst?

Langsam schritt er den Weg zu Kenterbury hinauf. Jedes Mal musste er die langen Reihen grauer, metallener Gestelle passieren. Sie reichten bis zur Decke hinauf. Beim Gehen konnte er an ihnen die Hand entlang streifen lassen. Das Spielerische, war es in ihm nicht schon immer lebendig gewesen? Zwischendurch blickte er zum Fenster hinaus. Umherschweifen, grundloses Verweilen, dem Auge ließ sich über Stunden ohne jede Anstrengung folgen. Etwas, das dem Wesen nach grenzenlos war. Lesen dagegen, es schränkte doch ein.

Kurz bevor er sein Ziel erreichte, verhielt er. Er wartete solange, bis Kenterbury von seiner Lektüre aufsehen würde. Sie nickten einander dann zu. Kenterbury machte dann eine Bewegung, als erhöbe er sich von seinem Sitz, worauf Knippstein begann, das verbliebene Wegstück in Angriff zu nehmen, nicht zuletzt weil er sah, dass der Gäste-Bürostuhl für ihn schon zurechtgerückt wurde. Angelangt, betrachtete er stumm den hölzernen Sitz, bevor er den Saum seines Jacketts in der stillen Hoffnung ein wenig hob. dass der folgende Faltenwurf wie gewünscht fiel. Nun drückte er den Rücken gegen die Lehne, hob den Kopf. Er saß!

Der erste Blick ging zum Fenster hinüber. Seine Hände ruhten flach auf den Knien. Er wartete, denn Kenterbury hatte inzwischen begonnen, den Tee zu bereiten, der im oberen Teil des Aktenschrankes aufbewahrt lag. Anfänglich wurde er von Knippstein durchaus als Prüfung empfunden. Schließlich wurde bislang von ihm überall Kaffee der Vorzug gegeben. Schließlich hatte er die Neuerung durchaus begrüßt. »Mit fliegenden Fahnen übergelaufen«, so pflegte er bisweilen zu scherzen.

Stets nahm er von Kenterbury regungslos die gefüllte Schale entgegen und senkte er in größter Vorsicht den Blick, um beim Eingeben des Kandiszuckers nichts zu verschütten. Alsdann rührte er um, bevor er mit winzigen Schlucken immer schneller zu schlurfen und trinken begann. Zungen- und Lippengeräusche kündeten von einem Behagen, das sich weiterem Zugang entzog.

Kam von Kenterbury nun die erhoffte Erklärung über einen Weg ins Archiv? Sich unmittelbar an ihn zu wenden, hätte er wohl kaum je vermocht. Ihm selbst war der Übergang von der höchsten Bildungs-Institution ins Archiv fließend gelungen. Als Leisegang-Schüler war für ihn nur ein Unternehmen in Frage gekommen, wo Zeit keiner Rolle gerecht werden musste. Er blickte nach draußen. Sein Mund zeigte ein wenig Bewegung. Mal zuckte er leicht, mal schien er wie trotzig geschürzt. Dann wiederum leckte seine Zunge langsam die Lippen, als tastete er sich zu etwas vor. Manchmal schien er kurz davor, sich zu äußern. Eine Bewegung zwischen Suchen, Kauen und Schmecken zeigte eine gewisse Unruhe an. Im letzten Moment, bevor die Rede endgültig hinauswollte, hielt ihn etwas zurück. Unwirsch schüttelte er den Kopf. Er wartete ab. Schließlich hatte er etwas erfolgreich verscheucht. Zwischen Erleichterung und Widerstreben hatte er dabei geschwankt.

Die gemeinsamen Sitzungen wurden mit der Zeit immer länger. Knippstein vermied nur, sich zu erheben. Vorsichtig begann er eines Tages von Graubechers Sorgen zu sprechen. Zunächst allgemein, dann zunehmend auf Kenterburys Untersuchung bezogen. Das hölzerne Kästchen, das er eines Tages hereingebracht hatte, es stand da, immer noch leer. Flüchtig und stumm wies er mit dem Finger darauf hin. Es war seine Pflicht. Die Zeit der Eingewöhnung war nun zu Ende. Er war überrascht. Für Kenterbury schien die Tatsache ohne jede Bedeutung. Ja es schien, als hätte er es kaum zur Kenntnis genommen. Dabei war die handwerkliche Verarbeitung ihm sofort aufgefallen. Die Schwalbenschwänze waren sauber ineinandergefügt. Hin und wieder nahm er es in die Hand und strich mit dem Finger darüber. Für Knippstein sah nur, es stand da wie verwaist.

Er wunderte sich, dass Kenterbury sich ohne in all das vertiefte, was Graubecher ihm an Schriften und Akten hingelegt hatte. Gerade um das Verständnis von Einzelheiten schien er bemüht. Manchmal, wenn er vom Ende des Ganges heraufgekommen war, hatte er Graubecher und Kenterbury in ein Gespräch vertieft gesehen. Er spürte er durfte nicht stören. Solche Unterredungen würden so schnell nicht enden. Für den betreffenden Tag hatte er denn auch jede Aussicht auf eine gemeinsame Sitzung fahrengelassen. Kaum hatte er die Lage erfasst, kehrte er um. Im übrigen schwieg Graubecher sich über die Begegnungen mit Kenterbury vollständig aus. Er ahnte nicht, was hier auf ihn zukommen würde. Vorerst nutzte er die freigewordene Zeit, seiner eigenen Wege zu gehen.

Angetan mit Strohhut im Sommer, im Winter mit Erasmusmütze aus grauem Karnickelfell, den dunklen Lederbeutel parat, strich er die Stände des ambulanten antiquarischen Gewerbes entlang. Auf den Tischen lagen Schriften aller Epochen ohne erkennbare Ordnung herum. Er kannte sich aus. Den Kopf vorgestreckt, den Körper gebeugt, die Arme angewinkelt wie zum sofortigen Abdrängen bereit, hatte er einer bedrohten Species auf gefährlicher Nahrungssuche geglichen. Das Seltene und Kostbare, sein Blick hatte es noch immer erfasst. »Herausgepickt« war sein bevorzugter Ausdruck gewesen. Graubecher, sollte er davon je Kenntnis erhalten? Schon aus Rücksichtnahme hätte er ihn niemals behelligen wollen.

Seit Kenterburys Erscheinen war er verstärkt auf der Hut. Doch im Grunde kam ihm dessen ausgedehnte Lektüre entgegen. Seine Hinweise auf das Holzkästchen waren mit der Zeit denn auch spärlich geworden. Zunehmend halbherzig waren sie ihm selbst am Ende erschienen. Irgendwann fand er sich mit der Lage dann ab. Eines Abends hatte er es einfach entfernt. Eine gewisse Missbilligung blieb. Gerne hätte er sie noch einmal durchscheinen lassen.

War Kenterbury auf dem Korridor nach Knippsteins Weggang allein, machte sich häufig eine andere Unterbrechung bemerkbar. Besucher strichen hinter seinem Rücken herum. Manche zwängten sich ohne jede Rücksicht vorbei. An seinem Stuhl wurde gestoßen, gerückt und geschoben. Wiederholt fand er sich in eine unbeabsichtigte Lage gedrängt. Manchmal ruckte sein Oberkörper unwillkürlich nach vorn. An geregeltes Lesen war nicht zu denken. Eingeklemmt zwischen Tischkante und Lehne des Stuhls, wurde er hin und wieder erkannt. Was hatte ihn ausgerechnet hierher verschlagen? Fragen, die sich jeder einfachen Antwort entzogen. Es lag in der Logik der Dinge.

Eines Tages hatte er einen besonderen Hinweis erhalten. Es war nach dem Ende seiner Lehrveranstaltung gewesen. Eine männliche Person an der Schwelle zum mittleren Alter hatte sich ihm bekümmert genähert, ja von Sorge erfüllt. Seit langem hatte jeder seiner Schritte an höchst interessierter Stelle bis ins Kleinste berichtet. Zum Beweis konnte Kenerbury eine Fülle von Einzelheiten auf der Stelle erfahren. Auch solche, an die er selbst kaum mehr eine Erinnerung hatte.

Eigentlich wusste die Person über ihn viel besser Bescheid. Eines Tages hatte ihr die Behörde jene Tätigkeit in Vorschlag gebracht. Anders hätte sie aus ihrer schwierigen Lage niemals hinausfinden können. Ihr blieb keine andere Wahl. Kenterbury, er nickte. Sie war erfreut, als hätte sie schon immer geahnt, dass er ihr niemals in den Rücken fallen würde. Kenterbury wünschte weiter viel Glück.

Wenn er bei seinen abendlichen Wanderungen über den Korridor des Magazins sein gegenwärtiges mit dem anfänglichen Kälteempfinden verglich, hatte er einen gewissen Unterschied feststellen können. Zunächst fiel das Ertragen der niedrigen Temperaturen ihm schwer. Nun geradezu leicht. Knippstein hatte es als Erster bemerkte. Es beunruhigte ihn. Die gemeinsamen Sitzungen waren keineswegs mehr in seinem Sinne verlaufen. Kenterbury schaute nurmehr flüchtig auf, wenn er mühsam den Gang heraufkam. Eine kurze Ablenkung nur, mehr ließ er nicht zu. Es war die kurze Pause zu Beginn der Teezeremonie oder der Augenblick, wenn er sich wieder erhob.

Das Ende der Sitzung schien ihm geradezu künstlich beschleunigt. Knippstein fand, es war nicht genug. Ab und an hatte er eine Bemerkung fallengelassen, einen Hinweis, womit er etwas herauslocken wollte. Schließlich war er Leisegang-Schüler und wusste Bescheid. Der Geist als

Widersacher der Seele, es war längst bekannt. Sein Empfinden sagte es ihm, die Dinge trieben auf etwas zu. Ob Graubecher das billigen konnte? Für einen Hinweis war es vielleicht noch zu früh. Er wusste, dass er sich vorsehen musste.

Kenterbury erinnerte sich an den Augenblick, an dem er seine Entdeckung zum ersten Mal mitgeteilt hatte. Es war gegenüber einem unbekannten Besucher gewesen. Die Sonne schien direkt durch die Scheiben hinein. Das Eis an den Fensterrahmen war im Begriff ein wenig zu schmelzen. Licht erfüllte stärker den Raum. Die Aktendeckel begannen zu leuchten. Monaten war er nun hier. Der Tag heute, wie schneelos er war. Die Weihnachtsferien waren noch nicht zu Ende gegangen. Die Stadt schien leerer als sonst. Im Archiv hatten viele vorsorglich freie Tage genommen. Auf dem Korridor war weit und breit niemand zu sehen. Von den wenigen, die anwesend waren, schien kaum jemand sich einer Aufgabe widmen zu wollen. Andere Abteilungen wurden besucht. Anlässe nach Festtagen gab es genug.

Kenterbury erschien wie gewohnt morgens sehr früh. Er hatte die Stechuhr kurz vor sieben gedrückt. Überall herrschte Stille. Allein die Aggregate, welche die weitverzweigte Anlage mit dem nötigen Zufluss versorgten, zeugten von Leben. Kaum hatte er im siebten Stockwerk seinen Platz eingenommen und sich in seine Lektüre vertieft, sah er eine hagere, nicht unbedingt junge männliche Person den Gang heraufkommen. In der Linken die Aktentasche, in der Rechten den Hut. Mantel und Jackett waren geöffnet. Die Uhrkette am staubgrauen Anzug war gut zu erkennen. Vom oberen Knopfloch führte das silberne Gliederband unten in die kleine Tasche der Weste hinein. Knapp vor Kenterburys Stuhl blieb sie stehen. Der Gruß kam flüchtig. Wortlos wies sie sich aus. Kenterbury sah ein Dokument, das in einer verschweißten Folie steckte und nun gespreizte Finger aufgeklappt hielten. Der Besucher schaute währenddessen zum Fenster hinaus. Dann ging er daran, Kenterburys Identität festzustellen. Danach konnte die Kontrolle beginnen.

Der Abgesandte Anita Frühsorges schaute sich um. Auch unter den Tisch blickte er, wobei seine Miene sich ein wenig verzog. Der Platz insgesamt schien den Anforderungen der Vorschrift durchaus gerecht. Auf verschiedenen Bögen wurde das Ergebnis der Untersuchung mit kleinen, flinken Kreuzchen vermerkt. Auch Fragen wurden gestellt. Kenterbury hatte jedoch alsbald immer stärker die Sorge erfaßt, ob die besondere Art seiner Tätigkeit auf diese Weise erkennbar sein würde. Ihn bewegte etwas, das für die allgemeine Gestaltung der Zukunft vielleicht einen nützlichen Hinweis enthielt.

Ohne Aufforderung wies er auf die Fülle von Manuskripten, Abhandlungen und kleineren Schriften, die sich neben all den Bänden an Akten befanden, die ihm Graubecher im Laufe der Zeit hereingebracht hatte. Anfangs vereinzelt, später, als er die deutliche Anteilnahme Kenterburys bemerkte, hatte er ihn geradezu mit Material überhäuft. Es hatte als verschollen gegolten und umfasste den Zeitraum, als die höhere technische Lehranstalt nach dem völligen Untergang um ihren Neubeginn rang.

Der Kontrolleur blickte erstaunt auf ein Konvolut von Memoranden, Mitteilungen, Mahnungen, Korrespondenzen, nicht zuletzt auch Pamphleten, die Kenterbury vor ihm auszubreiten begann. Fast alle auf grobem, vergilbtem oder stark angegrautem Papier. Selten waren die Durchschläge ohne jede Mühe zu lesen. All das kostete Zeit. Ähnliches galt für die Abfassungen von Hand in Sütterlin-Schrift.

Aus manchem sprach Zorn, selbst noch durch verblasste Tinte hindurch. Andere Zeilen war von nicht enden wollendem Zögern bestimmt. An mancher Stelle überwog ein Gekränktsein. Nicht die eigene Person, das Ganze sollte im Mittelpunkt stehen. Die Zukunft, sie war im Moment kaum zu fassen. Was hatten sie noch selbst in der Hand? Es fehlte in jeder Hinsicht an allem. An Bewährtem festzuhalten, auch wenn es gegenwärtig in Misskredit stand, die Neigung überwog dennoch bei weitem. Ein Grund, sich auf etwas einzulassen, bei dem kaum einer mit dem Herzen dabei war, bestand nirgends. Abgesehen davon, dass der Ausgang völlig ungewiss war. Hasardeur, war von ihnen doch keiner. Das Reglement hatte immer ganz oben gestanden. Kenterbury hatte alles Punkt für Punkt geradezu aktenmäßig zusammengefasst. Die Idee eines neuen Anfangs, sie kam von außen. Nicht von innen.

Der Inspekteur war überrascht. Halbsitzend, halb stehend, den Rücken schräg an die Tischkante gelehnt, die verschlossene Aktentasche im Schoß, den Griff mit beiden Hände umklammert, das Kinn auf der Brust, den Mund mürrisch verformt, den Kopf prüfend zur Seite geneigt, zwischen Missbehagen und Staunen, schüttelte mehrfach den Kopf. Währenddessen stieß er den Atem ruckweise aus. Leicht von unten herauf schaute er Kenterbury an. Sein Kopfschütteln verstärkte sich. Am Ende war er verblüfft.

Formulare erfassten nicht alles. Von der Sachbearbeiterin Anita Frühsorge wurde immer nach dem persönlichen Eindruck gefragt. Abrupt löste er sich. Mit einem Ruck hatte seine Gestalt sich gestrafft. In der Rechten die Aktentasche, die Linke unwirsch mit dem Mantel beschäftigt, schon stand er zugeknöpft da. Er kniff die Augen zusammen. Er nickte kurz. Mit schnellen Schritten ging er grußlos davon. Um zu berichten.

Über Wochen und Monate hatte Kenterbury sich der Aufgabe gewidmet, bis in Details die Vorgänge genau zu verfolgen. Graubecher hatte es schweigend zur Kenntnis genommen. Nur selten tauchte er auf. Knippstein war erstaunt. Er hatte Mühe, an sich zu halten. Leider hatte er kein Mittel zur Hand und zum Eingreifen fehlte es ihm nicht zuletzt auch an Kraft. Niemals hätte er Graubecher in den Arm fallen wollen. Worauf die Dinge zutrieben, es war ihm nicht klar. Vorläufig musste er vor der Entwicklung die Augen verschließen. Eines nur wusste er, über Kenterburys Erscheinen war er nie glücklich gewesen. Ein Bote Ahrimans, des Widersachers schlechthin, es war sein erster Gedanke gewesen. Der Tee mit dem dunklen Kandiszucker hingegen, hatte nun wieder vorzüglich geschmeckt. Das verwirrte das Bild.

Die strengen Temperaturen schwanden allmählich dahin. Kenterbury hielt weiterhin seine Entdeckung beschäftigt. Ihm offenbarten die Unterlagen ein Ringen. Widersprüchliche Kräfte waren am Werk. Am Bewährten festhalten, wie schrecklich es mitunter auch schien, sollten sie das oder war es an der Zeit, neue Wege zu gehen? Zunächst ähnelten die Formulierungen einander. Schließlich unterschieden sich die Vorschläge kaum. Vorerst ging es allein darum, das Nötigste sicherzustellen. Heizbare Räume, ein festes Dach, die Rettung wie Sichtung vorhandener Bestände, nicht zuletzt die Wiederaufnahme der Lehre. Bis jetzt war kaum daran zu denken. In die Gruppe der Lehrenden waren große Lücken gerissen. Mancher Verlust schien kaum zu ersetzen. In anderen Fällen schien die Verstrickung zu groß.

Die Untersuchungskommission sah sich vor schwierige Fragen gestellt. Entschied die fachliche Eignung oder eher die Haltung zum Ganzen? Einzelheiten, an bedenklichen

Vorgängen beteiligt zu sein, gaben nicht unbedingt die innere Einstellung preis. Auf sie kam es an. Außerdem, unter bestimmten Umständen ergab sich manches einfach von selbst. Über die äußere Feststellung von Rang, Zugehörigkeit und allgemeiner Verwendung kam die Prüfung selten hinaus. Rückstellungen, geschweige Verzicht, hätte ein solches Ergebnis selten rechtfertigen können.

Das zeigte die Zeit. Nicht jeder, der ohne Einwand ernannt war, wurde der Erwartung auch wirklich gerecht. Regeln der Auswahl hatten sich notgedrungen gewandelt. Das Bewährte war wieder zum Zuge gekommen. Dennoch, ein dauerhaftes Ärgernis, es blieb. Eine neue Einrichtung, anderswo unbekannt, geschweige als dringlich erachtet, sollte bewirken, dass sich nie mehr wiederholte, was erst vor kurzem geschah. Vorbehalte, in diesem Falle behielt sie keiner für sich. Aus der Vergangenheit war deutlich gelernt. Widerständler der ersten Stunde, jetzt gab es sie wieder!

Kenterbury beobachtete Geburt und Untergang einer Idee. Sie kristallisierte sich in seinen Akten heraus. An der weltberühmten technischen Lehranstalt hatte es schon immer an einer Abteilung gefehlt, die einer höheren Einrichtung erst umfassende Geltung verlieh. Eine Fakultät, die unwiderstehlich das menschliche Wesen als Mittelpunkt sah. Beschäftigung mit dem vielfältigen Leben des Geistes führte ja unausweichlich eine Haltung herbei, welche dem Hang zum Überwältigenden, der dem Mechanischen und Technischen leicht innewohnte, hinreichend Einhalt gebot. Der kühne Gedanke, gegen vielfältige Widerstände hatte er sich seinen Weg bahnen können. Die Umstände waren selten günstig gewesen.

Eines schien allerdings nicht berücksichtigt worden. Zusätzliches Nachdenken zog ein Studium doch sehr in die Länge. Der Gewinn an Einsicht, er war erkauft mit Verlust.

Der Schnelligkeit, welcher ein normales Curriculum seinen Vorzug verdankte, war nichts entgegenzusetzen. Das hatte sich als Nachteil erwiesen.

Dennoch, das Ringen um den Erhalt einer solchen Einrichtung, es hatte Jahrzehnte gedauert. Das Ende kam schnell. Die entscheidende Frage nach der endgültigen Bestimmung des Menschen, hatte sich nicht hieb- und stichfest beantworten lassen. Ein klarer Kausalbeweis indes, er war das, was in einer höheren technischen Lehranstalt unabdingbar verlangt war.

Vielleicht war Graubecher an einer solchen Frage durchaus interessiert. Zwar hatte er sich zu seinem Befund niemals geäußert, doch schien er am Ende erleichtert, Kenterbury während seiner Zeit im Magazin ein Feld entdecken zu sehen, das bislang in der Historie wenig Berücksichtigung fand. Im Stillen empfand er wohl Stolz. Gleichwohl war seine Beunruhigung stärker. Unversehens geriet einer hier in die Ideengeschichte. Ihr hatte er schon immer misstraut. Bei Sammlungen hingegen bewegte er sich in vertrauten Gebieten. Noch immer hatten sie eine unbeirrte Art von Gewissheit verbürgt.

***

XI

Seit Tagen hatte Roshinsky die Rollläden heruntergelassen. In letzter Zeit kam es häufiger vor. Vor dem Aquarium saß er eine Weile ganz still. Er spürte, wenn der Augenblick kam. Etwas begann, ihn in den anderen Raum hinüberzuziehen. Die Gummistiefel hatte er inzwischen bei Seite gestellt. Es galt, allem Störenden aus dem Wege zu gehen. Er verharrte, bis der nächtliche Himmel in seinem Innersten aufzog. Bisher hatten dort die Tage geherrscht. Nun die Nächte. Vieles fand jetzt seinen Platz: Vergessenes, Entschwundenes, Übergangenes, mit einem Mal war es da. Veränderungen, die er festhalten konnte. Auch vornehmen, falls er es wollte. Statt der Chronometer galt nun die Zeit. Allein sie. Nichts ging mehr verloren.

Er wartete. Bald schlief er ein. Merkwürdig, wie wenig er währenddessen den Faden verlor. Auf einzelne Zustände kam es immer weniger an. Das Denken im Ganzen, es blieb sich selber verpflichtet. So hatte er sich weiter keine Sorgen gemacht. Die nötigen Verbindungen kamen ganz von alleine zustande. Es bedurfte nur eines Zeichens. Unwillkürlich hob er die Hand, denn der Komet erschien gerade wieder.

Bei der ersten Begegnung fühlte er sich noch in seinen Plänen gestört. Eine Reise stand kurz bevor. Zunächst nach Paris, später dann Rom. Seltene Städte gaben Aufschluss über den menschlichen Geist und die Hand. Zwar blieben von bedeutenden Bauten häufig nur Trümmer, doch im Vergehen schimmerte unvergleichlich das Erhabene durch. Seit Menschengedenken hatte es erwählter Orte bedurft. Warum sonst hatte der Komet seine Bahn über London gewählt? Die Stadt sprach davon. Auch die Docks. Die besonders. Halley konnte ihn vorerst nur im Gedächtnis bewahren. Die Überfahrt stand bevor. In Dover kam er gerade noch zeitig an Bord.

Der Begleiter war mit Umsicht gewählt. Seit langem vertraut miteinander, schien Halley klüger, Bob Nelson dafür frömmer zu sein. London in Asche hatten sie gemeinsam erlebt, nebst ihrer Schule, die von St. Pauls. Tief hingen die Wolken für beide, als sie den Fuß auf die Decksplanken setzten. Sturm kam bald auf, von Regen begleitet, kaum dass die Küste außerhalb tröstlicher Reichweite lag. Brecher gaben jede Zurückhaltung auf. Bei Kreuzseen und wechselndem Wind wurde der Schoner mühelos mit seinen Grenzen vertraut. Passagieren machte ungefragt der Wechsel im Zustand von Gemüt und Seele zu schaffen. Feuchtigkeit, verbunden mit Kälte, war erfahrungsgemäß wenig entgegenzusetzen. Mancher hatte bis dahin den Primat der Seele vertreten. Für solche Überzeugung sank nunmehr der Kurs. Manchmal rapide. Bevor der Geist das Spiel gegen den Körper gänzlich verlor, wurde glücklicherweise das Ufer erreicht. Bei Calais, wie erhofft. Und gebucht.

Nach Tagen der Rast, im Norden Frankreichs nun unterwegs, hatte die Wiederkehr des Kometen die Reisenden für maritime Mühen entschädigt. Die Erscheinung oben, sie unten. Sonst weit und breit nichts. War Fügung im Spiel? Paris stand jetzt unter einem anderen Stern. Umgehend wurde Cassini besucht. Im Observatoire Royal, am Luxembourg, hatten sie ihn bei der Arbeit gefunden. Über neueste Konstellationen wusste ein Monarch schon gerne Bescheid. Nichts, das über seinen Kopf hinweggehen sollte. Wo immer es sei.

Cassinis Empfang genügte mehr als der Form. Halley, er war hier bekannt. Und geschätzt. Sein Atlas der südlichen Sterne konnte die Herzen erfreuen. Auch der Umstand, den Äquator jederzeit überqueren zu können, ohne sich mühsamen Anstrengungen unterziehen zu müssen, kam an der Seine Neigungen doch sehr entgegen. Halley hingegen hatte keine Mühe gescheut, den fernen Gestirnen so nahe wie möglich zu treten.

In Queens College gerade erst heimisch geworden, hatte King Charles von ihm ein Schreiben erhalten. Die Vermessung des südlichen Himmels, sie fehlte. Umgehend erhielt die East India Company Weisung: Bereitstellung freier Passage für zwei junge Herren. Auch die Behandlung verlangte Respekt. Als Sicherheit waren zwanzig Pfund hinterlegt. Im November, wenige Monate später, stach Halley mit einem Gefährten in See. Die »Unity«, ein Vierteljahr würde sie nach St. Helena brauchen, als East Indiaman nach neuestem Stand maritimer Erkenntnis gebaut. 1676 wurde geschrieben. Jedenfalls stand es so im Logbuch vermerkt.

Auf der Insel hatten Kommandant und Wetter sich als weniger freundlich erwiesen. Unterstützt nur von Penduhr und seinem Sextanten, unablässig Lücken im bewölkten Himmel erspähend, war Halley seinem Ziele dennoch nähergekommen. Besonders des Nachts. Anders kam einer den Gestirnen nicht bei. Noch vor Ablauf des Jahres war die Aufzeichnung ihrer Konstellationen bewältigt. Die Welt, sie war überrascht. Und erfreut. Das hieß Whitehall. Halley, kaum zwanzig, wurde der Royal Society Fellow. Somit Hooke und Wren, nicht zuletzt Newton bekannt, wie Roshinsky vermerkte.

In Paris genoss Halley das Treiben, die Lebensart überhaupt. In manches Quartier schien sie feiner geartet. Auf die Teleskope traf das nicht unbedingt zu. Nachts standen sie unbegrenzt zur Verfügung. Dem Kometen war jede Aufmerksamkeit sicher. Was die Aufzeichnung seiner Wege betraf, wurde die nötige Einsicht gewährt. Erinnerung an einen Aufenthalt blieb, bei dem Wünsche als erfüllt gelten konnten. Die von Hooke nicht zu vergessen. Books, seltene Books, hatte er für ihn auftreiben und abschicken können. Die Rue Saint Jacques ließ ihn immer wieder nicht los

Es folgte Rom. Weniger lange. Nicht am Reiz der ewigen Stadt, eher am Mangel einer anziehenden Erscheinung nicht widerstehen zu können, lag es wohl. Die Natur verfolgte auf ihre Weise ein Ziel. So verließ Halley nach seiner Rückkehr St. James's Church überraschenderweise getraut. Ansonsten blieb er mit dem Kometen allein. Zwei Jahre vergingen. Der Grund für seine Bewegung, er war bisher nicht gefunden.

Deshalb der Brief. An Newton gerichtet. Es ging um Auskunft, es ging um Planeten und ihr Verhalten. Beobachtungen waren vorhanden, nicht die Wege, sie zu berechnen. Die Erwiderung war überraschend freundlich gewesen. Eine Einladung nach Trinity, umgehend hielt er sie in der Hand. Das Ereignis, zweifellos selten. Scheu und verhalten, in sich versunken, unzugänglich, stets zu einer Geste bereit, die Hinwendung weniger fördert, eher versperrt, Newton, zweifellos entsprach er dem Bild.

Nicht immer. Unmittelbares Interesse hatte aus seiner Antwort gesprochen. Ja, auffallend war der Verzicht auf Zeremonien der Vorsicht zu nennen. Ebenso wenig schien Argwohn im Spiel. Etwas, wobei die Seele mitunter entgleist. Halley, der jüngere, schien Newton, dem älteren, ohne Vorbehalte willkommen. Beide waren jung Fellows geworden. Beide hatten keine Gefahren gescheut. Beide zeigten über den Maßen im Experimentellen Geschick. Beide verfolgten ein Ziel. Nunmehr gemeinsam.

Wren und Hooke hatten auf Halleys Fragen keine Lösung gewusst. Nicht nur mathematisch betrachtet. Es war zu Beginn des Jahres 1685 gewesen. Eher schienen sie mit Dingen beschäftigt, die ihrer Stellung als den wechselnden Konstellationen der Sterne entsprachen. Halleys Interesse, es konzentrierte sich auf einen einzigen Punkt. Was brachte den Kometen in Umlauf und wie ließ sich sein wiederholtes Erscheinen erklären? Eine Beschreibung des Kosmos im Ganzen, sie fehlte. Das hieß, in berechneter Form. Klarheit lag allein in den Zahlen. Solange blieb die leuchtende Erscheinung am Himmel im Dunkeln.

Seit Stunden umgab es Roshinsky. Vorsorglich blieb der Raum ungeheizt. Die Empfänglichkeit für das stellare Geschehen sollte nicht unnötig gestört werden können. Das innere Auge erschaute den Wechsel durch Gedanken und Bilder. Manchmal hatte ihn die Fülle verwirrt. Dann wiederum kam der Moment, wo Ereignisse sich unmittelbar einstellen konnten. Schon war sie da, die Begegnung zwischen Newton und Halley. Wie sie verlief? Es waren Fragen, die sie bewegten. Und ihn berührten.

Newton hatte sich nicht in bestem Zustand befunden. Seit längerem hatte ihn das Empfinden beherrscht, er befände sich neben der Zeit. Sie führte ihn nirgends mehr hin. Auch in ihm schien sie nicht weiterzugehen, wie ein Knoten im laufenden Seil. War es um ihn herum deshalb so still? Das Gefühl herrschte vor, nurmehr zu dauern. Ein Zustand, keineswegs heilvoll. Das Denken kam nicht voran. Die Konzentration nahm ab. Es fehlte ein Ziel. Wann hatte er zuletzt die Unbedingtheit seines Willens gespürt?

Als er Halley erblickte, sah er sofort: Einer, dem er eine Bitte nicht abschlagen konnte. Nichts wurde von ihm in

Frage gestellt, nichts verlangt, nichts gesucht, es sei denn Begründung. Sicher erhofft, wohl auch erwartet, indes nicht gefordert. Der Gast aus London, er traf den Ton. Das Gefühl der Gewissheit, es kehrte zurück. Es ergab sich von selbst, dass einer wie er länger blieb. Das Feld der Gespräche dehnte sich aus. Bis ins Unendliche hin. Beide fassten dort Fuß.

Newton legte das Universum im Einzelnen dar. In Trinity hatte niemand sein Interesse geweckt, geschweige verstanden. Nun wurde eine Verbindung geknüpft. Die Anziehung zwischen Planeten, er hatte sie längst untersucht. Auch den Weg, sie mathematisch demonstrieren zu können. Nur die systematische Ausführung fehlte. Er wusste warum. Weil bei öffentlicher Vorstellung Streitpunkte drohten. Selten schienen sie in der Sache begründet. Sein Bild dagegen, es sollte ungetrübt bleiben. Über die Zeiten hinweg.

Halley ging es allein um Belehrung. Nicht zuletzt Rat. Bei einem Gast aus London eher selten. Dort lag das Zentrum, das anzog, das Ehre vergab, wo Ideen in Fülle entstanden. Im Handumdrehen traten sie auf und beherrschten das Feld. Schwierig war es, sie unter Kontrolle zu bringen. Schnell erschien manches neu oder in einem anderen Licht. Der Grund war meist Hooke. Ein Geist, der Unruhe schaffte. Er selbst benötigte Zeit, für alles eine Ordnung zu finden. Seit Galilei waren unterschiedliche Theorien in Umlauf gebracht. Kosmologie, Geometrie und Physik, sie gehörten zusammen.

Ohne Prinzipien metaphysischer Art. Sie waren Punkt für Punkt untersucht, in einem Text, der vom Kontinent kam. Vordringlich war darin die Frage nach dem Weltall gestellt, seinem Ursprung und wie sich darin die Entwicklung vollzog. Raum, Zeit und Bewegung, sie waren hergeleitet aus der göttlichen Hand. Die Erklärung schien schlüssig, doch wenig praktikabel im einzelnen Fall. So hieß es, sich von der Philosophie eines großen Geometers zu trennen. Und der Methode der Deutung. In diesem Falle Descartes..

Materie und Kalkül gehörten zusammen. Kräfte in Bewegung wurden durch eine neue Art der Berechnung erfasst, unmittelbar auf die Anziehung der Körper bezogen. In Teilen lag die Ausführung vor. Die Frage war im Moment, wo? Er suchte vergeblich. Sie blieb verlegt. Gern hätte er Halley »Fluxus«, die Analysis der Bewegung gezeigt. Die Antwort, welche Hooke und Wren schuldig blieben. Im Gespräch kam sie nun wieder hervor.

Halley's Fragen, sie waren klar. Es ging um Gesetze. Auch die von Kepler. Ihre Anwendung auf den Gang der Gestirne, sie war bisher nicht geglückt. War Hooke die Lösung gelungen? Im Januar hatte er eine entsprechende Bemerkung gemacht. Selbst Wren hatte ihn nicht aus der Reserve gelockt. Vielleicht für ein Buch? Halley war voller Hoffnung gewesen. Vergeblich. Der Besuch bei Newton, allein er war geblieben. Das war im August. Und sein Glück.

Ein Zeitpunkt, wo das Reisen angenehm war. Die Tage, eher lang, die Nächte kurz. Meist mild wie der Regen. Auch die Route schien in zwischen gesichert. Das Ziel vor Augen sprach er zum Pferd. Bei Newton hörte er zu. Jede einzelne Überlegung wurde Schritt für Schritt überprüft. Nirgends sollte ein Pferdefuß mehr auftauchen können. Einwänden zu begegnen, dazu verhalf die mathematische Form. Auf sie zu verzichten, hieß, Gott zu vertrauen. Was beim Unfassbaren hilfreich, schien es weniger im praktischen Fall.

Halley erfuhr, Newton's Raum, er war unendlich und leer, homogen, sowie von allen Elementen befreit. Das Dasein der Körper war nach Regeln bestimmt. Dasselbe galt für die Form, in der sich die Bewegung vollzog. Die der Planeten verlief nicht mehr im Kreis. Nur, welche Empfindung war im Augenblick bei diesem jetzt stärker, Halley behilflich oder im Kalkül unvergleichlich zu sein? Vorerst die Neigung, mit seinem Gast zusammen zu sein. Promenieren über die Grounds, entlang dem Fluss Cam, auch jenseits der Wiesen. Währenddessen riss der Faden nicht ab. Der Sommer schien keine Grenzen zu kennen. In der Wiederholung zeigte er sich so vertraut wie stets neu. Das Erinnern, es belebte den Geist. Bisweilen trug er sich selbst. Wie es war, wenn schwand und was ihm dazu verhalf? Halley hatte sich kurz nach einem einschneidenden Ereignis zu Newton begeben. Im Gespräch wurde es unvermeidlich gestreift.

Bis dahin hatten ihn astronomische Fragen beschäftigt, neben solchen, welche die Wirkung magnetischer Kräfte betrafen. Diejenigen planetarer Bewegung kamen hinzu. Plötzlich war aus der Zeit ein Pfeiler gerissen. Am Anfang hatte eine knappe Nachricht gestanden. Ungewissheit war ihr gefolgt. Eine männliche Person trat aus dem Haus und ward nie mehr gesehen. Überall wurde nach dem Repräsentanten der City gesucht. Die Gabe, verstehen und leiten zu können, nirgendwo hatte Halley sie so wie bei seinem Vater erfahren.

Tage vergingen. Bei Temple-Farm, Rochester, Kent, wurde die Leiche eines Mannes aus der Themse gezogen. Einwirkung durch Gewalt war leicht zu erkennen gewesen. Die Art der Entstellung schien nicht längerem Aufenthalt im Wasser geschuldet. Eine amtliche Untersuchung

fand es heraus. Die Identifizierung, sie gelang anhand des Futters im Schuh. Warum waren über einen Fuß vier verschiedene Socken gezogen? Auch dieses Rätsel blieb ungelöst. Gleiches galt für Motiv und Umstand der Tat. Auch den, der sie ausgeführt hatte. Hätte die Witwe nichts unternommen, ihn um das Erbe zu bringen, Halley wäre zurückhaltend hinsichtlich einer Vermutung geblieben. Newton's Geist war es, der auch in einem in einem solchen Fall eine schlüssige Verbindung herstellen konnte. So wusste Halley am Ende Bescheid. Das hieß nicht, den Grund.

Bald erfuhr der Besuch seine Krönung. Die Fragen, sie waren gestellt, Newton's Antworten klar. Der Inhalt verlangte deutlich nach Form und einem Werk, gedruckt, das den einzelnen Fall wie die Vorgänge im Universum erklärte, die Idee war geboren. Halley begann nunmehr zwischen Cambridge und London zu reisen. Die kühlere Jahreszeit stand dem wenig entgegen. Es war inzwischen November geworden. Wolle wärmte. Besonders als Tuch. Feuchtigkeit drang überall ein. Was den Gang erschwerte, hinderte nicht, überall aufs engste in Verbindung zu treten. Ein Vorhaben verlangte Kenntnis, Umsicht, nicht zuletzt Geschick mit den Regeln im Zentrum. Halley in London verstand sich darauf. Für Newton in Cambridge.

Der strebte nach einer vollendeten Form. Eine Gelegenheit, die Welt ein für alle Mal nach Gesetzen zu regeln, so ausführlich, dass seiner Kontrolle sich nichts mehr entzog. Irdische wie himmlische Körper, auf ihre vollständige Erfassung war er gleichermaßen bedacht. Auch der Kometen. Roshinsky sah es wie Halley erfreut. Er erhob sich vom Lager ganz leicht. Für wann hatte er den Fischen seine Rückkehr versprochen? Vor dem Aquarium sitzen, zusehen, wie die Zeit bei der Bewegung schwimmender Körper sich in unendlich vielen Momenten vollzog. Ob sie berechenbar waren? Vielleicht. Vorhersehbar kaum. Wegen der lebendigen Kräfte? Er konnte sich in ihrer Betrachtung verlieren. Newton hatte davon Abstand genommen. Mechanische Mittel hatten allemal zur umfassenden Erklärung gereicht.

Wichtig war, daß die Royal Society sein Werk unterstützte. Im Dezember hatte Halley die Beschlüsse erwirkt. Auch den Eintrag in das Register, seine Prioritäten zu sichern. Das Grundsätzliche lag bereits ausgeführt vor. Nur die Einführung fehlte. So zog Newton sich in sein Geburtshaus nach Woolsthorpe zurück. Nachdenken über Bewegung braucht Ruhe. Nicht lange und der Winter erstarb. Das aufkommende Frühjahr beflügelt. Nach den ländlichen Wochen konnte Trinity alsbald den Fortgang verzeichnen. Es war inzwischen Sommer geworden. Schließlich auch Herbst. Bald neigte das Jahr sich zunehmend dem Ende entgegen. Die Erwartung stieg. Die Ungeduld auch. Dann lag der erste Teil vor. Den Ortsveränderungen der Körper war er gewidmet. Ebenso der Untersuchung der Kräfte, die sie bestimmen. Neben den Bahnen, die sie durchlaufen. Die Form der Betrachtung, wie ihrer Beweise war neu. Ausschließlich mathematisch verfasst.

Was beeindruckt. Weil Strenge besticht? Jedenfalls das Verlangen bestärkt, mehr zu erfahren. Nichts hätte Verzögerungen rechtfertigen können. Schnell wurde Drucklegung ohne Prüfung verfügt. Es galt, die Gelegenheit beim Schopf zu ergreifen. Der Society Ruf, er hatte gelitten. Zu vieles, seit Jahren war es liegengeblieben. Anfragen hatten der Antwort geharrt. Die meisten waren in Vergessen geraten. Verbindungen gingen verloren. Enttäuschung führte das Ende herbei. Newtons Opus versprach, alten Glanz zu erneuern. Und neuen zu bringen. Keine Anstrengung wurde deshalb gescheut.

Die Aufsicht über Fortgang und Gelingen des Werks hatte Halley erhalten. Niemand war so berufen. Niemand, der vergleichbar Newtons Vertrauen besaß. Schwerlich wäre jemand zu finden gewesen, der ebenfalls 'über entsprechende Kenntnis verfügte, auch der nötigen Wege. Mit Umsicht ging er zu Werk. Zum Sekretär bestellt, saß er am Ende des Tischs. Der Verlust der Perücke befreite den Kopf.

Das Erstreben des Amtes erwies sich als klug. Hatte die Society je über Mittel verfügt? Nur einen Teil des Salärs hatte er in gängiger Währung erhalten. Für den Rest musste er sich mit Exemplaren von Willoughbys »History of Fishes« begnügen. Ihre Veräußerung verlangte Geschick. In den Regalen lag sie wie Blei. Auf Jahre hinaus waren die Resourcen erschöpft. Bis zum Hals im Wasser, öffnete der Society sich nicht nur ein Blick in den unendlichen Raum, sondern auch die Anziehungskraft von money wurde uneingeschränkt nunmehr gespürt.

Halley hatte stillschweigend die Kosten beglichen. Das galt für Teil eins und umschloss Ausgaben für Papier, Satz, Druck und den Einband. Auch die weiteren Teile, welche in kurzen Abständen nachgereicht wurden, wären ohne ihn nicht in Umlauf gekommen. Mitte 1687 war es soweit. Das Werk, es lag vollständig vor. Prinzipien der Naturphilosophie, mathematisch erklärt. Von Metaphysik war nun nicht mehr die Rede. Wer sie suchte, fand sie am Schluss, wo ein höheres Wesen erschien. Unerklärlich, so hatte es seine Hände im Spiel. Allenfalls nahm es Fragen über letzte Gründe entgegen. Klare Antworten allerdings, sie fielen aus. Immerhin ließ sich mit seiner Hilfe die Harmonie des Ganzen erklären. Roshinsky war dafür empfänglich gewesen. Die Fische, auch sie gehörten in seinen Augen dazu. Trotz Willoughbys Fehlschlag sollten sie keine Ausnahme bilden. In die Geschichte, die er beschrieb, hätte er sich gerne vertieft. Ungeklärte Ereignisse waren es wohl, die sie meist mit gekräuselter Stirn herumschwimmen ließen. Ausschließlich der Freiheit der Meere oder eher jener des Denkens geschuldet? Die Beweislage war bisher nicht zwingend und klar. Am besten sie stellten sich auf weitere Überraschungen ein.

Roshinsky hielt Newton's Buch in der Hand. Er blätterte vor und wieder zurück. Das Ganze, aus einem Guss und bestens gegliedert. Der Eindruck, er herrschte damals schon vor. Ein Geist ganz allein hatte alles verfasst. Dennoch fanden sich am Anfang Worte des Dankes, Halley gewidmet. Er hatte den Anlass geliefert. Am Ende war der Abschnitt über die Kometen zu finden. Sie bewegten sich frei. Ein Satz hatte ihn aufmerken lassen. Jedwede Richtung stand ihnen offen. Waren sie schnell? Fast wie Planeten. Er rieb sich die Hände. Unterwegs sein, Verstreutes wahrnehmen, Vergessenes mitteilen, Roshinsky ahnte, warum der Halleysche Komet heute wieder erschien, vielleicht, weil er für ihn eine Nachricht enthielt.

Hooke verschlug es den Atem. Asthma und Schwindel stellten sich ein. Ein Zittern hatte den Körper erfasst. Im Leib schien sich Unbehagen geltend zu machen. Die Ordnung war empfindlich gestört. Auch bisher hatte der Organismus nicht für jedes Geschehen gleich die richtige Antwort gefunden. Nun war der Einklang dahin. Newton sprach in aller Deutlichkeit aus, was er selbst ihm vor Jahren mitgeteilt hatte. Er hatte keine Antwort erhalten. Auch auf wiederholtes Nachfragen nicht. Noch vor Drucklegung hatte Halley ich, dem alten Freund Einsicht gewährt. Was er in kunstvoller Rechnung ausgeführt sah, es war seine Idee. Es sprang direkt in die Augen. Fehlte ihm selbst damals nichts als die Zeit oder war es die Hoffnung, eine Lösung ergäbe sich gleichsam von selbst? Schließlich waren ihm meist so die Gedanken gekommen, von den Spirits bewegt.

Er sah nun schwarz auf weiß die Bahn der Planeten und Kometen berechnet. Drei Jahre hatte Newton benötigt. Drei Kapitel. Ein Buch. Eine Welt. Niemals zuvor auf solche Weise erklärt. Höchst Entferntes hing unlöslich miteinander zusammen. Ihm schwanden die Sinne. Er spürte, was nachließ, es war sein Herz. Buch zwei und drei standen noch aus. Erst dann war alles komplett. Er begann um seinen Körper zu fürchten. Mehr noch, es ging um ihn selbst. Roshinskys Fische, sie zogen verhalten dahin. Manche standen eine Weile ganz still, schauten wie verdutzt auf alles gefasst oder konzentriert auf den Takt ihrer Kiemen, als rechneten sie jede Möglichkeit durch, sich so schnell wie möglich entfernen zu können. Im Moment bestand wohl dazu kein Grund. Auch für ihn hatte sich nichts in der Küche verändert. Er horchte. Vielleicht sollte er noch ein wenig vor dem Aquarium sitzen. Allerdings, wenn die Bewegung der schwimmenden Körper vor ihm ungestüm wurde, würde er sich aufmachen müssen. Dem, was dann kam, durfte er nicht aus dem Weg gehen wollen.

Woher das Empfinden wohl kam? In letzter Zeit war es stärker geworden. Wo trieb es hin? Als Hilfsassistent der Experimentalphysik hatte er allen Phänomenen gleichermaßen Beachtung geschenkt. Es war ein Gesetz. Nicht nur goldene Regel. Seit der Entdeckung im Turm, hatte er sich davon allmählich entfernt? Es vollzog sich gleichsam von selbst. Die Hand der Bibliothekarin Elfriede Barthelmess, hatte sie ihn in allem bestärkt? Zweifel hatten nicht aufkommen können. Was nicht ihre Billigung fand, dazu hätte sie sich nicht hergeben wollen.

Stets hatte er der Natur bei seinen Versuchen gelauscht. In aller Stille, wie Fastenrath häufig des Nachts. Dann, anfangs unmerklich, schließlich zunehmend mehr, begann er der inneren Stimme zu folgen. Bald nur ihr noch, ihr ganz allein. Anderem hatte er kaum mehr die nötige Beachtung geschenkt. Weil sie nie irrte? Immerhin schien durch sie alle Gewissheit verbürgt.

Eines Tages war er stutzig geworden. Hatte sie Laszlo

Schillert nicht bis zum Letzten verleitet? Er hatte nicht mehr zurückfinden können. Unversehens war es zu spät. Auch sie selbst hatte nicht mehr die geringste Wirkung gezeigt. Allenfalls warnen, das konnte sie noch. Hatte sie Schillert getäuscht?

Nicht Newton. Ihn hatte sie zur Vorsicht gemahnt. Er wartete ab. Der richtige Zeitpunkt, er kam. Im Stillen, dort bewahrte er eine Idee. Ihre Bedeutung, die hatte er auf der Stelle erkannt. In Hookes Brief war sie ihm mitgeteilt worden. Verschiedene Nachfragen hatte er ohne Antwort gelassen. Er war für seine Zerstreutheit bekannt.

Als Halley erschien, erhielt sie ihre Form. Unwiderleglich. Wie schön hatte sie den Zahlen gehorcht. Die Welt, sie hatte das Kunstwerk bewundert. Ihn zu erwähnen, wies er zurück. Es gab nur einen, der herrschte. Nicht zwei. Ideen und Mitteilungen, sie waren frei. Nur bei Zahlen war durch Berechnung alles verbürgt. Entsprechende Belege, hatte Hooke nicht beibringen können.

**

XII

Im Magazin hatte Kenterbury dem Wechsel der Jahreszeiten in Ruhe zusehen können. Die Zeit, sie verging, draußen. Drinnen, lief sie nur ab? Ungestört konnte er an Barbara Lippincott denken. Wie lange war es nun her? Es war die Kälte, die sie in Erinnerung brachte. Besonders der Nächte. Regelmäßig hatte er sie in ihren Stadtteil begleitet. Regelmäßig war vor ihrer Haustür der Abschied erfolgt Regelmäßig begann mit der Rückkehr die Dauer des Wartens. Die nächtliche Buslücke hatte für den Auftakt gesorgt. Es war in seinem ersten Semester gewesen.

An der Haltestelle stand er meistens allein. Ungestört hätte er nachdenken können. Doch ungehindert drang der Wind auf ihn ein. Seine Kleidung hatte der Witterung nur wenig entsprochen. Seit langem wurden nicht solche Temperaturen gemessen. Selbst die Friedhöfe waren geschlossen. Noch in wärmeren Monaten hatte er ein Stechen und Prickeln in den Gliedern verspürt. Der Frost, er steckte tief in ihm drin.

Er lächelte, wie er schon damals gelächelt hatte. Nicht der Augenblick war es, sondern die Zeit, sie allein zählte. Im ersten Moment hatte ihn Barbara Lippincotts Antwort auf seine Frage erstaunt. Doch zunehmend hatte er feststellen können, dass der Zeiger der Uhr sich bewegte, die Zeit indes nicht verging. Wie recht sie doch hatte. Unter solchen Umständen würde schwerlich ein Ende absehbar sein. Die Zukunft, sie schien ihm gewiss.

Im Magazin konnte Graubecher jeden Augenblick eintreten und ihm eine Mitteilung machen. Der Beschluss zu bleiben, stand bislang ja noch aus. Vielleicht war es nur eine Sache der Form. Solange war er in dem Glauben gelassen, alles würde in seinem Sinne geregelt. Es war verständlich, dass Graubecher den geeigneten Zeitpunkt abwarten wollte. Hatten sie einander nicht schon immer vertraut?

Weniger Knippstein. Seine Vorsicht, sie ließ nicht nach. Kenterbury war ihm bislang eine Erklärung schuldig geblieben.

Sicher, er selbst hatte nur selten eine Frage gestellt. Ja, eigentlich nie. Jedenfalls kaum direkt. Den ein oder anderen Hinweis, den gab es. Mehr nicht. Meist schwieg er und schaute hinaus. Sehr weit? So weit, dass kaum einer ihn einholen konnte. Nur hin und wieder hatte er einen Namen, manchmal einen Satz fallen gelassen. Es hatte wie eine Losung geklungen.

»Der Begriff steht allem im Wege«. Die Worte kamen leise, gleichwohl deutlich hervor. Knippstein rieb sich im Stillen die Hände. Ein Nicken hätte genügt. Er wäre zufrieden gewesen. Kenterbury hatte nur verwundert zu ihm hinübergeblickt, den Kopf zur Seite geneigt, das Auge von unten auf ihn gerichtet. Es war nicht das Erhoffte. Alles Erleben war einmalig und nicht zu begreifen. Wer es nicht erfaßte, schien nicht geeignet, im Archiv an seine Stelle zu treten. Er hätte es ahnen können, als Kenterbury zum ersten Mal Graubechers Dienstzimmer betrat. Sich einzulassen, so wie er, ohne erkennbares Ziel, dergleichen war bei ihm nicht zu spüren gewesen. Seine Stimmung, sie litt.

Sie erholte sich wieder, wenn er während des Sommers die ausgewählten Pfade beschritt. Hier war einer vor ihm gewandelt. Hier hatte er sich niedergelassen, hier das Ende seiner Tage erwartet, am Ufer des Sees. Auf derselben Bank hatte er ausgeruht, der inneren Bewegung, nur ihr hingegeben, von denselben Bildern entzückt. Im schauenden Erleben, wo sich alles eröffnet, Knippstein hatte sich vor Ludwig Klages verneigt, wo immer es ging. Meist im Sitzen. Von einer sicheren Lehne gestützt. An solchen Gestaden fühlte er sich mit dem Höheren eins. Für ihn der poeta schlechthin.

Auf der Rückfahrt im Zweite-Klasse-Abteil hatte er bereits von seinem Erleben zu zehren begonnen. Jedenfalls hatte er es sich so lange wie möglich bewahrt. Allein deshalb konnte er im Archiv unberührt all das vorbeiziehen lassen, was auch immer geschah. Wäre es sonst zu jenem Vorfall gekommen? Allein deswegen hatte Kenterbury hier eintreten können. Er schien wie gerufen, er war promoviert. Auf Graubechers Notruf hin war er unmittelbar verfügbar gewesen. Er hatte es voller Befriedigung feststellen können, bis Unruhe ihn alsbald befiel. Er war auf der Hut.

Ungläubig, so hatte Kenterbury beim ersten Mal Graubechers und Knippsteins Blicke auf sich gefühlt. Beide waren auf ein Erscheinen gefasst, nicht auf die Erscheinung. Auch beim ersten sonntäglichen Besuch in der Familie des Superintendenten Carl-Eduard Lippincott und seiner Ehefrau, Magdalena, schien die Erwartung hoch. Wachsamkeit war bald an ihre Stelle getreten. Jeder hier spürte, wie schnell das Unheilvolle in den eigenen Reihen auftauchen konnte. Unangefochten saß es im Moment mit am Tisch. Sehr aufrecht schauten alle sich an. Als Erste wandte die dreifache männliche Nachkommenschaft sich ungerührt von ihm ab und dem Sandkuchen zu. Kenterbury sah, alle aßen sehr schnell.

Wenn der Hang zur Formgebung dem Glauben an den Vorrang des Bewährten rechtzeitig weicht, gerät nichts aus den Fugen. Was beim Mobiliar erprobt, schien bei der Lenkung der Gefühle nicht falsch. Nach endlosem Hoffen und drei Söhnen nach wiederholten Versuchen hatte der Herr ihr endlich die ersehnte Tochter geschenkt. Ihr ein und alles. Das Ebenbild. Magdalena Lippincott, hatte es sich täglich selbst, ihrer Barbara stündlich gesagt. Als weitere Zeichen der Fügung, dazu waren Grundsätze da.

Und Gespür. Beim Anblick Kenterburys äußerte es sich leicht irritiert, bald entsetzt. Magdalena Lippincotts Antlitz, es zeigte sich blass. Verstreut über das nachtblaue Taftkleid hätte ein prüfender Blick dunklere Stellen entdeckt. Der Abdruck feuchtwarmer Hände, Spuren eines kritischen Zustands, gewiss, indes zusätzlich Hinweis, ja Warnung, dass Kenterbury sich vorsehen musste. Leicht konnte ihr Herz aus dem Rhythmus geraten, das Unruhe wenig vertrug. Die Rechnung zu tragen, würde ihre Tochter nicht zögern. Das war ihr verbürgt.

Magdalena Lippincott, sie war über Haff und Nehrung gezogen, Eis unter sich, Grauen hinter sich, Ungewissheit, die allein vor sich. Überstürzt war der Aufbruch erfolgt.

Der ungehemmte Vormarsch der ihren, er hatte überraschend gestockt. Ebenso brach der Rückzug zusammen. Im Sturm brachen schließlich überall die Horden herein. Festigkeit im Glauben wurde auf jede erdenkliche Weise geprüft. Auch diese jetzt gehörte dazu. Schließlich fehlte eine Erklärung. Was hatte den Herrn nur so erzürnt? Bisher war doch alles in seinem Sinne verlaufen. Außer Fragen war ihr der Bernstein geblieben. Als Kette trug sie ihn um den Hals, als Ring am Finger, als Reif am Arm. Rettung und Bewahrung des Leibes ohne Berührung hatte dem Heil der Seele gegolten. Nicht von Ungefähr gab niemand ungestraft den Frevlern sich preis. Mit Mühe erreichte sie die schützende Burg.

Wie hatte Kenterbury an ihre Tafel Einlass gefunden? Was war nur in ihre Tochter gefahren? Magdalena Lippincott wusste, eine Seele war ewig, doch wann war sie wirklich stabil? Ein weibliches Wesen musste sich vor allem bewahren. Söhnen lag weniger dergleichen im Blut. Kenterbury streifte allenfalls ein flüchtiger Blick. Bald blieb er mit den Damen allein. Er wollte schließlich beim Abräumen, selbst beim Abwaschen helfen. Magdalena Lippincott hatte das nun wieder verwirrt.

Ihre Tochter, für Kenterbury war es die Offenbarung gewesen. Die Offenbarung schlechthin. Es war sein erster Gedanke. Ein Gedanke, der blieb. Jedenfalls haften. Gleichwohl schien die Offenbarung im ununterbrochenen Zweifel befangen. So war er bemüht, ihr verschiedene Programme in Vorschlag zu bringen. Sie hörte aufmerksam zu. Ihr Herz, es wog ab mit Bedacht. Irgendwann hatte sie den Kopf schütteln müssen. Meist ganz zum Schluss. dann wenn es um die außerchristliche Teilhabe ging.

Ihr Aufenthalt in den kühleren, nördlichen Ländern, er zog sich über Monate hin. Das Studium, Metall und Stein ins Kleinste hinein zu gestalten, ihre Kunst, hier wurde sie weiter veredelt. Ständig hatte er sie weiterhin auch an all seinen Bemühungen teilhaben lassen. Barbara Lippincott indes, sie hatte all seine Worte schweigend begleitet. Nicht das Geringste wäre über ihre Lippen gekommen. Keine Regung gab sie über ihren Aufenthalt preis.

Anfangs war es die Zeit, die sie in der schwedischen Hauptstadt verbrachte, späterhin jene, die am Finnischen Meerbusen folgte. Ihre Stummheit hatte ihn zu einer seltenen die Höhe geführt. So leicht würde er sie nicht mehr erreichen. Am Ende allerdings war in Verlegenheit, sich selbst überhaupt noch erkennen zu können.

Während der dunklen und kalten Winterabende zwischen den Betonwänden und Eisenregalen des Magazins hatte das Ende ihm hin und wieder zu denken gegeben.

Überraschend hatten danach die Dinge eine Wende erfahren. Plötzlich waren von ihr alle Zweifel gewichen. Sie zeigte sich von ungekannter Entschlusskraft erfüllt. Er hatte gehofft, dafür bald eine Antwort erhalten zu können. Sie Barbara Lippincott, hatte nur die Finger auf die Lippen gelegt, mit den Schultern gezuckt und lächelnd bedeutet, was in der Natur der Dinge lag, es geschah. Kenterbury hätte es gerne genauer gewusst, denn er hatte feststellen müssen, er kam hier am wenigsten vor.

Anfänglich hatte ihre Mutter die Nachricht freudig zur Kenntnis genommen. Ihr Dank galt dem Herrn. Vorerst indes eher verhalten, denn ihrer Tochter war mehr und mehr etwas abhandengekommen. Ihr Blick schien ins Leere entrückt. Es zählte kaum mehr der Tag, geschweige die Stunde. Sie verlor das Gefühl für die Zeit. Auch an Gewicht. Stumm saß sie da. Stumm stand sie wieder auf. Um letzte Gewissheit bemüht, hatte Magdalena Lippincott feststellen müssen, die höhere Fügung, sie hatte sich am Ende erschöpft. War sie nicht das richtige Werkzeug gewesen? Sie erhob sich, um einige Schritte zu gehen. Wohin? Sie wusste es nicht. Da stand ihr Herz einfach still. Die Natur, sie wollte es so. Und der Herr.

In diesem Augenblick war die Alma Mater Kenterbury zu Hilfe gekommen. Bei ihr hatte sich ein Mangel an Kräften gezeigt, einen unerwarteten Andrang bewältigen zu können. Und er selbst, er hatte so etwas wie Berufung gespürt. Uneingeschränkt hatte er in seiner neuen Tätigkeit aufgehen wollen. Tage und Nächte waren unbemerkt ineinander übergegangen. Ruhe hatte er als einen Zustand empfunden, als zerfiele hier achtlos die Zeit. Ähnliches galt für des Lebens profaneren Teil. Ihm schien scheinen, als zerfiele hier auf ähnliche Weise die Zeit. Das Entgangene aufzuholen, dem Bevorstehenden entgegenzueilen, dem Drängenden zu seinem Recht zu verhelfen, ohne Einschränkung ihn die neue Zukunft in Anspruch genommen.

Wer Grenzen berührt, will sie auch überschreiten. Wann hätte er jemals gehofft, soweit gelangen zu können? Räume des Geistes wurden von ihm nunmehr geschwinde durcheilt, entlegene Gebiete verknüpft. Verborgene Verbindungen, sie waren mit einem Male zum Vorschein gekommen. Unversehens rührte er an den Zustand der Welt. Ihr empfindliches Gleichgewicht, bisher hatte es sich nicht im gewünschten Maße herstellen lassen. Kenterbury, er wollte hier helfen. Versteinert wandte die Alma Mater sich ab.

Im Magazin ging er langsam vor seinem Tisch auf und ab. Er musste an die Zone völliger Windstille denken. Sie lag mitten im Meer, von den Azoren aus westlich. Kein Hauch regte sich dort. In Seehandbüchern war sie verzeichnet. Jeder, der die heißen Breiten befuhr, sollte sich darauf einstellen können. Entsprechende Werke fehlten für entsprechende Regionen an Land. Nicht jeder, der in sie geriet, wusste wie er das Erlebnis zu schätzen. Gleichwohl war es Quell aller Erfahrung geblieben.

Mit der Zeit war Kenterbury den Dingen entrückt. Er konnte entdecken, immer weniger war wirklich vonnöten, was die unmittelbare Versorgung von Leib und Seele betraf. Die Suche nach dem Wesen, bisher hatte sie ihn nur theoretisch beschäftigt. Jetzt erfuhr er den praktischen Teil. Die ursprüngliche Einheit, wo der Mensch uneingeschränkt bei sich selbst ist, wie nie zuvor wurde sie nunmehr gespürt. Allmählich hatte er es dahin gebracht, wohin manche erst am Ende ihrer Tage gelangten. Die Ablenkung im Magazin, sie war nur als Unterbrechung gedacht. Bald ging sie zu ende. Die von ihm Dokumente hatten den Gang der Dinge bestätigt. Der Geist, er musste seinen Weg alleine finden. Die Überzeugung, sie setzte sich durch.

Graubecher wirkte in letzter Zeit ziemlich erschöpft. An-strengende Tage standen ihm in Kürze bevor. Viele Augen waren auf ihn gerichtet. Eigentlich hätte er Kenterbury dringend gebraucht. Er hatte es durchblicken lassen. Lange sah er dem Rauch seiner Over stolz nach. Der Tag draußen war schön. Knippstein hatte das Archiv gegen Mittag ver-lassen. Er besorgte wichtige Ausstellungsstücke. Bei der letzten Außenstelle hatte er ihm freie Hand lassen müssen. Nichts konnte daran mehr ändern. Einen Geeigneten dafür zu finden, hatte sich als unmöglich erwiesen.

Zunächst hatte Graubecher das Thema vage gestreift. Vor-erst war nur allgemein von sogenannten Errungenschaften die Rede gewesen. Diesbezüglich hatte er manches erlebt. Hoffnungsvoll hatte es ihn bisher nicht gestimmt. Bei vie-lem standen ihm gar die Haare zu Berge. Es gab wenig, das blieb. Was ihn betraf, hatte er seine Schlüsse gezogen. Im Grunde hatte er keine andere Wahl. Das Theoretische hatte ihm von Natur aus nicht so gelegen. Sicher, er hatte studiert. Doch was besagte das schon? Heutzutage beson-ders. Das meiste hatte er sich selbst beibringen müssen. War das Humboldts Idee? Andererseits, ohne sie wäre er ja nicht hier.

Kenterbury hörte aufmerksam zu. Er dachte an Horn-milch. Das Verzeichnis seiner Veröffentlichungen, es hatte nichts zu wünschen. gelassen. Jedenfalls, was das Ereignis des Menschen betraf. Ohne Unterbrechung hatte seine Se-kretärin getippt. Eines Tages hatte er das Ergebnis in weni-gen Zeilen darstellen sollen, eine Enzyklopädie, sie wollte es so, kurz, knapp und verständlich. Wo anfangen, wo en-den? Schließlich hatte er resigniert. Was er dachte, es ließ sich nicht sagen. Als hätte gerade er nichts zu sagen gehabt!

Bei Graubecher hatte Kenterbury in letzter Zeit öfter das Wort Gerede vernommen. Überall nurmehr Gerede. Vom archivalischen Standpunkt aus hielt wenig mehr stand. Gab es einen ähnlich unabhängigen Prüfstein? Meistens war Absicht im Spiel. Selten eine Idee, die den Namen verdiente. Überhaupt hatte es weitgehend am Können gefehlt. Graubechers Blick verlor sich im Raum. Er hatte begonnen, seine Brille zu putzen. Die Augen hatten in letzter Zeit etwas gelitten. Hunderte, aberhunderte Photographien hatte er durchsehen müssen.

Es war seine Entdeckung. Damit fing alles an. Eine jede hatte er mit ganz eigenen Augen betrachtet. Hinter jeder hatte er etwas gesehen. Er hatte sie alle geordnet. Die Sammlungen, die hohen und langen Register, ohne ihn wäre das alles nicht zustande gekommen. Er sah Kenterbury an. Was er selber in seinen Dokumenten entdeckte, hatte nur bestätigen können: wie schnell war etwas gescheitert. Wohin er auch blickte, er sah weit und breit nichts.

Was blieb, waren die Negative gewesen, alle schwarzweiß. Sie wurden durch einen glücklichen Umstand gerettet. Als er auf dem Konvolut die Beschriftungen las, hatte er sich glücklich geschätzt. Allein die Abzüge hatten ein Vermögen gekostet. Jedem einzelnen Blick hatte er ungestört nachforschen können. Jeden hatte er zu verstehen versucht. Anschließend die ganze Erscheinung. Den Einklang mit sich hatte er überall feststellen können. Wo gab es das heute? Bei der geringsten Erschütterung hielt kaum einer stand. Und wenn es ernst wurde? Die Vertreter der Denkschulen, außer Widersprüchlichem hatten sie nichts zustande gebracht. Es lief überall auf dasselbe hinaus. Graubecher schlug sich mit der flachen Hand gegen die Stirn. Als Historiker war er maßlos enttäuscht. Als Mensch restlos entsetzt.

Die Photographien hatte er inzwischen alle bearbeiten können. Der biographische Abriss war bei den meisten nun klar. Mit welcher Aufopferung machte sich jede der Personen nach der Zerstörung ans Werk. Mühselig in Sütterlin mit schlechter Tinte geschrieben, hatte er unzählige Vermerke in Händen gehabt. Hochgenau waren alle wichtigen Punkte markiert. Das Metier wurde damals noch wirklich beherrscht. Nach unzähligen Stunden in seine Arbeit vertieft, hatte Graubechers Gemüt sich verdüstert. Das Wort Untergang stand ihm vor Augen. Warum gerade ihm?

Er hatte sich der Herausforderung eines Tages gestellt. Zu niemandem ließ er das Geringste verlauten. Zunächst war es nur eine Idee. Dann sein Geheimnis. Es entwickelte sich, allmählich wuchs es zu einem Ganzen zusammen. Er machte sich zügig ans Werk. Es ging darum, ein Denkmal zu setzen. Ein Monument geradezu, wenn er an all das Wertlose und Vergängliche dachte. Für unbekannte Kombattanten hatte es schon lange Stätten des Gedenkens gegeben. Die Form schied in diesem Fall aus. Dennoch, er war inspiriert. Jedenfalls hatte es ihm eines Tages deutlich vor Augen gestanden. Am Ende war es ein Vermächtnis, dem er sich nicht mehr entziehen konnte. Nichts entsprach so sehr dem Zustand seines Gemüts. Das Lexikon aller toten und lebenden Archivare und Bibliothekare war hiermit geboren.

Im Licht hatte von ihnen keiner gestanden. Graubecher wusste Bescheid. Angesichts der Fülle dessen, was zu bewältigen war, schien es sicher oft zum Verzweifeln zu sein. Ein zäher Kampf wurde hier unablässig geführt, unauffällig, in aller Stille. Am Nötigsten hatte es häufig gefehlt. Von ihrer Existenz hatte kaum jemand eine Ahnung gehabt. Er wollte sie um sich versammeln. Jetzt war der Zeitpunkt gekommen. Mit einem Schlage vereint, waren sie aus dem Schatten getreten. Gleichsam für immer ins Leben, direkt in den Handapparat.

Das Lexikon aller lebenden und toten Archivare und Bibliothekare befand sich nunmehr in Druck. Bald würde es überall zugänglich sein. Alphabetisch geordnet. Der Buchstabe G kam vor L. Graubecher vor Leibniz. Das Jubiläum des Archivs stand kurz bevor. Er würde langsam vortreten und sich verbeugen. Durch unablässiges Wirken hatten seine Vorgänger das Bestehende überhaupt erst ermöglicht. Eigentlich war mehr nicht zu sagen. Jedes Leben, es sprach für sich. Einer musste sich nur darin vertiefen. Zweifellos seine Stärke. Allerdings, er wusste, dass er bei Reden vor größerem Kreis alles aufs Spiel setzen konnte. Er würde sich höllisch vorsehen müssen. Andererseits, wäre er ohne jenen seltsamen Vorfall sonst hier? Es war Fügung gewesen.

Seine Zigarettenschachtel war leer. Die letzten Vorbereitungen hatten ihn restlos in Anspruch genommen. Gern hätte er mit Kenterbury das ein oder andere noch besprochen. Anfänglich schien er jemand zu sein, der den Sinn allein im Bewahrenden suchte. Hatte er sich nicht über Wochen, ja Monate hinweg, eingehend in all das vertieft, was er ihm hingelegt hatte? Er schien davon kaum mehr loskommen zu können.

Er selbst hatte daraus bis zu einem bestimmten Zeitpunkt Hoffnung geschöpft. Schon war er im Begriff, sich ihm anzuvertrauen. Dann merkte er, dass für Kenterbury die Zukunft nicht darin bestand, ihr geduldig entgegenzusehen, sondern soweit wie nur möglich zu gehen. Er hob die Hände. Helfen konnte er in einem solchen Fall nicht. Er wusste nicht, wie. Genauer besehen, hätte er es wohl auch nicht gewollt.

***

XIII

Newton's Geist war verwirrt. Er hielt das Werk in der Hand. Er schaute es an. Die »Principia«, sein eigenes Opus, er verstand es nicht mehr. Hatte er zu nahe beim Feuer gesessen? Vom Schlaf übermannt, machten die Spirits sich über ihn her. Zeit und Raum, sie zerfielen. Die apokalyptischen Reiter, sie kamen herab. Wer anklopfte, führte etwas im Schilde. Im Freund der Verräter, schnell war er entdeckt. John Locke, warum hatte er ihm die Bekanntschaft mit Lady Masham zu vermitteln versucht?

Newtons Black Year, über sein Gemüt hatte es einen tiefen Schatten gelegt. War es Züchtigung? Dann immer verdient. Jüngst hatte er den Feind, selbst ihn, gegen den dreifaltigen Gott zu gewinnen gehofft. Seine Schrift, heimlich war sie in den Niederlanden in Umlauf gebracht. Wog anderes schwerer? Wie oft hatte er sich kopflos in den nächsten Wagen nach London geworfen, nur Fatios wegen. Der wies ihn endgültig ab. Für die gemeinsame Wohnung die Miete, sie war schon gezahlt.

Nur ein Wink, eine Unpässlichkeit, der geringste Anschein eines Verlangens, genügte ihm, doppelt so alt. War er einem auserwählten Wesen verfallen oder nur einem der flinken Virtuosi auf Reisen? Er hörte Hooke über den »perpetual motion man« spotten. Ständig war er in Bewegung gehalten. Warum wurde er seiner Sinne nicht Herr? Starr saß er da. Mehr ließ Enttäuschung nicht zu.

Roshinsky war seit längerer Zeit wach. Er war in die Küche gegangen, um im blauen Emaille-Topf etwas Kaffee zu

kochen. Die Fische, hatten sie ihn inzwischen vermisst? Er
schaute zum Becken hinüber. Im Moment schien es leer.
Vielleicht schliefen sie noch oder spielten Versteck. Wie
oft hatten sie ihn schon überrascht. Wenn es soweit war,
würde er in Ruhe nachsehen können. Im Moment war
Newton ihm näher.

Kaum hatte er die Welt nach seinen Regeln geordnet,
stand die Zeit für ihn still. Das Wort verlor mit einem Mal
jeden Sinn. Es hatte sich im Haus des Bischofs ereignet.
Schnell war der Grund der Störung erkannt: Befall durch
Dämonen. Seine Eminenz hatte ihn an die Schwelle geleitet, ein Diakon ihn dann umsichtig weiter entfernt. Wo war
er zu Haus? Schwirrte in ihm alles herum, weil ein Mittelpunkt fehlte? Das Gefühl der Leere, es hatte ihn gänzlich
erfasst.

Mit der Kälte kehrte die Beherrschung zurück. Auch die
Schärfe. Der alte Spürsinn war kaum erwacht, schon er-
folgte der Ruf. Ins Zentrum der Macht, seit Jahren erhofft.
Das Amt blieb nicht auf den Tower beschränkt, seinen
Sitz. Als »Warden of the Mint« konnte er unumschränkt
über Mittel verfügen. Metall musste rein sein, das hieß als
Währung. Härte gehörte dazu. Veränderungen in Menge,
Größe, Struktur, Gestalt und Gewicht bis zum Penny hinunter, die zu prüfen, dazu war er bestellt. Das Prägen gehörte ebenfalls zu seinem Ressort. Lord Halifax, ehemals
Trinity Fellow, hatte sein Versprechen gehalten. Nach Jahren noch, immerhin. Erstaunlich für einen von Rang, dazu
bei Hof.

Bisher hatten Newton das Universum durchstreift, nun
war er mit dem Kosmos der Finanzen betraut, ein Reich,
naturgemäß von vielen Seiten bedroht. Das hieß präsumtiv
in den Untergrund dringen. Bald waren alle Distrikte mit
eigenen Agenten durchsetzt. Dem Handwerk der Fälscher

den Boden entziehen, dazu drang er höchstpersönlich in die »Liberties« vor, Londons Viertel, wo Ordnungsgewalt bisher niemals Fuß fassen konnte. Jede Art von Behausung, Straßen, Plätze und Winkel, ganz London schließlich erfasste sein Netz, bis zum Ufer der Themse hinunter. Augen und Ohren hatte er nach Belieben vermehrt. Auch die Hand. Die seine griff überall zu.

Kam die Nacht, hatte er sich in fremden Kleidern unter jene gemischt, die im Schatten ihr Gewerbe betrieben. Zunehmend standen feindliche Mächte dahinter. Wer ging wo ein und aus? Manch fremde Botschaft verfügte über einen verborgenen Eingang. Er hatte ein Auge darauf. Nicht immer hatte Überzeugung gereicht, sich Kopf und Körper dienstbar zu machen. Nicht unbedingt List. Manchmal Verlockung. Geld hatte die Zunge noch immer gelöst.

Selten waren geheime Stätten an zugänglichen Stellen errichtet. Welcher Arm führte wohin? Hämmer zum Punzen, Tiegel zum Schmelzen, Steine zum Schleifen, Formen zum Gießen, der Besitz ließ bereits die Absicht erkennen. Wozu das Kupfer, das Blei, das Zinn? Bald wurden die ersten Münzen zutage gefördert. In wessen Auftrag? Wissen wird durch Fragen ermittelt. Der Spielraum, groß oder klein, war allein in das Belieben des Delinquenten gestellt. Genügte als Vorspiel die Drohung, das Kind, den Ernährer, das Dach, die Arznei wegzunehmen, verstärkt durch den Hinweis auf andere Art von Vergehen? Von schärferen Mitteln zu schweigen. Eine Bemerkung, sie hatte bisweilen genügt. Nicht in schwierigen Fällen. Dann begann der klassischen Mechanik niederer Teil.

Es war für alles gesorgt. Roshinsky staunte. Experimentelle Regeln wurden bis ins Kleinste befolgt. Das Inventar hätte ein umfangreiches Verzeichnis ergeben. Die Grundlagen der Physiologie und Psychophysik waren berücksichtigt worden. Schon einfache Mittel wie Schraube, Rad, Keil, Hebel und Seil, mit dem menschlichen Leib in Verbindung gebracht, hatten Ergebnisse, die verblüfften, erbracht. An systematische Vorgehensweise war Newton gewöhnt. Die Natur, sie wollte es so. Die menschliche konnte keine Ausnahme bilden. In Briefen an Bishop Bentley, Westminster Palace, hatte er die natürliche Einheit gepriesen. Harmonie und Schönheit, sie waren hier leider gestört. Zur Wiederherstellung der göttlichen Ordnung hatte er gern seinen Beitrag geleistet.

Die Untersuchung, sie begann mit dem Inspizieren von Hose, Jacke, und Hemd. Auch die Schuhe wurden schnell in einzelne Teile zerlegt. Aus Absätzen, Säumen und Nähten war so manches zutage gefördert, bevor das eigentliche Verfahren begann. Es galt den Organen. Bei natürlichen Verstecken wurde strenge Erforschung nicht immer mit stiller Demut belohnt. Ein Unflat von Lauten und Worten hatte den Eingriff begleitet. Vorherrschend war die drastische Form. Schließlich war der Tatbestand nicht zu leugnen gewesen. Im eingeführten Zahlungsverkehr waren solche Ausbewahrungsorte nicht üblich zu nennen.

Die Prozedur, den Grund zu erkunden, stand nicht hinter der Klassifikation der Vergehen zurück. Wahrheit und Vollständigkeit waren immer erstrebt. Selten erreicht. Newton hatte auch hier den Maßstab gebildet. Für verschiedene Übertretungen hatten entsprechende Partien des Körpers gestanden. Ausgangspunkt war der Fuß. Mannigfache Wege führten nach oben. Vielfältige Zuordnung erlaubten die Zonen dazwischen. Art des Vergehens und des Missetäters Verhalten wurden als kommunizierende Röhren betrachtet. Etwas, das langwierige Überlegung ersparte. Unmittelbar konnte nun die Befragung des Körpers beginnen. Von Natur aus war er wenig verstockt. War das der Fall, hatten Temperaturen eine Rolle gespielt. Der Einsatz von Wärme zeigte sich bestens geeignet. Entsprechend verstärkt, erwies Zurückhaltung sich nicht immer als gut. Auch bei starken Naturen. In einem Jahr war Newton so leicht auf zweihundert Verhöre gekommen. Sie waren erfolgreich verlaufen.

Das Register von Befragung, Vorhaltung, Ermahnung und Tadel erschöpfte sich leicht, wurde auf anschauliche Mittel verzichtet. An die Stelle der Kammer für das intime Gespräch trat deshalb der Raum, wo in übersichtlicher Form alle Stadien der Untersuchung zu besichtigen waren. Gewölbe, die den Klang verfeinert zum Widerhall brachten, außerdem Nischen, die schrille Töne angenehm dämpften. Eine unentwirrbare Vielfalt von Lauten war ständig zu hören, häufig einem einzelnen Wort, einem Satz, einem Schrei unterbrochen, die aufs Schönste dem Einsatz der Geräte entsprachen. Inmitten all dessen hatte Newton gethront. Wer sonst war derart mit Lenkung und Wirkung von Maschinen vertraut? Eine leichte Bewegung, und es war in das Belieben des Probanden gestellt, die Wahrheit aus freien Stücken zu sagen. Willensfreiheit war von Natur aus jedem gegeben. Mechanik kam als Unterstützung hinzu. Durch Feuer, in eisernen Körben verteilt, wurde die Szene sinnvoll erhellt und Newton leicht zum Glühen gebracht.

Der Versuch, er konnte beginnen, hatten sämtliche Beteiligten ihren Platz eingenommen. Sorgfältig wurde Schritt für Schritt von Hand registriert. Die Depositions-Books hatten alles verzeichnet. Band um Band standen Reihe für Reihe im Tower. Jeder Satz hatte auf einen physikalischen Vorgang verwiesen. Protokollsätze hatten ohne weiteres späteren Prüfungen standhalten können. Aus praktischen Gründen an Gerüsten befestigt, fand der Körper sich bald in die günstigste Lage gebracht. War ein Glied störrisch, wurde es präzise gerichtet. Mit Einverständnis war wenig zu rechnen. Doch Schwäche an Einsicht hatte im Kalkül ihren Platz.

Stark hatte der Mangel an Religiosität irritiert. Wen berührte es nicht, wenn ein feierliches Kyrie angestimmt wurde? War der Kopf an der Decke befestigt, zog die Stimme hochbeseelt durch den Raum. Leider brach sie in einem scharfen Diskant häufig ab, bevor sie harmonisch ausklingen konnte. Blasphemie und Häme drängten dazwischen. Das hatte die Ruhe der Arbeit gestört. Alle Art Verwünschung und Hohn hatten dem König ebenso wie Newton gegolten. Ein rohes a capella erfüllte den Saal. Nachhaltiger Einsatz des Riemens hatten weniger den nötigen Rhythmus, als ein unverzichtbares Maß an Dämpfung erzeugt.

Quellen von Vergehen erkennen, hieß vielfältige Wege verfolgen. Ein Geständnis, seit jeher hatte es die Untersuchung gekrönt. Danach fühlte jeder sich frei. Der Delinquent von der Last, der Gerichtsherr, ein Urteil zu fällen. Es galt, Wiederholung auf Dauer zu wehren. Die Schlussfolgerung, sie musste eindeutig sein. Newtons Strang hatte nichts zu wünschen gelassen. In jedem Falle der kürzeste Weg. Warum zeigte die Seele sich auch derart verstockt? Nach und nach kamen etliche Dutzend Fälle zusammen, hoch am Balken unter Newtons Auge vollstreckt. Allein auf sein Zeichen. An die achtzig hatte er persönlich gezählt und behandelt.

Mit der Zeit hatten sich Klagen gehäuft. Zeugen waren gedungen, genötigt, von Newton persönlich erpresst. Waren entsprechende Hinweise von Nutzen gewesen, wogen sie manche Missetat auf. In Unschuldsvermutung hätte er allenfalls nur Leichtsinn gesehen. Beteuerungen, Schwüre, Bitten um Gnade, auch die Anrufung des Höchsten, waren bei ihm, Newton, stets ins Leere gegangen. So hatten die Verfahren mit seiner Verwünschung geendet. Der Fluch, als letztes Wort an die Welt. Mit den Nachkommen wurden die Häuser der Waisen in aller Regel beschickt. Bei besonderer Eignung nahm die Münze bisweilen auch selbst direkt in den Dienst. Wer führte so sicher bei Nacht in Verstecke und Spelunken hinein? Unversehens war alles vom Schein der Fackeln erhellt und blanken Waffen umstellt.

Newton's Polizei verrichtete mit Umsicht ihr Werk. Stricke und Knebel, gegen Widerstand der gezielte Schlag auf den Kopf. Zur Besinnung dann die Tage im Tower, bis das eigentliche Verfahren begann. Ein Kreislauf, gleich dem des Geldes. Der Bedarf, er stieg. Newton war in Prozenten beteiligt. Der Handel nahm zu. Auch die Tonnage. Die gewöhnlichen Einkünfte waren schnell überstiegen. So wurde bewiesen, Strenge, auch Abscheu vor Makel hatten sich noch immer gelohnt. Shilling und Pfund zeigten sich stetig verbessert. Die neue Reinheit, sie glänzte. Lord Halifax entsprechend bei Hof. Whitehall gegenüber Madrid. Newton, wo immer er auftrat. Bisher war es Hooke's London gewesen.

Nach dem Brand der Stadt, nichts ließ seine Hand unberührt. Dem Ziegelstein hatte er zum Durchbruch verholfen. Half ihm nun der Magnet, Boyle's Vermächtnis an ihn? Gefesselt ans Bett, das Licht der Augen erloschen, ob er neue Kräfte zuführen konnte? Zunehmende Schwindelanfälle, erhebliche Schmerzen im Kopf, sein Leben neigte sich dem Ende entgegen. Der Körper wog nurmehr nach Gramm. Der Frühling kam. Die Sonne schien. Hooke's Seele kehrte ins Invisible College zurück, wo sie auf immer verblieb. Der Royal Society hatte er die Geschäfte geführt.

Ihr Chief Curator war er schon immer gewesen. Nun lag sie da wie verwaist.

Nicht lange und Newton's Stunde, sie schlug. Der Verhasste war weg. Die Präsidentschaft, wer hätte sie ihm streitig gemacht? Ende November war er gewählt. Zur weltlichen kam die geistige Macht. Ein Präsident saß an der Spitze des Tischs. Bislang war er Erster unter Gleichen gewesen. Newton, er zeigte nun den Unterschied auf. Zum Samt kam Brokat. Ein livrierter Diener war an der Schwelle postiert. Bis ins Kleinste war alles geregelt. Es gab keine unmittelbaren Einlassungen mehr. Erörterungen, geschweige Dispute, gingen allemal auf Kosten der Zeit. Schweigen zählte. Es diente der Klarheit, wenn nur einer bestimmte. Und seinen Zielen. Die standen länger schon fest.

Nach des Widersachers Verschwinden konnte die Optik erscheinen. Niemand, von dem mehr Einwände drohten. Keine Hinweise mehr, dass seine Ideen vielleicht einem anderen Kopfe entsprangen. Dem Zufall steuern, hieß, alles im Voraus berechnen. Wille und Wahrheit waren als Einheit zu sehen. Auch im Interesse der Hand, die erhöhte. In Trinity College wurde er nobilitiert. Queen Anne höchstselbst begab sich dorthin. Dann war es Zeit, Cambridge für immer den Rücken zu kehren.

Statt der Grounds, die Londoner Parks. St. James, lag direkt vor dem Fenster. Herr der Währung war er schon lange gewesen, Master of the Mint inzwischen geworden, Zeit für das, was getan werden musste. Gresham College, verbunden mit Hooke und der Society Sitz, drei Namen in einem, das störte. So ward Crane Court erworben. Im neuen Sitzungssaal hingen bald die alten Porträts. Einer fehlte: Hooke. Wie von selbst kam er beim Umzug abhanden.

Bislang hatte ein Friedhof als Stätte des Friedens gegolten. Bis zum Einbruch der Dunkelheit wurde von kundigen Augen mehrfach das Terrain abgesucht. War Hooke hier der Erde nicht anvertraut worden? Die Stelle, das Grab, der Stein, es fand sich nichts mehr. Weder Markierung, noch Spur. Newton's Vermächtnis. Einebnungen löschten Zeichen. Die Erinnerung auch? Das Experiment stand noch aus.

In der Society hatte es jede Untersuchung begleitet. Besucher waren nun stark irritiert, kostbare Instrumente nunmehr in wenig erfreulichem Zustand zu finden. Manche defekt, andere ein für alle Mal ruiniert oder entwendet. Der Wärter hatte mit den Schultern gezuckt. Luftpumpe, Mikroskop und Lampe, Urheber Hooke; von Leibniz ebenfalls die Rechenmaschine, jeder hätte sie vergeblich gesucht.

Das Ende der Anschaulichkeit hatte begonnen. Zu Beginn seiner Vorlesung, Kurfalke hatte er es nicht deutlich erwähnt? Das Verhältnis zu den Dingen, es änderte sich. Roshinsky erinnerte sich. Was das Auge sah, das Herz spürte, die Hand berührte, verlor unmittelbar seine Anziehungskraft. Unsichtbare Kräfte bestimmten. Newton's Interesse, hatte durch und durch Ihnen gegolten.

Im Einzelnen waren die Spuren inzwischen verwischt. Die Route indes war nunmehr bekannt. Von Trinity College auf den Lehrstuhl seines Lehrers berufen, ging Newton bald insgeheim einem Vorhaben nach. Unauffällig nahm er den Wagen. In London, Holborn Station, machte er Halt. Nun war es nicht weit bis zu einem Distrikt, Little Britain genannt.

Sein Kontaktmann war Cooper. Bislang hatte er ihn mit okkulten Schriften versorgt. Unter der Hand ließ sich auch in Cambridge manches erwerben. Hier wurden alle Wünsche erfüllt. Er war Mitglied eines streng geheimen Zirkels um Boyle. Der Verbindung von Alchemie und Mechanik, auch dem Grundelement und den Gesetzen der Welt, dem forschte er nach. Es gab übernatürliche Kräfte. Mit ihnen würde er eines Tages alles beherrschen.

Die Treffen, sie fanden in Warwickshire statt. Zwei Tagesreisen von London entfernt, auf Ragley, Lord Conway's Landsitz. Bei den Sitzungen war er der Jüngste gewesen. Der Erste zu sein, dafür nahm er alles in Kauf. Und Antimon in Angriff. Der Stoff, er ähnelte Gold. Mit Eisen vermischt, entstand »Star Regulus«, der Kristall. Dessen Licht führte ins verborgene Zentrum des Universums hinein. Dort saß die Anziehungskraft. Weitere Versuche würden endgültigen Aufschluss erbringen. Leider hatte Feuer das Ergebnis seiner Mühen zunichte gemacht.

Als Präsident der Society stand ihm dazu nun alle Macht zur Verfügung. Er wusste, dass er sich vorsehen musste. Wider besseres Wissen hatte er auf »Trinity« den Amtseid geschworen. Es gab nur eine einzige Kraft, die ohne Einschränkung wirkte. Statt jene des »philosophers stone«, bekam er es nun in den Nieren zu spüren. Diener trugen ihn in der Sänfte herum. Er lehnte sich nach hinten zurück. Mit sich allein. Gleich Gott, wie es schien. Nur etwas verkrümmt.

Kein leichtes Los, dachte Roshinsky. Er lächelte. Der Augenblick schien gekommen, wo er selbst sich auf den Weg machen musste. Langsam ging er zu den Fischen hinüber. Hatten sie ihn vielleicht schon vermisst? Sie hielten sich weiter versteckt. Er wartete. Vorsichtig pochte er an die Wand des Bassins. Nichts, das sich regte. Plötzlich war etwas in Bewegung gekommen. Ein großer Fisch, er füllte das Glas gänzlich aus. Regungslos stand er da. Er schaute ihn an. Roshinsky hob leicht die Hand. Er grüßte. Schon war er verschwunden. Nicht allzu lange und er zeigte sich wieder. Roshinsky spürte, er wies ihm den Weg.

Draußen hatte es zu regnen begonnen. Bald nahm die Temperatur mehr und mehr ab. Die Tropfen fielen schnell dichter und heller. Am Ende waren es weiße Flocken geworden. Ein Flimmern, immer enger und lichter. Schon ging er durch ein Meer leuchtender Felder hindurch. Der Fisch vor ihm zog seine Bahn. Ein breiter Strom nahm ihn auf. Er dachte an Ragley. Dort war Newton auf der Suche gewesen. Das Anwesen neu zu gestalten, hatte Lord Conway Hooke auserwählt. Über Jahre hinweg wurde nach seinen Plänen gezeichnet. Ein Bau zwischen den Zeiten, nicht mehr paladian, noch nicht georgian style. Stein um Stein harmonisch aufeinandergesetzt. Newton's Aufmerksamkeit war es entgangen. Nicht ihm, Roshinsky. Dorthin war er jetzt unterwegs.

Der Schnee fiel bald stärker, so dass er allmählich eingehüllt wurde. Ruhe und Leichtigkeit erfassten ihn ganz. Völlige Windstille schien nun zu walten. Unter dem Schritt erstarb jetzt die Zeit, löste sich ab, von ihm und den Dingen. Die Hinwendung schwand, das Interesse zerfiel, ein neues Empfinden stellte sich ein. Richtungen, sie lösten sich auf. Der Erste zu sein oder der Letzte, es verlor jeden Sinn. Was sich zeigte, stand ganz für sich. Der Raum, stets war er von etwas erfüllt. Es gab mehr nur als eine einzige Kraft, die alles bestimmte.

Neben sich hatte Roshinsky ein leichtes Räuspern vernommen. Er horchte. Es kehrte wieder. Ein wenig spöttisch zunächst, so klang es, wie von einem melodischen Erstaunen gefolgt. Bald war ein kurzer Husten zu hören. Berührte ihn unversehens jemand am Arm? Er schaute zur Seite. Wo er Leibniz entdeckte. Die Gedanken begannen nun wortlos zwischen ihnen hinüberzuwechseln. Auch die Botschaft, das Unsichtbare, jeder würde es auf seine Weise wahrnehmen können. Selbst der größte Geist ging in die

Irre, wenn er alles einem einzigen Gesetz unterwarf. Das Lebendige, es konnte dann nur das Störende sein.

Roshinsky hatte sich bei Leibniz untergehakt. Oder der, eher bei ihm? Sie hatten denselben Weg. Ein gutes Stück jedenfalls. Zweifellos verband sie mehr als ein Empfinden des Raumes. Nichts war für immer bestimmt. Freiheit, uneingeschränkte Möglichkeit, sie musste sein. Roshinsky hatte im Stillen entschieden, er würde Kurfalke ein wenig Zeit lassen wollen. Es konnte dauern, bis das Ziel eines Einzelnen sich mit dem Streben nach Erkenntnis verband. Nicht zuletzt, wenn einer es mit solchem Nachdruck verfolgte.

Leibniz blieb stehen. Er hob die Hand. Ganz leicht. Schon fiel etwas zu Boden, das auf der Stelle zerschellte. Die Reste des Wortes Notwendigkeit, sie lagen vor ihm zerstreut. Dem Zufälligen waren keine Grenzen gesetzt. Dem Raum schon eher. Jedenfalls dem, in den sie eingehüllt waren. Roshinsky klopfte Leibniz den Schnee von der Schulter. Es schneite weiter ununterbrochen. Keine Flocke konnte wie die andere sein. Leibniz hatte damit keine Mühe gehabt.

Es war schon immer ein Unglück des Menschen, an trügerische Bilder und Kräfte zu glauben. Drinnen wie draußen. Leibniz wankte. Er schien zu stürzen, als hätte ihn unversehens etwas hinstrecken wollen. Es sah aus wie ein Schlag. Schnell fing er sich wieder. »I did beat him in the heart«. Beide hatten die Stimme erkannt. Es war Newton. Ein Frohlocken war unüberhörbar gewesen. Leibniz lächelte. Des Irrtums wegen. Ein und dieselbe Erkenntnis, fraglos konnte sie verschiedenen Köpfen gelingen. Ganz unberührt voneinander.

Newton verstummte. Leibniz hatte die Augen geschlossen, derselbe Calculus, er wurde durchaus von zweien entdeckt, ihnen beiden. Nur Ort und Zeit waren verschieden gewesen. Wie die Form. Als ob der Zeitpunkt entschied. Newtons »second inventors count for nothing« stand der Erkenntnis im Wege. Eine blinde Kraft steckte tief in ihm drin. Etwas, das sich mit den Jahren verstärkte. Oder unverhüllt zeigte, wie im Black Year. Leibniz hatte Nachsicht gezeigt. Newton's letzter Freund, dachte Roshinsky. Die Begegnung, sie war ein Gewinn. Weshalb er die Kälte nicht spürte? Die Vollkommenheit der Welt machte es möglich. Er hatte den Zugang gefunden. Dann wurde es zunehmend dunkel um ihn.

Der Weg nach Ragley, er würde über Trafalgar Square führen. Nach St.Martin-in-the-Fields, von dort aus war es nicht mehr als ein Sprung. Eine Messe, vielleicht von Händel, war immer willkommen. Vom Seitenschiff aus konnte er das musikalische Geschehen ungesehen verfolgen. Er hatte Glück, das Ticket war für einen besonderen Zweck. Er spendete gern. Diesmal für das Lighthouse of London. Er spürte Freude, zurückgelehnt auf seinem Sitz, alleine für sich. Das Schiff der Kirche war von frommen Herzen erfüllt. Nur King Georges Stuhl, der blieb leer.

Er wusste nicht, wann die beiden Ponys aufgetaucht waren. Zuerst hatte er ihre hellen Mähnen bemerkt. Die Wirkung des Windes war noch deutlich zu sehen. Wahrscheinlich kamen sie von weit her. Vorsichtig wurde jeder Huf aufgesetzt. Langsam und scheu, so bewegten sie sich in das Innere der Kirche hinein. Hin und wieder hatten sie beiseite geblickt. Trotz des steinernen Bodenbelags wurden sie von niemand bemerkt. Außer ihm. Orgelklänge erfüllten den Raum.

Beim Altar blieben sie stehen. Erst hatten sie flüchtig einige Tableaus angeschaut, dann zur Kanzel geblickt. Sie war verwaist. Nach kurzem Schnuppern hatten sie ihn, Roshinsky, entdeckt. Schon wurde er freundlich begrüßt.

Er hatte seine Arme um sie gelegt. Ihr Fell, wie warm es doch war. Beim Einsetzen des Chors hatten sie ihre Ohren bewegt. Wohl froh, das Konzert zusammen mit ihm genießen zu können. Sie hatten den Fisch abgelöst. Er war in der Themse verschwunden. Wenn der letzte Ton verklungen war, würden sie ihn bis zum Ende begleiten. Er hatte ja vor sich noch ein gutes Stück Weg.

Leibniz hatte er zurücklassen müssen. Es war nicht erwünscht, dass er den Kanal überquerte. King George, er wollte es so. Es hätte Newton missfallen. Leibniz hatte sich lächelnd gefügt. Orte waren ohne Belang. Einen endgültigen Punkt, der alles anzog oder bewegte? Es war die Macht der Ideen, ihre unerreichbare Vielfalt, welche die Harmonie des Ganzen erklärte. Er schrieb es nach London, Empfänger: Samuel Clarke, Newtons Vertrautem. Er selbst mied jeden Kontakt. Mit der Zeit hatte der Briefwechsel dann Zeichen von Ermüdung gezeigt, so dass Leibniz in Ruhe verschied.

Roshinsky überquerte den Trafalgar Square. Er dachte an Kurfalke. Soweit ihm bekannt, hatte er sich ins Gebirge begeben. Weithin schweifte von dort aus seinem Blick. Er wartete ab. Im Wechsel der Zustände hatte eine neue Gelegenheit sich bisher nicht ergeben. Wann es wieder soweit war? Seinen Rechenfehler, keiner hatte ihn damals bemerkt. Bis zum Schluss. Er hatte gehofft, ihn noch korrigieren zu können. Am Ende lief die Zeit ihm davon. Unversehens hatte dann jenes überraschende Unternehmen ihn seiner Sorgen enthoben. Er war gerettet. Zufälle hatten manchmal noch die beste Lösung gebracht.

Roshinsky ging langsam das Ufer der Themse hinauf. Das Schimmern der Wellen im Dunkeln, der Widerschein fernen Lichts, es zog ihn an. Er spürte den Weg, immer weiter die massive, steinerne Brüstung entlang. Das Gehen tat wohl bei zunehmender Stille und Kühle. Die Ponys waren schon weiter voraus, außer Blickweite, hinter der Biegung des Flusses. Etwas sagte ihm, dass er bald landeinwärts einlenken musste. Der Zug nach Warwickshire fuhr von Paddington Station. Unterwegs konnte er die Ruhe im Park noch auf sich einwirken lassen. Es war jetzt Nacht, so dass verschiedene Nebel ihn allmählich umfassten.

Wie Newton. Seine Kraft, sie schwand zusehends dahin. Auch wenn sie weiterhin reichte, Gesuchen um Gnade die gebotene Abfuhr erteilen zu können. Manchmal tauchte er bei der Münze noch auf. Über Stunden hinweg bewegte seine Hand dann mechanisch den Rollstuhl um das Bauwerk herum. Bis ihm am Ende die Sinne vergingen. Vernahm er den Klang von Pythagoras Leier? Sie barg das Geheimnis der Welt. Seit Ewigkeit schon. Er wusste, dass die Länge der Saiten der Entfernung zwischen den Planeten entsprach. Warum es so war? Darüber verschied nun sein Geist, weil es sich aller Berechnung entzog. Sein Versäumnis?

Als Roshinsky den dunklen Park von Ragley erreichte, sah er durch die Bäume das Herrenhaus schimmern. Das letzte Licht, es wurde gerade gelöscht. Mit gewohnter Vorsicht trat er ein. Langsam ging er zwischen den Bäumen herum. Die Nacht hatte sich zunehmend mit den Nebeln vermischt. Unbeirrt fand er sein Ziel. Er beugte sich nieder, er legte sich hin, er streckte sich aus. Er fühlte das Laub. Er spürte die Erde. Er merkte, wie allmählich Oben und Unten entschwanden. Er schloss die Augen. Die Schwere, sie wich. Vorsichtshalber hatte er seine Gummistiefel bei Seite gestellt. Er war nun in der Lage, den Zustand zu wechseln. Das neue Empfinden, es erfasste ihn ganz, so dass alle Zeiten ungehindert über ihn hinweggleiten konnten. Er war am Ziel. Das Invisible College, es hatte ihm die unendliche Vielfalt der Dinge enthüllt. Nicht ihren Gebrauch.

XIV

Es schien damals ein glücklicher Abend zu werden. Mit einem unbeschwerten Wesen zur Seite hatte plötzlich alle Zukunft gelockt. Sie schwand auf der Stelle dahin, als Kenterbury Barbara Lippincotts ansichtig wurde. Sofort war er von der Ahnung erfasst, dass er nirgendwohin mehr ausweichen konnte. Hätte er sonst wohl entdeckt, was ihn so weit führen würde?

Im Archiv war es jetzt weniger kühl. Nur wenige Tage würden ihm bis zum Abschied noch bleiben. Sein Werk war getan. Graubecher hatte es mit Dank entgegengenommen. Die entschwundene Fakultät hatte nur eine Akte von geringem Umfang ergeben, einfach und handlich. Graubecher hatte nachdenklich Vorder- und Rückseite betrachtet, sie kurz in der Hand gewogen, dann schloss er sie ein. Wortlos wurde dabei mehrfach genickt. Etwas war zur Aufbewahrung erfasst. Er atmete auf.

Sein Blick war nach draußen gewandert. Die Architrave, das Dach, der Himmel, sie schimmerten hell. Es war nahezu Mittag. Knippstein war zugegen, die Stirne umwölkt. Hatte er nicht ähnlich empfunden, als Kenterbury das Archiv zum ersten Male betrat oder hatte sich in ihm inzwischen etwas bewegt? Er wusste nicht was. Vorsichtshalber hielt er die Lippen zusammengepresst. Die Hände lagen wie gewohnt auf den Knien. Gleichwohl, eine gewisse Unruhe ließ sich nicht leugnen.

Kürzlich schienen sie einander nähergekommen. Unversehens hatte er Kenterbury gebeten, ihn zu begleiten.

Er war im Begriff, der Außenstelle einen Besuch abzustatten. Sie fuhren mit dem Fahrstuhl hinunter. Im Foyer durchquerten sie das hohe Portal und traten hinaus auf das belebte Glacis. Vor ihren Augen die breite Allee mit einer Vielzahl an Pisten hatte ihn schon immer verwirrt. Beim Überqueren waren sie schließlich zur Mitte gelangt. Auf dem schmalen, erhöhten Streifen machten sie Halt. Trotz der warmen Jahreszeit war er von einem dunklen, hochgeschlossenen Mantel umhüllt. Der Mangel an Pontifikalem ringsum, seit langem hatte er ihm zu schaffen gemacht. Kenterbury half ihm auch über den restlichen Teil der Strecke hinweg. In Sicherheit, wischte er sich den Schweiß von der Stirn. Im Flutenden Raum zu gewinnen, es fiel ihm doch schwer. Ein Streuner wie Sokrates war er ja nicht. Er hatte es mehrfach betont.

Bald hatten sie die Außenstelle erreicht. Sie war an der rückwärtigen Seite eines Gebäudes gelegen. Außen führte eine Treppe zum Keller hinab. Die feuchten Stufen waren seit langem mit algenartigen Gewächsen bedeckt. Beide hatten sie aus Vorsicht das Geländer benutzt. Unten war der unmittelbare Zugang durch ein ausgedehntes Gemisch aus Öl und Wasser behindert. Vielleicht half ein Sprung. Kenterbury fasste sogleich den Entschluss. Knippstein entschied, mit Vorsicht zu waten, was nicht spurenlos glückte. Den Schlüssel hielt er jedoch unbeirrt in Höhe der Stirn.

Drinnen mussten sie nur noch den Lichtschalter finden. Alsbald durchquerten sie ein verzweigtes Heizungs- und Lüftungssystem. Es rauschte und tropfte, die Luft war stickig und warm. Schließlich erreichten sie einen Verschlag. Knippstein spähte zwischen den Latten hindurch. Manchmal hatte dort sich etwas bewegt. Er untersuchte zur Vorsicht das Schloss. Voller Erwartung wurde die Türe geöffnet. Entsprechend gestimmt traten sie ein.

Kenterbury gewahrte verschiedene Schränke und Spinde. Auch der hohe Ankleidespiegel fiel ihm auf. Knippstein begann umgehend, ihn von Staub zu befreien. Dann setzte er sich, um ein wenig zu ruhen. Er öffnete den Mantel und machte sich behutsam daran, einen Arm nach dem anderen aus dem Ärmel zu ziehen. Sein Atem ging schwer. Mit dem Taschentuch tupfte er die Feuchtigkeit von Nacken und Stirn. Wer wusste schon, welcher Tag heute war? Kenterbury hatte ihn etwas murmeln gehört. Unter Kopfschütteln, den Blick auf den Boden gerichtet, hatte Knippstein das Wort wiederholt.

Kenterbury schaute sich um. In den Schränken lagen bunte Gewänder gestapelt, mit aller Sorgfalt gefaltet. Dazwischen waren Sträußchen von Lavendel gelegt. Leider hatten sie nicht ausnahmslos gegen Befall und Verwesung geschützt. »Befall«, Knippstein war das Wort nur voll Unmut über die Lippen gekommen. Dagegen waren ihm die Hände gebunden. Die Barette hatten Gott sei Dank ihren eigenen Platz. Nach Größen geordnet hatten sie kleine, schiefe Türme gebildet.

Die Talar Sammlung hatte schon immer alle Fakultäten umfasst. Knippsteins Vermächtnis. Auch nach dem Vorfall war sie in seiner Obhut geblieben. Graubecher hatte zunächst eine Weile gezögert, sich dann jedoch ohne Einschränkung zu seinen Gunsten entschieden. Weit und breit war niemand geeignet, an seine Stelle zu treten. Außerdem, weitere Zugänge waren nicht zu erwarten. Das Kleinod konnte als vollständig gelten. So stieg Knippstein von Zeit zu Zeit in die Tiefe hinab, um nach dem Rechten zu sehen. Bis ins Kleinste hinein war er mit allem vertraut.

Er fühlte Erschöpfung. War es die drückende Luft oder die Zeit? »Dies academicus«, das war heute. Seit dem letzten Mal war sie wie im Fluge vergangen. Hatte Kenterburys Erscheinen sein Empfinden beeinflusst? Wie ausgiebig wurde ein solcher Tag früher gefeiert. Beim ersten Mal war er kurz zuvor erst Leisegang-Schüler geworden. Wie hochgemut war er damals gewesen. Alles würde sich ihm nun wie im Fluge eröffnen. Es war anders gekommen.

Schnell schüttelte er mehrfach den Kopf. Zwischen dem Philosophischen und Theologischen hatte seine Stärke gelegen. Leider wusste er nicht genau wo. An eindeutiger Offenbarung hatte es bisher noch gefehlt. Andererseits hatte sich bei ihm ein Hang zum Ungesagten gezeigt. Nicht die Natur-, allein die Geisteswissenschaften waren in diesem Fall in Frage gekommen. Wie er feststellen musste, waren sie Gebilde besonderer Art. Bei näherem Hinsehen hatte er eine gewisse Verwirrung gespürt. Der Eindruck des Babylonischen war doch sehr stark.

Die Idee des Einzigartigen war für das Geistige zwingend. Auch des Eigenartigen. Er wusste Bescheid. Als Archivar hatte er einen endlosen Kampf gegen Dubletten geführt. Andererseits, wieviel Widersprüchliches trat da ans Licht. Hohe Ideen waren schneller als erwartet verkümmert. Schönste Hoffnung wurde enttäuscht. Immerhin blieb der Erlösungsgedanke. Er hatte sich damit anfreunden können. Allerdings, näher eröffnet hatte er sich bisher leider nicht. Aus dem Dilemma fand er so leicht nicht heraus.

Glücklicherweise war ihm an einem schmerzfreien Zustand gelegen, jedenfalls soweit er zurückdenken konnte. Kausalverbindungen war er schon früh aus dem Wege gegangen. Jedes Eindämmen, ja Verschwinden der Logik hatte er vorbehaltlos begrüßt. Welch reiches Betätigungsfeld. Leider war der Zeitlauf nicht immer mit seinen Gefühlen in Einklang zu bringen. Ein Zustand, der seine persönlichen Konstellationen liebevoll schonte, hatte sich bisher nicht gezeigt.

Verändernd tätig zu werden, davor wich er zurück. Was sein sollte, es geschah. Andernfalls waren einer gewissen Art von Entwürfen die Tore geöffnet. Gezielte Vorgriffe, bis in die Zukunft hinein, für ihn die Bedrohung schlechthin. Diesbezüglich hatte Kenterbury doch stark in Verdacht. War er deswegen hier? Vor dem geringsten Eingriff war er auf der Hut.

Eines Tages hatte Kenterbury ihn vorübergehend in Zweifel gestürzt. Die Frucht ausgedehnter Mittagspausen, seine über die Jahre erworbene Sammlung, längst ging sie über jede persönliche Nutzung hinaus. In welche Hände würde sie am Ende gelangen? Unversehens war der Name Rockefeller gefallen. Was der Rockefeller Foundation recht war, schien der Knippstein Foundation nur billig, so Kenterburys Gedanke. Fast hätte er ihm den Vorschlag schmackhaft gemacht. Gott sei Dank hatte es nur kurzer Besinnung bedurft. Er gab nichts aus der Hand.

Wissenschaft, das Wort rief bei Knippstein größte Bedenken hervor. Zwischendurch war es helle Empörung gewesen. Wohin er auch schaute: Schwäche des Geistes. Mehr hatte sich nicht feststellen lassen. Hervorbringungen von zweiter Hand und »enjoy yourself«. Bis jetzt war ihm die Verbindung nicht klar. Das meiste erschien ja auf Englisch. Doch die Wahrscheinlichkeit schien ihm sehr stark.

Im Grunde hatte er von Glück sagen können. Bisher kam er glimpflich davon. Er holte den kleinen, alabasternen Tiegel hervor. In Gedanken an Diltheys Traum begann er, sich die Hände zu cremen. Er merkte sogleich, wo das hinführen würde. Drei Denker, jeder auf einer Eisscholle treibend, alle voneinander weg, keiner zum anderen hin. Gott sei Dank hatte er darauf niemals seine Hoffnung gesetzt. Hätte er nicht im Niemandsland zwischen dem Theologischen und Philosophischen ausgeharrt, wie leicht konnte es ihn zerreißen. Allein schon bei dem Gedanken, sich mit einer endgültigen Lösung anfreunden zu wollen. Was hieß es anders, als die Wirklichkeit strecken zu müssen.

Das Leben, ein Pyrrhussieg. Nichts als das, wenn er an all die verschiedenen Vorkommnisse dachte. Jeder Tag schien der schwerste zu sein. Er hätte sich kaum etwas Schwereres vorstellen können. Das Schwerste schlechthin. Der Mensch, ein Esel der Schwerkraft. Hatte man deshalb die Geschichte abschaffen sollen? Letztlich hätte dann alles in die Irre geführt. Manchmal hatte er sich abends vor dem Einschlafen schnell noch gefragt, ob das Leben auf einem Fehler oder nur auf einer falschen Entscheidung beruhte. Worüber er dann meist eingenickt war.

Unvermeidlich hatten sich am nächsten Morgen die Irrtümer des Geistes wieder bemerkbar gemacht. Der Hang zur Gewissheit war fast immer darunter gewesen. Auch Evidenz und Klarheit schienen ihm eher fatal. Zu den Narreteien der Wahrheit war es dann nur ein Schritt. Sein nie nachlassendes Aufbäumen gegen den Stiefelknecht der Vernunft, hatte inzwischen Kräfte gelassen. Er litt. Eines Tages war damit Schluss. Im Archiv fand er schließlich Gelegenheit, dem Primat seiner Gemütszustände ungehindert willfahren zu können.

Zu Beginn hatte er auf Kenterbury noch eine gewisse Hoffnung gesetzt. Immer, wenn er neben seinem Holztisch zum Fenster hinausblickte, hatte er auf einen Hinweis gewartet. Wenigstens ein kleines Zeichen der Neigung, den Gang der Dinge auf sich beruhen zu lassen. Vergeblich. Der »dies academicus« heute in der Talar-Sammlung, es war sein letzter Versuch, Kenterbury vielleicht noch die Augen zu öffnen. Ohne es anzustreben, schien er von einer gewissen Hoffnung beseelt.

Knippstein im Gewölbe saß in sich versunken, die Augen

geschlossen. Kenterbury sah sich unterdes weiterhin um. Als er zurückkam, erblickte er ihn vor dem Spiegel postiert, ein dunkelgrünes, samtenes Barett auf dem Kopf, rundum mit goldenem Lorbeer geschmückt. Auch das Talar mit den togaähnlichen Ärmeln war reichlich mit Stickereien versehen. Knippstein putzte noch an verschiedenen Stellen am Brokatwerk herum, dann trat er im vollen Ornat hervor. Seine Magnifizenz, der Rektor.

Der »dies academicus« war hiermit eröffnet. Nach einem Schritt verhielt er. Zur Ansprache hob er die Arme, die Hände öffneten sich. Nicht der Mund. Er bewegte sich leicht, verengte sich dann, die Lippen wurden härter zusammengepresst, das Auge weitete sich. Ein Zucken durchfuhr sein Gesicht, als hätte ihn irgendetwas aus der Tiefe erreicht. »Spectabiles«, waurde kurz noch gehaucht, dann verschloss sich sein Leib. »Stupor profanus«, bewegungslos stand er da. Den Blick gesenkt, die Lider geschlossen. Erst vereinzelt, dann stärker, kamen die Tränen hervor, rollten die Wangen hinab, bis ihre Spur sich im Dunkeln verlor.

Ein müder Prinz, so saß er am Ende im Sessel, das Barett nach vorne gerutscht, ein Auge bedeckt. Die Gestirne, sie waren unendlich voraus. Unaufhörlich konnten neue entstehen, bevor er das Nächste überhaupt erfasste. Der kleine Prinz hatte seine Lage bemerkt. Unversehens rückte er seine Kopfbedeckung wieder zurecht. Knippstein hatte es dankbar vermerkt. Ob Planeten eine besondere Botschaft enthielten? Der kleine Prinz gab zu bedenken, dass Seele und Geist soweit übereinstimmen sollten, dass die Zukunft frohlockte. Knippstein, als Erscheinung der Terra, hatte er das wirklich bedacht?

Kenterbury fasste ihn nach einer Weile behutsam am Arm. Die Starre, sie begann sich allmählich zu lösen. Sein Auge durchschweifte ziellos den Raum und verharrte dann auf dem Boden. Als er sich mit Kenterburys Hilfe wieder erhob, drückte er leicht seinen Arm. Den Weg hinaus legten sie schweigend zurück. Beim Überqueren der Allee hielt er Kenterburys Ärmel fester gefasst. Im Archiv angelangt, schloss er sich umgehend ein. Über Tage hinweg war er nicht erreichbar gewesen. Beim Wiedersehen grüßte er kurz, wie überrascht von einer ihm unverständlichen Pflicht. Und einem Versäumnis.

Kenterbury saß in seinem Fahrzeug, mit den Gedanken allein. Morgen ging die Zeit im Magazin zu Ende. Längst hatte es zu regnen begonnen.

Erst langsam, dann zunehmend heftiger hatte sich das Gewitter entladen. Auf der Straße bildeten sich reißende Bäche. Im Nu schwemmten sie alles hinweg was keine Gelegenheit fand widerstehen zu können oder die Heftigkeit der Elemente zu nutzen. Die Abfluss Kanäle hatten der Fülle nicht mehr Herr werden können. Es entstand eine Flut. Sie drang überall hin, sie drang überall ein. Weiterzufahren oder den Wagen verlassen zu wollen, wäre kaum möglich gewesen. Kenterbury schien wie gefangen, nicht mehr allzu weit von seiner Wohnung entfernt. Er lächelte. Die Zeit auch dort, sie lief nunmehr ab. Er hatte ein Schreiben erhalten. Es war seines Bleibens nicht länger. Die Dinge gerieten in Fluss, wie im Denken. Der Geist hatte die Zukunft bald völlig für sich. Er hatte es geahnt. Nun war es gewiss.

Nach einiger Zeit kam die Kolonne der Wagen wieder in Gang. Scheinwerfer und Rücklichter leuchteten auf. Der Tag ging zur Neige. Er kurbelte die Scheibe herunter. Frische Luft half, Müdigkeit ein wenig zu lindern. Wahrscheinlich ging mit dem Unwetter der Sommer zu Ende. Bisweilen setzte in solchen Fällen der Herbst vorzeitig ein. Eine Jahreszeit, die Kenterbury schon immer gefiel. Leicht melancholisch zog die Natur dann verhalten, gleichwohl immerzu farbig, am Ende auch stürmisch ihre Register.

Er dachte an Roshinsky. Es war nun einige Zeit her. An einem winterlichen Tag hatten sie zusammen wieder in der Cafeteria der Mensa gesessen. Roshinsky hatte wie stets seinen Kaffee getrunken, er selbst, Kenterbury, schwenkte ohne Beteiligung den kleinen Beutel mit Tee in dem Glas mit heißem Wasser herum. Der Geschmack, unverändert, nur die Bedienung hinter der Bar hatte inzwischen gewechselt. Niemand hatte von ihnen mehr Kenntnis genommen.

Es dauerte nicht lange und Roshinsky hatte seiner Tüte ein Stück Zeitung entnommen. Sorgfältig wurde es auseinandergefaltet. Er ließ Kenterbury ein Foto betrachten, von einem Artikel umrahmt. Es hatte eine verfallene, höchst ausgedehnte, von Betonelementen gebildete Piste gezeigt. Die Vegetation hatte dort längst wieder zu herrschen begonnen.

Es war absehbar, wann die letzten Spuren des Eingriffs verschwanden. Vorher schien das Eiland außer der Zeit, verloren im Raum. Ein Zustand, dem es erneut nun anheimfiel. Dasselbe galt nicht für die menschliche Vorstellungskraft. Von dem Schlag aus heiterem Himmel hatte sie sich bislang nicht erholt, der von hier ausging.

Roshinsky hatte eine Pause verdient. Das Stück Apfelkuchen lag noch unberührt da. Das Pergamentpapier war bereits auseinandergefaltet und mit Hilfe des Handrückens mehrfach geglättet worden. Kenterbury lehnte sich ein wenig zurück. Roshinskys Appetit war weiterhin gut. Er hatte es bald feststellen können. Diesmal brauchte der Verzehr jedoch länger. Roshinsky war zwischendurch immer wieder in Gedanken versunken. Manchmal zusätzlich von erheblicher Unruhe erfüllt. Kenterbury wartete ab. Er wusste, dass Roshinsky zurückfinden würde. Jedenfalls war es bis jetzt so gewesen. Es würde weitergehen. Schon bald, hoffte er.

Roshinsky hatte den Artikel über die verlorene Insel beiseitegeschoben. Schillert, ließ er je eine Schwäche ungenutzt? Früh hatte er sie bei seinem Mentor entdeckt. Während eines Vortrags hatte er ihm eine Frage gestellt. Es war nur verlegenes Schweigen gekommen. Das Auditorium war erstaunt. Wäre es ohne den Vorfall zu jenem Schreiben gekommen? Die Frage stand weiter im Raum.

Roshinsky wollte an jenem Nachmittag in der Cafeteria der Mensa mit Kenterbury noch manches von verschiedenen Seiten erörtern. Vom Apfelkuchen waren schließlich nur wenige Krümel übriggeblieben. Ein Zeichen? Inzwischen hatte Roshinsky sich einen weiteren Kaffee geholt. Bei Kenterbury lagen zu diesem Zeitpunkt bereits mehrere kleine, dunkle Beutel verloren rund um das leere Teeglas herum. Roshinsky, nach dem ersten Schluck setzte er seine Betrachtungen wieder fort. Wohin er auch schaute, der Vergleich war schwer zu umgehen gewesen. Kurfalke und Schillert, keiner von ihnen war eine lenkende, jeder nur eine treibende Kraft. Keinem von beiden war es gelungen, Begonnenes zum beabsichtigten Ende zu führen. Jeder hatte es aus der Hand geben müssen. Genau das Gegenteil wurde bewirkt.

Roshinsky und Kenterbury in der Cafeteria der Mensa, sie blickten weit und lange zurück. Wie immer waren sie zum Schluss die letzten Gäste gewesen. Hinter der Bar wurden noch die Gläser geputzt. Bevor sie aufbrachen, verließ Kenterbury für kurze Zeit noch den Raum. Als er zurückkam, war Roshinskys Platz leer. Das Kuchenpapier lag noch sorgfältig gefaltet auf dem Tisch. Auch der Zeitungsartikel. Er wartete ab. Eine Weile verging. Die Bedienung begann, die Lampen zu löschen. Es blieb ihm nur, Roshinskys Tüte an sich zu nehmen, die unten an den Stuhl angelehnt lag. Sie wog leicht.

Langsam ging Kenterbury hinaus. Draußen war es dunkel geworden. Es war ein winterlicher Tag gewesen. Ihn fröstelte. Er wußte nicht, wann Roshinsky wieder auftauchen würde oder ob ihn bald eine Nachricht erreichte. Jeden Augenblick konnte es sein. Er wartete ab Wahrscheinlich hatte Roshinsky sich bereits auf den Weg gemacht. Er ging häufig voraus, einer unmittelbaren Eingebung nach. In jedem Fall schien es dringlich zu sein. Schließlich hatte Kenterbury sich vom Gebäude der Mensa entfernt.

In Fahrzeit gerechnet war er inzwischen nurmehr wenige Minuten von seiner Wohnung entfernt. Morgen war der letzte Tag im Magazin. Er lächelte. Unverhofft hatte er Gelegenheit, etwas Verborgenes aus nächster Nähe kennen zu lernen. Bisher schien er durch einen unüberbrückbaren Abgrund davon getrennt. Er dachte an die Zeit, die er in der Pariser Bibliothek Sainte-Geneviève verbrachte. Jedes Mal hatte er eine leichte Erregung verspürt, wenn er vom Boulevard Saint Michel in die rue Soufflot eingebogen und linker Hand immer schneller zur Place du Panthéon hinaufgeeilt war, als könnte er den Eintritt in Labroustes Werk nicht länger erwarten, die Vollendung schlechthin.

Drinnen, auf Raphaels Gemälde trugen die Philosophen noch leichte, weite Gewänder, froh in den Farben mit einem Reichtum an Formen. Austausch und Bewegung waren ausnehmend rege. Inzwischen herrschte ein unbestimmbares Grau, falls nicht überhaupt ein Mangel an Farbe. Alles überstrahlende Sterne hatten sich schnell als zu grell oder unscheinbare Meteoriten entpuppt, die im Handumdrehen verglühten. Rousseau, der gegenüber unter der mächtigen Kuppel des Pantheons ruhte, hatte dergleichen bereits feststellen können. Seine »rêveries du

promeneur solitaire« waren Kenterbury eine immer wieder
erhellende Lektüre gewesen. Tatsächlich schien es bisher
wenig gelungen, das Sokratische wie gewünscht in den
Schatten zu stellen. Selbst die Wiederkehr des Immergleichen hatte nicht dergleichen vermocht.

An keinem Platz hatte Kenterbury sich während des Lesens so wohlfühlen können. Immer wieder hatte er während seiner Studien in der Bibliothèque Sainte-Geneviève
von den einzelnen Seiten aufsehen müssen. Durch die
hohen Bogenfenster hatte er weit in den Himmel hinausschauen und seinen Gedanken nachhängen können. Alle
Richtungen des Firmaments waren dem Auge erreichbar
gewesen. Drinnen und draußen, das Spiel der Wolken wie
der Gedanken war aufs Schönste ineinander übergegangen. Nur von einem war der forschende Geist hier auf immer nach dem Willen des Erbauers getrennt, dem Magazin.

Hatte ihm eine stille Erwartung gegolten? Nach der er-
folgreichen Pultbibliothek, die Zugang nach allen Seiten
erlaubte, hatte kein Unberufener mehr Zugang zum Herzen einer Bibliothek finden können. Auch das Peripate-
tische, welches Geist und Körper gleichermaßen Regale
und Buchrücken entlangschweifen ließ, war der ruhenden
Form inzwischen geopfert. Das Sesshafte hatte das Noma-
dische in die Schranken gewiesen. Kenterbury durfte er
sich glücklich schätzen, durch seinen Eintritt in das Magazin der höheren technischen Lehranstalt die ursprüngliche
Einheit unmittelbar erfahren zu können. Eine entschwundene Welt tat sich auf.

Jeder verborgene Ort hatte schließlich eine Verlockung
verkörpert. Auch hier fand sich, was sich sonst dem Auge
entzog, in unendlicher Fülle. Gerade am Anfang, nach-
dem Graubecher mit Mühe für ihn einen Platz entdeckt
und ihm all die Zeit gewährt hatte, sich in die anstehenden

Aufgaben hineinzufinden, war er häufig wie überwältigt gewesen. Ganze Gebiete wurden wie auf Anhieb erschlossen. Es gab keine störenden Trennungen mehr. Jederzeit konnte er eine Kostprobe nehmen. Hatte er an der reinsten Quelle des Geistes gesessen? Universitas wurde in ihrem ganzen Reichtum erlebt. Die Zeit war nun zu Ende gegangen. Er fragte sich, ob ein Nachgeschmack blieb.

Er war inzwischen sehr langsam gefahren, als ob der Tag nunmehr in gemächlicher Bewegung ausklingen sollte. Vor der letzten Ampel hatte er anhalten müssen. Er dachte an den morgigen Tag. Seine Aufgabe war erfüllt. Er würde an den Holztisch zurückkehren, sich vor ihm niederlassen und hinausschauen. Knippsteins Erscheinen war wenig gewiss. Seine Gedanken würden unausweichlich zu Roshinsky schweifen. Wem hatte er je so vieles verdankt? Eines Tages hatte er die Nachricht erhalten.

Es war Frau Elfriede Barthelmess gewesen. Sie hatten sich gegenübergesessen. Ihre Stimme hatte jenen Klang aufgewiesen, der bei einer unvermeidlichen Botschaft dem Empfänger noch jenen Schutz zu gewähren weiß, der zur Wahrung der nötigen Fassung verhelfen kann. Mit einiger Verzögerung hatten die suchenden Instanzen ihre Institution als einzig zuständigen Adressaten ermittelt. Bei Roshinsky war ein ausgefüllter Leihzettel gefunden worden. Allein der Name ihrer Bibliothek war zu entziffern gewesen. Er hatte sich in der Tasche seines wollenen Wamses befunden. Sonst nichts.

Er wurde angetroffen wie schlafend. Leicht zusammengekauert, die Arme über der Brust gekreuzt, das Haar voll Reif. Es war nach der ersten größeren Schneeschmelze gewesen. Die Gummistiefel am Rande des Spielfeldes, schienen irgendwie fremd. Die kontrollierende Person hatte gestutzt. Überall war die Fläche noch von einer schützenden

Plane bedeckt. Erst nahe am Rande wurde eine leichte Erhöhung bemerkt. Es hatte keiner größeren Mühe bedurft, schließlich hatte Roshinsky nicht besonders auffallen wollen.

Bei den einschlägigen Stellen wurde niemand vermisst. Die Angelegenheit hatte vorerst geruht. Nach einer gewissen Dauer hatte ein offizieller Vorgang einen ordnungsgemäßen Abschluss verlangt. Auch im Falle Roshinskys wurde nach einschlägiger Regel verfahren. Es war der Bibliothekarin Elfriede Barthelmess geschuldet, dass der behördliche Hergang bald ins Wanken geriet. Im Handumdrehen ging das Amtliche seiner Hoheit verlustig. Gemeinsam mit Kenterbury hatte sie zu Ehren Roshinskys alles ins Werk setzen können. Der kleine Trompeter hatte gespielt. Die Töne, sie kamen von ganz weit her und führten leise dorthin, wo sie Roshinsky jederzeit in reinem Zustand erreichten.

Kenterbury in seinem Wagen, er dachte an den verschwundenen Freund. Trost gab es nicht. Wahrscheinlich hatte er die Welt an einem empfindlichen Punkte berührt. Er fühlte sich ihm unendlich verbunden. Als wahrer Physiker hinterließ er metaphysische Fragen. Eine Untersuchung des Fernleihzettels hatte bald ein entsprechendes Ergebnis erbracht. Die Laborantin hatte gestutzt. Der Titel der entzifferten Schrift: »Kathy und der Bär«. Verfasser: Leo Szilard. Ort und Jahr unbekannt. Hatte Roshinsky hier weiteren Aufschluss erhofft. Kenterbury lächelte. Die Hand, die keinem gehört, sie zuckte zurück. Für einen Moment.

***